FOCUL CARE NE UNEȘTE

Descrierea CIP a Bibliotecii Naţionale a României
CHERRY, BRITTAINY C.
Focul care ne uneşte /Brittainy C. Cherry ; trad. din lb. engleză de Carmen-Iulia Bourceanu. - Bucureşti : Librex Publishing, 2023
ISBN 978-606-8998-47-3
I. Bourceanu, Carmen-Iulia (trad.)
821.111

Editor: Ionuţ Radu
DTP: Ioana Olga Bejan

Cover Photography: Franggy Yanez
Cover Design: Quirky Bird

FOCUL CARE NE UNEȘTE

SERIA „ELEMENTE", VOLUMUL 2, DE BRITTAINY C. CHERRY

TRADUCERE DIN LIMBA ENGLEZĂ DE
CARMEN-IULIA BOURCEANU

LIBREX

București, 2023

Dedicație

Pentru aceia care au un foc lăuntric și-i
motivează spre zile mai bune.
Pentru aceia care trebuie să știe că
greșelile trecute nu-i definesc.
Cartea de față este pentru voi.

PROLOG

Alyssa

Băiatul cu hanorac roşu se tot uita la mine, din rândul de la casa de marcat.

Îl văzusem de multe ori, inclusiv ceva mai devreme, în dimineaţa aceea de luni. În fiecare zi, el și prietenii lui se întâlneau pe aleea din spatele băcăniei unde lucram. Îi vedeam când mă punea şeful să îndoi cutiile de carton și să le arunc afară.

Băiatul cu hanorac roşu și prietenii lui își făceau veacul pe-acolo în fiecare zi. Făceau mult zgomot, fumau și înjurau de mama focului. El ieşea în evidenţă, pentru că toţi ceilalţi râdeau și zâmbeau, însă el părea mut, ca și când mintea îi zbura undeva, departe. Buzele abia dacă-i schiţau un zâmbet; mă întreb dacă ştia să zâmbească. Poate că era o persoană care pur și simplu exista, nu trăia.

Uneori ni se întâlneau privirile și întotdeauna eu mă uitam repede în altă parte.

Îmi venea greu să mă uit în ochii lui ca de caramel, deoarece arătau mai trişti decât ai altor tipi de vârsta lui. Avea pungi mari, vineţii sub ochi, pe lângă riduri, dar cu toate astea, era plăcut. Un băiat chipeş, obosit. Nimeni n-ar trebui să arate aşa de obosit și de frumos, în acelaşi timp. Cu toată tinereţea lui, aş fi zis că trăise deja o sută de ani de chin. Se vedea după postura lui că trecuse prin chestii personale mai dramatice decât majoritatea: ţinea umerii aplecaţi, spatele nu-l avea niciodată drept.

Însă nu arăta complet învins.

Părul negru, de lungime medie, îi stătea mereu bine. Întotdeauna. Uneori scotea un pieptăn mic pe care și-l trecea prin pletele buclate, în stilul modei anilor `50 și al filmului american *Grease*[1]. Purta mereu același gen de haine: un tricou alb, simplu, sau unul negru și uneori hanoracul roșu. Blugii erau tot timpul negri, la fel pantofii, la care avea șireturi albe. Nu știu de ce, dar, chiar dacă ținutele lui erau simple, îmi dădeau fiori.

I-am remarcat și mâinile. Le ținea mereu ocupate cu o brichetă, pe care o pornea și o oprea întruna. Nici nu știu dacă își dădea seama că face asta. Era ca și când flacăra țâșnită din brichetă era o parte din existența lui.

Avea o expresie plictisită, ochii obosiți, o tunsoare perfectă și o brichetă în mână.

Ce fel de nume s-ar potrivi unul astfel de tip?

Poate Hunter. Suna ca apelativul unui băiat rău - cum era, presupun. Sau Gus. Gus, cu părul lins. Alunecosul de Gus. Sau Mikey - pentru că suna dulce, adică exact opusul a ceea ce părea să fie, și îmi plăceau lucrurile de acest gen.

Însă numele lui nu contează acum.

Ce contează e că tocmai se postase în fața mea. Mai expresiv ca niciodată, altfel decât îl văzusem pe alee. Era roșu ca racul la față și își făcea de lucru cu degetele, la coada de la casa mea de marcat din băcănie. Avea în privire o expresie evidentă de jenă, când scana în mod repetat cardul de ajutor alimentar. De fiecare dată, la casă, era refuzat. *Fonduri insuficiente.* Cu fiecare nouă încercare, se întuneca la față. *Fonduri insuficiente.* Își mușcă buza de jos, murmurând, ca pentru sine:

— Nu pricep.

— Dacă vreți, pot încerca de pe terminalul meu. Uneori aparatele alea au probleme, m-am oferit eu zâmbind, însă el nu a zâmbit.

---

1 Celebrul film american din 1978 *Grease* poartă numele de la cuvântul „greaser", care s-ar traduce ca „unsuros, alunecos, dat cu ulei". *Greaser*-i erau tinerii din anii `50 care adeseori purtau părul uns cu o soluție care îl făcea să stea lipit de cap, pe spate și să capete o nuanță mai închisă la culoare. Filmul *Grease* are la bază piesa de teatru muzicală cu același titlu, jucată pentru prima oară în 1971. În film joacă și cântă celebrii actori Olivia Newton-John și John Travolta (n. red.).

Avea chipul brăzdat de riduri dure, înghețate. Sprâncenele îi erau zburlite sub mimica agresivă, însă mi-a întins cardul. L-am trecut prin aparat și m-am încruntat. *Fonduri insuficiente.*

— Zice că nu-s destui bani pe card.

— Mersi, asta văzusem mai devreme, a mormăit el.

Grosolan.

Apoi a pufnit, cu pieptul agitat, adăugând:

— Ce prostie! Noi am primit chiar ieri bani pe el.

Care „noi"? *Nu e treaba ta, Alyssa*, mi-am zis în gând.

— Mai aveți alt card să încercăm?

— Dac-aș fi avut alt card, nu crezi că l-aș fi încercat? s-a răstit la mine, făcându-mă să tresar.

Hunter, sigur îl chema Hunter. Băiatul rău și urâcios, Hunter. Sau poate Travis. Am citit o carte cândva, cu un personaj pe nume Travis, care era un tip foarte rău. Atât de rău, încât a trebuit să închid cartea ca să nu mă înroșesc la față și să nu țip, în același timp.

Băiatul a tras aer în piept, s-a uitat la coada de oameni formată în spatele lui, apoi mi-a susținut privirea:

— Îmi pare rău, n-am vrut să ridic vocea.

— E în regulă, i-am răspuns.

— Nu, nu este. Îmi cer scuze. Pot să las chestiile astea aici o clipă? Trebuie s-o sun pe mama.

— Da, sigur. O să anulez bonul deocamdată, apoi putem să trecem produsele din nou, după ce se clarifică situația. Nu vă îngrijorați.

A dat să schițeze un zâmbet și eu am fost cât pe ce să mă pierd cu firea. Nu știam că îi poate să facă asta, *cât pe ce*. Poate că a fost doar o mică grimasă, însă când își curba puțin buzele, arăta foarte bine. Cu siguranță nu avea obiceiul să zâmbească foarte des.

Când s-a retras într-o parte și a sunat-o pe mama lui, m-am străduit cât am putut să nu trag cu urechea la conversație. Am preluat clienții următori, dar auzul și vederea mea se încăpățânau să revină la el.

— Mamă, ca idee, mă simt ca un tâmpit. Am dat cu cardul și e refuzat. Știu PIN-ul. L-am tastat. Ai folosit cardul ieri? Unde, ce ai cumpărat?

În timp ce i se răspundea, și-a îndepărtat telefonul de față, a dat ochii peste cap, apoi l-a apropiat iar de ureche, strigând:

— Cum adică ai cumpărat 32 de navete de Coca-Cola? Ce naiba facem cu atâtea navete de Cola?

Toată lumea din magazin s-a întors spre el. S-a uitat la mine și expresia de jenă i-a revenit. Am zâmbit. S-a încruntat. Cumplit de arătos. S-a răsucit ușor cu spatele la mine și a revenit la conversația lui, adăugând:

— Și ce mai mâncăm luna viitoare? Da, iau banii mâine, dar nu-i destul - nu. Nu vreau să mă împrumut iar de la Kellan. Mamă, nu mă întrerupe! Ascultă! Am de plătit chiria. Nu mai am cum...

O scurtă pauză.

— Mamă, taci naibii din gură, ok? Ai cheltuit banii noștri de mâncare pe Cola!

A urmat o pauză scurtă, apoi niște mișcări agitate din brațe, făcute la nervi:

— *Nu! Nu-mi pasă dacă era Cola light sau Cola fără zahăr!*

A oftat, trecându-și mâna prin păr. A lăsat telefonul pe jos câteva clipe, a închis ochii și a inspirat adânc de câteva ori. Apoi a luat din nou telefonul:

— E în ordine, să văd ce pot să fac. Nu te îngrijora, bine? Văd eu cum fac. Închid acum. Nu, nu sunt supărat, mamă. Da, sunt sigur. Doar închid. Da, știu. E în regulă. Nu sunt nervos, ok? Îmi pare rău că am țipat. Scuze, nu-s supărat.

Vocea lui a devenit din ce în ce mai șoptită, dar nu mă puteam abține să nu ascult.

— Îmi cer scuze.

Când a revenit în fața mea, încheiasem treaba cu ultimul client de la rând. Băiatul a ridicat din umărul stâng și s-a apropiat, frecându-se la ceafă:

— Nu cred că pot lua astea azi. Îmi pare rău. Pot să duc produsele la loc la raft. Scuze, scuze, își tot cerea el scuze.

Mi s-a strâns stomacul.

— E în regulă, serios. Mă descurc. Oricum ies din tură acum. Le pun eu pe toate la loc.

S-a încruntat din nou. Aş fi vrut să nu mai facă asta.

— Bine, scuze.

Aş fi vrut să termine și cu cerut scuze întruna.

Când a plecat, m-am uitat în pungile de cumpărături. Mi s-a rupt sufletul când am văzut produsele. Ar fi fost un total de 11 dolari, iar el nu și-a permis nici atât. Tăieţei ramen, cereale, lapte, unt de arahide și o franzelă - strictul necesar. Lucruri la care nici nu te gândești când le cumperi.

Nu știi niciodată cât de bine o duci, până nu vezi pe cineva care se descurcă mai greu decât tine.

— Hei! am strigat după el în parcare. Hei, ai uitat astea!

S-a răsucit ușor spre mine și a mijit ochii, confuz.

Am întins punga spre el și i-am explicat:

— Pungile tale! Le-ai uitat.

— Ai putea să-ţi pierzi locul de muncă.

— Poftim?

— Pentru că ai furat alimente, a zis.

Am ezitat pe moment, puţin năucă, de ce primul lui gând a fost că am furat produsele.

— Nu le-am furat, am plătit pentru ele.

M-a privit uimit.

— De ce ai face asta? Nici măcar nu mă cunoști.

— Știu că încerci să ai grijă de mama ta.

S-a prins cu degetele de nas, clătinând din cap de câteva ori.

— O să-ţi restitui banii.

— Nu, nu trebuie să-ţi faci griji pentru asta, am scuturat din cap. Nu-i mare lucru.

Și-a mușcat buza de jos și și-a trecut mâna peste ochi.

— O să-ţi dau banii înapoi. Dar... mulţumesc, mulţumesc. Ă...

Privirea i-a coborât spre pieptul meu şi, preţ de o secundă, m-am simţit jenată, până mi-am dat seama că se uita la numele trecut pe ecusonul meu.

A reluat:

— Mulţumesc, Alyssa.

— Cu plăcere.

S-a întors şi a dat să plece.

Am strigat în urma lui, aproape bâlbâindu-mă:

— Dar tu?

— Ce-i cu mine? a întrebat, întorcând doar faţa spre mine, fără să se oprească din mers.

— Cum te cheamă?

Hunter?

Gus?

Travis?

Mikey?!

Cu siguranţă putea fi un *Mikey*.

— Logan, mi-a răspuns şi a continuat să se îndepărteze.

Nici nu s-a mai uitat înapoi. Mi-am prins gulerul cămăşii cu dinţii şi am început să-l molfăi; era un obicei prost, pentru care mă certa mereu mama, dar acum ea nu era de faţă, iar eu simţeam fluturi în stomac.

Logan.

Arăta ca Logan, dacă mă gândesc mai bine.

***

Peste câteva zile a revenit, ca să-mi dea banii înapoi. Apoi, a început să apară săptămânal ca să ia o pâine sau nişte tăieţei ramen, sau un pachet de gumă. Întotdeauna se aşeza la casa mea de marcat. La un moment dat, Logan şi cu mine am început să vorbim în timp ce scanam produsele. Am aflat că fratele lui vitreg era iubitul surorii mele şi erau împreună de mult. Odată, aproape a zâmbit. Altă dată, jur că a râs chiar. Am devenit amici, într-un fel, pornind de la mici schimburi de cuvinte până am ajuns la conversaţii mai ample.

Când plecam de la serviciu, mă aştepta pe bordura de lângă parcare şi continuam să vorbim.

Sub soarele arzător, pielea ni se bronza amândurora. În fiecare seară ne despărţeam la lumina stelelor.

Îmi întâlnisem cel mai bun prieten la coada de la băcănie.

Iar viaţa mea n-avea să mai fie la fel din acea zi.

PARTEA ÎNTÂI

Avea sufletul în flăcări
și ar fi pârjolit pe oricine se apropia prea mult de el.

Fata se apropie,
fără să se teamă dacă deveneau cenușă amândoi, cum le era menit.

CAPITOLUL 1

Logan

După doi ani, şapte iubite, doi prieteni, nouă despărţiri şi o prietenie puternică.

Urmărisem un documentar despre plăcinte.

Petrecusem două ore din viaţă în faţa unui televizor minuscul, vizionând un DVD împrumutat de la bibliotecă despre istoria plăcintei. Se pare că plăcinta exista încă de pe vremea vechilor egipteni. Prima plăcintă atestată documentar a fost creată de romani; făceau o plăcintă din brânză de capră şi miere, cu crustă de secară. Sună efectiv dezgustător, dar nu ştiu cum, la finalul documentarului, nu voiam decât să mănânc afurisita aia de plăcintă.

Nu eram mare amator de plăcintă, prefer prăjiturile cu cremă, dar, în acel moment, nu-mi trecea prin cap decât ce gust ar avea coaja sfărâmicioasă.

În plus, aveam tot ce-mi trebuia ca să urc la apartamentul nostru şi să fac plăcinta. Singurul lucru care-mi stătea în cale era Shay, acum fosta mea iubită, şi-mi petrecusem ultimele ore dându-i semnale confuze.

Nu mă pricepeam să mă despart de fete. În general le trimiteam un sms simplu: „Nu merge, scuze", sau un apel de cinci secunde, ca s-o rup cu ele, dar cu ea nu puteam aşa, pentru că Alyssa îmi spusese că era cel mai urât lucru să te desparţi de cineva prin telefon.

Aşa că m-am întâlnit cu Shay în persoană. Proastă idee!

Shay, Shay, Shay! Aş fi vrut să nu fi simţit nevoia să fac sex cu ea în noaptea aceea – lucru care s-a întâmplat. De trei ori. *După* ce m-am despărţit de ea. Dar acum trecuse de ora unu noaptea şi...

Nu voia să plece.

Şi nici nu se mai oprea din vorbit.

Stăteam amândoi în faţa blocului meu, iar ploaia rece răpăia în jur. Nu voiam decât să mă întorc în dormitor şi să mă relaxez puţin. Ceream prea mult? Să fumez puţină iarbă, să încep să urmăresc un alt documentar şi să fac o plăcintă sau vreo cinci.

Voiam să fiu singur. Nimănui nu-i plăcea să fie singur mai mult decât îmi plăcea mie.

Mi-am auzit telefonul bipăind de la un mesaj şi am văzut numele Alyssei pe ecran, ca expeditor.

Alyssa: Ai făcut ce trebuia?

Am pufnit în sinea mea, ştiind că se referea la despărţirea de Shay.

Eu: Da.

Am urmărit cele trei puncte pe telefon, aşteptând să văd replica Alyssei.

Alyssa: Dar nu te-ai culcat cu ea, nu?

Alte puncte.

Alyssa: Oh, Doamne, te-ai culcat cu ea, aşa-i?

Tot mai multe puncte de mesaj în curs de scriere.

Alyssa: Dai SEMNALE CONFUZE!

Nu m-am putut abţine să nu chicotesc, pentru că mă cunoştea mai bine ca oricine. Eu şi Alyssa eram cei mai buni prieteni de doi ani şi eram complet diferiţi. Sora ei mai mare era iubita fratelui meu, Kellan, şi la început eu şi Alyssa eram convinşi că nu avem nimic în comun. Ea mergea liniştită la biserică, în timp ce eu fumam marijuana la colţ. Ea credea în Dumnezeu, în vreme ce eu mă lăsam în voia demonilor. Ea avea un viitor, pe când eu păream cumva blocat în trecut.

Dar aveam anumite puncte în comun, care făceau ca legătura noastră să aibă sens. Mama ei abia dacă o înghiţea; mama mea mă detesta. Tatăl ei era un nenorocit; tatăl meu era dracul gol.

Când ne-am dat seama de micile detalii pe care le avem în comun, am petrecut mai mult timp împreună, apropiindu-ne cu fiecare zi.

Era cea mai bună prietenă a mea și-mi lumina zilele cele mai urâte.

Eu: M-am culcat cu ea o dată.

Alyssa: De două ori.
Eu: Mda, de două ori.
Alyssa: DE TREI ORI, LOGAN?! Oh, Doamne!

— Cu cine vorbeşti? scânci Shay, făcându-mă să ridic privirea din telefon. Cine ar putea fi mai important decât ce discutăm acum?

— Alyssa, am răspuns sec.

— O, Doamne! Serios? Nu se mai satură de tine, nu-i aşa? s-a plâns Shay.

Însă nu era ceva nou; toate fetele cu care am fost în ultimii doi ani se arătaseră extrem de geloase pe relaţia mea cu Alyssa. A adăugat:

— Pun pariu că te culci cu ea.

— Da.

Asta era prima minciună. Alyssa nu era o uşuratică, iar dacă ar fi fost, nu ar fi cedat faţă de mine. Avea standarde pe care eu nu le întruneam. Şi, în acelaşi timp, eu aveam nişte standarde pentru relaţiile Alyssei, conform cărora niciun tip nu s-ar fi calificat să fie cu ea. Merita ce era mai bun în lume, iar majoritatea persoanelor din localitatea True Falls, Wisconsin, puteau oferi doar firimituri.

— Pun pariu că ea e motivul pentru care te desparţi de mine.

— Da, este.

Asta era a doua minciună. Îmi făceam propriile alegeri, însă Alyssa mă susţinuse mereu, indiferent de situaţie. De fiecare dată însă îmi spunea părerea ei şi, în toate relaţiile mele, mă anunţa dacă greşeam. Uneori era dureros de sinceră.

— N-o să fie niciodată cu tine. E o fată bună, iar tu eşti un măgar! a strigat Shay.

— Ai dreptate!

Ăsta era primul adevăr.

Alyssa era o fată bună, iar eu eram băiatul care n-avea nicio şansă s-o numească vreodată a lui. Chiar dacă uneori mă uitam la părul ei blond, ondulat, ciufulit, iar mintea mea începea să zburde la cum ar fi s-o apropii de mine şi să-i gust uşor buzele. Poate că, într-o altă lume, aş fi fost demn de ea. Poate dacă nu m-aş fi ratat încă din copilărie şi aş fi avut o existenţă pusă la punct, aş fi intrat la facultate şi aş fi avut o carieră, ceva cu care să mă mândresc. Apoi aş fi putut s-o invit în oraş şi s-o duc la cine ştie ce restaurant drăguţ, să-i spun să comande ce vrea din meniu, pentru că banii nu erau o problemă.

I-aş fi putut spune cum îi zâmbesc mereu ochii albaştri, chiar şi când se încruntă, şi că îmi place cum îşi mestecă gulerul de la tricouri când e îngrijorată sau se plictiseşte.

Aş fi putut fi demn de a fi iubit, iar ea, la rândul ei, mi-ar fi dat voie s-o iubesc.

Poate într-o altă lume. Dar nu aveam decât coordonatele din prezent, în care Alyssa era cea mai bună prietenă a meu.

Eram destul de norocos să o am în forma aceea.

— Ai spus că mă iubeşti! plângea Shay, lăsând să-i curgă lacrimile pe obraji.

De când plângea oare? Se pricepea la plâns, nu glumă.

M-am uitat cu atenţie la faţa ei, în timp ce îmi vâram mâinile în buzunarele blugilor. Fir-ar să fie! Arăta vraişte. Era încă puţin euforică de la iarba fumată mai devreme, iar machiajul i se întinsese pe toată faţa.

— N-am spus asta, Shay.

— Ba da, ai zis-o de mai multe ori! s-a jurat ea.

— Inventezi.

Aş fi fost în stare să merg pe firul amintirilor ca să văd dacă, la un moment dat, mi-au scăpat acele cuvinte, dar ştiam că nu e cazul. Nu iubeam. Abia dacă simpatizam alte persoane. Mi-am trecut degetele pe la tâmple. Shay chiar trebuia să se urce în maşină şi să plece cât mai departe.

— Nu sunt proastă, Logan! Ştiu ce ai spus.

Era foarte sigură că o iubeam. Ceea ce, per ansamblu, era foarte trist.

A continuat:

— Ai spus-o chiar în seara asta, ceva mai devreme, mai ştii? Ai zis că mă iubeşti al naibii de tare.

Acum seara, mai devreme?

Ah, fir-ar.

— Shay, am zis că îmi place să mă *culc* cu tine. Nu că te *iubesc*.

— E același lucru.

— Crede-mă că nu e același lucru.

Și-a învârtit poșeta spre mine și am lăsat-o să mă lovească. Adevărul e că o meritam. A învârtit-o a doua oară și iar am lăsat-o să mă atingă. A dat s-o învârtă și a treia oară, dar am apucat geanta, i-am smuls-o din mână și am tras-o și pe ea cu totul spre mine. Mâna mi-a aterizat pe fundul ei și, sub atingerea mea, și-a arcuit spatele. I-am lipit corpul de mine. Respira greu, precipitat, și încă îi curgeau lacrimi pe obraji.

Am apelat la farmecul meu ca să încerc s-o conving să plece, șoptindu-i:

— Nu plânge. Ești prea frumoasă ca să plângi.

— Ești un nemernic, Logan.

— Tocmai de asta nu ar trebui să fii cu mine.

— Suntem despărțiți de trei ore și deja ești cu totul altă persoană.

— Asta-i culmea, am murmurat. Dacă-mi amintesc bine, tu te-ai schimbat, când te-ai încurcat cu Nick.

— Ah, treci peste asta! A fost o greșeală. Nici măcar nu am făcut sex. Tu ești singurul tip cu care m-am culcat în ultimele șase luni.

— Ah, dar am fost împreună opt luni.

— Ce, ești as în matematică acum? Nu asta contează.

Cu Shay avusesem cea mai lungă relație din ultimii doi ani. În general, aveam relații de cel mult o lună, dar cu Shay reușisem să stau în total opt luni și două zile. Nu știu exact de ce, poate pentru că viața ei părea copia la indigo a vieții mele. Mama ei nu era o persoană stabilă, iar tatăl ei era în închisoare. Nu avea niciun model de comportament exemplar în jur; iar pe sora ei o dăduse afară din casă chiar mama lor, pentru că un nenorocit o lăsase însărcinată.

Poate că partea întunecată din mine văzuse și onorase, o vreme, partea ei întunecată. Ne înțelegeam. Dar cu cât trecea timpul, mi-am dat seama că tocmai din cauza asemănărilor nu ne potriveam. Eram prea răvăşiţi amândoi. Să fiu cu Shay era ca şi când m-aş fi uitat într-o oglindă şi mi-aş fi recunoscut toate cicatricile.

— Shay, hai să ne oprim. Sunt obosit.

— Bine, am uitat. Tu eşti domnul Perfect. Oamenii mai fac şi alegeri greşite în viaţă.

— Te-ai sărutat cu prietenul meu, Shay.

— Atâta a fost: ne-am sărutat! Şi am făcut asta doar pentru că m-ai înşelat.

— Nici măcar nu ştiu cum să răspund la asta, din moment ce nu te-am înşelat niciodată.

— Poate că nu sexual, ci emoţional, Logan. N-ai fost niciodată implicat efectiv în relaţie. Asta-i numai vina Alyssei. Ea este motivul pentru care nu te-ai dedicat niciodată cu totul mie. E aşa o curvă proa...

I-am pus mâna la gură, oprindu-i ultimele silabe.

— Înainte să spui ce ai de gând, taci.

Mi-am luat mâna, iar ea a tăcut. Apoi am continuat:

— Ţi-am zis din prima zi cine sunt. E vina ta dacă ai crezut că mă poţi schimba.

— N-ai să fii fericit cu nimeni, aşa-i? Pentru că te-ai fixat pe o tipă pe care nu o vei avea niciodată. O să ajungi singur, trist şi amărât. Apoi o să-ţi dai seama ce-ai avut când erai cu mine!

— Poţi să pleci? am oftat, trecându-mi mâna peste faţă.

Era vina Alyssei că se întâmpla asta.

Desparte-te de ea în persoană, Lo. Aşa procedează un bărbat adevărat. Nu te poţi despărţi de cineva prin telefon.

Uneori, avea nişte idei groaznice.

Shay plângea în continuare.

Doamne, câte lacrimi!

Nu fac faţă când e vorba de lacrimi.

După ce şi-a tras zgomotos nasul de câteva ori, s-a uitat o clipă în jos, apoi a ridicat fruntea, încrezătoare.

— Cred că ar trebui să ne despărţim.

M-am arătat şocat.

— Să ne despărţim? *Ne-am despărțit deja!*

— Parcă suntem două persoane care merg în direcţii opuse.

— Bine, i-am răspuns.

Degetele ei au aterizat pe buzele mele ca să mă reducă la tăcere, deşi nu vorbeam.

— Nu fi aşa de sentimental. Îmi pare rău, Logan, dar pur şi simplu n-o să meargă.

Am rânjit în sinea mea, o făcusem să creadă că despărţirea e ideea ei. M-am tras în spate şi m-am prins cu mâinile de gât.

— Ai dreptate, eşti prea bună pentru mine.

De ce ești încă aici?

A venit spre mine şi şi-a trecut degetele peste buzele mele.

— O să găseşti pe cineva bun. Ştiu. Adică, posibil să arate ca o maimuţă, dar totuşi.

A alergat la maşină, a deschis portiera şi s-a urcat. Când maşina a pornit, mi s-a strâns stomacul şi m-a cuprins regretul. Am început să fug după maşina ei în ploaia torenţială, strigând-o pe nume.

— Shay! Shay!

Am fluturat din mâini în întuneric, alergând pe puţin vreo cinci străzi, până s-a oprit la un semafor. Am ciocănit în geamul de pe partea ei, iar Shay a ţipat, speriată.

— Logan, ce naiba faci? a strigat ea, coborând geamul.

Confuzia ei s-a schimbat într-o grimasă orgolioasă şi a mijit ochii:

— Vrei să ne împăcăm, aşa-i? Ştiam eu.

— Eu..

Gâfâiam. Nu aveam deloc o condiţie fizică de sportiv, ăsta era mai degrabă domeniul fratelui meu. Am încercat să-mi recapăt suflul, ţinându-mă de marginile geamului şi am spus:

— Eu... trebuia...

— Ce trebuia? Ce anume, iubitule? Ce aveai nevoie? a întrebat ea, mângâindu-mă blând pe obraz.

— Plăcintă.

S-a lăsat pe spate, confuză.

— Poftim?

— Plăcintă. Ingredientele pentru plăcintă pe care abia le cumpăraserăm. Sunt pe bancheta din spate, în mașină.

— Îți bați joc de mine? a scrâșnit ea. M-ai fugărit câteva străzi pentru ingredientele de plăcintă?

Am ridicat o sprânceană.

— Hm, da!

A întins mâna pe banchetă, a apucat punga și mi-a azvârlit-o în piept.

— Ești incredibil. Ia-ți porcăriile de-aici!

Am rânjit.

— Mersi.

Mașina ei s-a îndepărtat și nu m-am putut abține să râd când am auzit-o strigând:

— Îmi datorezi 20 de dolari pentru brânza de capră!

În clipa când am pășit înapoi în apartament, mi-am scos telefonul mobil și am trimis un mesaj.

Eu: Data viitoare când mă despart de o fată, o s-o fac prin mesaj scris.

Alyssa: Așa rău a fost?

Eu: Îngrozitor.

Alyssa: Îmi pare rău pentru ea. Chiar te plăcea.

Eu: M-a înșelat!

Alyssa: Și cu toate astea, ai găsit cu cale să te culci cu ea de trei ori.

Eu: Tu de partea cui ești?

Puncte de mesaj în curs de scriere.

Alyssa: Era un monstru! Mă bucur că a ieșit din viața ta. Nimeni nu merită să fie iubitul unei asemenea persoane psihopate. E nesuferită. Sper că, pentru tot restul vieții, va călca din greșeală numai peste piese de Lego.

Iată răspunsul de care aveam nevoie.

Alyssa: Te iubesc, amice.

I-am citit cuvintele și am încercat să ignor junghiul din inimă. *Te iubesc.* Nu spuneam niciodată genul ăsta de cuvinte, nici măcar mamei sau lui Kellan. Dar uneori, când Alyssa Marie Walters îmi spunea că mă iubește, mi-aş fi dorit, într-un fel, să-i răspund şi eu.

Dar eu nu iubeam.

Abia dacă simpatizam oamenii.

Cel puţin, asta era minciuna pe care mi-o spuneam zilnic, ca să nu fiu rănit. Majoritatea oamenilor cred că dragostea este o recompensă, dar eu ştiam că nu-i aşa. O vedeam pe mama iubindu-l de ani buni pe tata şi nu se alesese cu nimic bun din asta. Iubirea nu era o binecuvântare, ci un blestem, iar dacă o laşi o dată în inima ta, îţi lasă numai cicatrici.

CAPITOLUL 2

Alyssa

Eu: Hei, tată. Voiam să te întreb dacă vii la recitalul de pian.

Eu: Hei! Ai văzut ultimul mesaj de la mine?

Eu: Hei, tot eu sunt. Ești bine? Eu și Erika suntem îngrijorate.

Eu: Tată?

Eu: ??

Eu: Ești încă treaz, Lo?

M-am uitat fix la ecranul telefonului, cu inima bătându-mi să-mi sară din piept, în timp ce îi trimiteam mesajul lui Logan. M-am uitat la ceas și am oftat amar.

Ora 2.33, noaptea.

Ar fi trebuit să dorm, dar mă gândeam iar la tata. Îi trimisesem în total 15 mesaje text în ultimele două zile și zece mesaje audio, dar tot nu știam nimic de el.

Mi-am lăsat telefonul pe piept, inspirând și expirând adânc. Când a început să vibreze, am răspuns repede.

— Ar trebui să dormi, am șoptit în receptor, bucuroasă în sinea mea că răspunsese. De ce nu dormi?

— Ce s-a întâmplat? a întrebat Logan, ignorându-mi cuvintele.

Mi-a scăpat un chicotit.

— Ce te face să crezi că s-a întâmplat ceva?

— Alyssa, a zis el serios.

— Nesimțitul nu m-a sunat. L-am sunat de 20 de ori săptămâna asta și nu mi-a răspuns, nici nu m-a sunat înapoi.

„Nesimțitul" era porecla pe care i-o dădusem lui tata după ce ne părăsise. Fusesem foarte apropiați, cei doi muzicieni ai familiei, iar când a plecat, a luat cumva cu el și o parte din mine. Nu vorbeam prea mult despre el, dar, chiar dacă nu spusesem niciodată cu glas tare asta, Logan știa că mă deranja.

— Nu te mai gândi la el. E un gunoi.

— Se apropie cel mai mare recital de pian din cariera mea vara asta şi nu ştiu dacă mă descurc fără ca el să fie prezent.

Am încercat cât am putut să-mi înfrânez emoţiile, să nu plâng, dar în noaptea aceea am cedat. Îmi făceam griji în privinţa lui mai mult decât mama şi Erika. Poate pentru că ele nu înţelegeau efectiv cine era el ca artist, ca instrumentist. Ele două gândeau foarte realist, ceea ce le dădea stabilitate, în timp ce eu şi tata eram un fel de spirite libere, dansând printre focuri sălbatice.

Dar în ultima vreme nu mă sunase. Şi eram foarte îngrijorată.

— Alyssa, a reluat Logan.

— Lo, am şoptit cu un mic tremur în glas.

A auzit cum îmi trag nasul de plâns şi m-am ridicat în capul oaselor, apoi am continuat:

— Când eram mică, mă speriau îngrozitor trăsnetele în timpul furtunii şi alergam în dormitorul părinţilor, rugându-i să mă lase să dorm cu ei. Mama nu voia, pentru că spunea că trebuie să mă obişnuiesc că furtunile nu-mi fac rău. Iar Nesimţitul îi dădea dreptate. Aşa că mă întorceam la mine în cameră, mă ghemuiam sub pături, ascultam tunetul şi încercam pe cât posibil să nu văd fulgerul. În mai puţin de un minut se deschidea uşa de la camera mea şi apărea el, cu claviatura în braţe, şi-mi cânta muzică pe marginea patului până adormeam. În majoritatea zilelor sunt puternică, sunt bine. Dar în seara asta, cu furtuna şi toate apelurile ignorate... mi-a rupt inima.

— Nu-i da voie, Alyssa. Nu-l lăsa să câştige.

— Pur şi simplu..., am început să plâng la telefon. Trec doar printr-un moment trist, atâta tot.

— Vin la tine.

— Cum? Nu, e târziu.

— Vin.

— Autobuzele nu mai circulă după ora două noaptea, Logan. Şi apoi, mama a încuiat poarta. Nu poţi să intri. E în regulă.

Mama era avocat foarte cunoscut şi avea bani - mulţi bani. Locuiam pe o colină, iar proprietatea era împrejmuită cu un gard înalt. Era practic imposibil să mai intri după ce încuia mama totul seara.

L-am asigurat din nou:

— Sunt bine, am simţit nevoia doar să-ţi aud vocea şi să-mi aminteşti de ce mi-e mai bine fără el.

— Pentru că aşa e, a explicat el.

— Mda.

— Nu, Alyssa, serios. Eşti mult mai bună decât el.

Suspinele mele au devenit tot mai amare şi a trebuit sămi acopăr gura cu mâna ca să nu audă cât de tare plângeam. Tremuram din tot corpul în pat, lacrimile îmi udau perna, gândurile îmi deveneau tot mai negre.

Dacă i se întâmplase ceva? Dacă se apucase iar de băut? Dacă...

— Vin la tine.

— Nu.

— Alyssa, te rog! aproape că m-a implorat.

— Eşti drogat? l-am întrebat.

A ezitat să răspundă, ceea ce pentru mine a fost clar. Îmi dădeam seama mereu când fumase iarbă, în principal pentru că i se întâmpla cam tot timpul. Ştia că mă deranjează, dar explicaţia pe care mi-o dăduse era că îi este imposibil să-şi schimbe deprinderile.

Eram atât de diferiţi în multe privinţe. Eu nu prea experimentasem nimic. Mergeam la serviciu, cântam la pian şi mă întâlneam cu Logan. El, în schimb, avusese mult mai multe experienţe de tot felul. Folosea droguri de care nici nu auzisem. Săptămânal avea câte un moment de rătăcire, de obicei după ce se întâlnea cu tatăl lui sau avea de-a face cu maică-sa, dar apoi îşi revenea în matca lui şi mă căuta.

Încercam pe cât posibil să mă prefac că nu mă deranjează, dar uneori nu-mi convenea.

— Noapte bună, prietene! am şoptit blând.

— Noapte bună, prieteno! mi-a răspuns oftând.

***

Avea mâinile vârâte la spate şi era ud din cap până în picioare. Pletele negre, ondulate de obicei, îi stăteau lipite de cap, câteva şuviţe acoperindu-i ochii. Purta hanoracul lui roşu preferat, iar blugii negri aveau mai multe tăieturi decât orice altă pereche. Şi avea un rânjet prostesc pe faţă.

— Logan, e ora 3 şi jumătate dimineaţa! am şoptit, sperând să nu o trezesc pe mama.

— Plângeai, a zis el, stând în faţa uşii de la intrare. Iar furtuna nu avea de gând să se oprească.

— Ai venit pe jos? am întrebat.

A strănutat înainte de a-mi răspunde.

— Nu-i chiar aşa departe.

— Ai sărit peste poartă?

S-a răsucit puţin, ca să-mi arate ruptura din blugi.

— Am sărit peste poartă. Şi, în plus, ţi-am făcut o plăcintă.

Atunci a arătat ce ţinea la spate, o tigaie de copt, învelită în staniol.

— Ai făcut plăcintă?

— Am urmărit mai devreme un documentar despre plăcintă. Ştiai că plăcinta e cunoscută de pe vremea egiptenilor? Prima plăcintă atestată documentar a fost creată de romani şi avea crustă de secară...

— O plăcintă cu brânză de capră şi miere? l-am întrerupt.

A rămas mască.

— De unde ai ştiut?

— Mi-ai zis ieri.

S-a ruşinat brusc.

— Ah, da.

Am râs:

— Eşti surescitat.

A rânjit, confirmând din cap.

— Da.

Am zâmbit.

— E o distanţă de 45 de minute de mers pe jos de la tine până aici, Logan. N-ar fi trebuit să faci asta. Şi tremuri, intră!

L-am apucat de mâneca udă a hanoracului şi l-am tras pe holul spre baia de lângă dormitorul meu. Închizând uşa după mine, l-am pus să se aşeze pe vasul de toaletă acoperit şi i-am spus:

— Scoate-ţi hanoracul şi tricoul.

A rânjit poznaş.

— Nu-mi oferi un pahar de băutură înainte?

— Logan Francis Silverstone, am mârâit. Nu fi ciudat!

— Alyssa Marie Walters, mereu sunt ciudat. De asta îţi place de mine.

Avea dreptate aici.

Şi-a dat jos hanoracul şi tricoul şi le-a aruncat în cadă. O clipă, privirea mea a zăbovit pe pieptul lui şi am încercat din răsputeri să ignor fluturii care-mi dansau în stomac, în timp ce îl înfăşuram cu trei prosoape.

— Unde naiba ţi-a fost capul?

Ochii lui ca de caramel erau blânzi şi s-a apropiat de mine, fixându-mi privirea.

— Eşti bine?

— Da, sunt bine.

Mi-am trecut mâinile prin părul lui, care era moale şi rece. Îmi studia fiecare mişcare. Am luat un prosop mic, am îngenuncheat în faţa lui şi am clătinat din cap, în timp ce-i ştergeam părul:

— Trebuia să stai acasă!

— Ai ochii roşii.

Am rânjit uşor.

— Şi tu la fel.

Afară a bubuit tunetul şi am tresărit. Logan şi-a aşezat mâna pe braţul meu, ca să mă liniştească, şi un mic sughiţ mi-a scăpat printre buze. M-am uitat lung la degetele lui pe mine, iar ochii lui s-au oprit în acelaşi loc. Mi-am dres glasul şi m-am tras de lângă el.

— Mâncăm plăcintă acum?

— Sigur, mâncăm plăcintă acum!

Ne-am îndreptat spre bucătărie, încet, în speranța că n-o trezim pe mama, dar eram aproape sigură că nu s-ar trezi, din cauza pastilelor de dormit pe care le lua în fiecare seară. Logan s-a așezat dintr-o săritură pe blatul dulapului, la bustul gol și cu blugii uzi, ținând în mână plăcinta.

— Farfurii? m-am oferit eu.

— Doar o furculiță, mi-a răspuns.

Am luat o furculiță și m-am așezat pe dulap lângă el. Logan a luat furculița, a tăiat cu ea o bucată mare de plăcintă și și-a întins-o. Am luat o gură, am închis ochii și am simțit euforie.

Doamne!

Era cel mai bun bucătar. Nu știam asta sigur, dar mă îndoiesc că poate oricine să facă plăcintă cu brânză de capră și miere de albine. Lui Logan nu doar că îi reușise produsul, dar îl însuflețise. Plăcinta era cremoasă, proaspătă, absolut delicioasă.

Am închis ochii și am deschis gura, așteptând altă înghițitură, cu care m-a servit.

— Mmm, am gemut ușor.

— Plăcinta mea te face să gemi?

— Categoric!

— Deschide gura. Vreau să te mai aud o dată.

Am ridicat o sprânceană spre el.

— Iar te comporți ciudat.

A zâmbit. Îmi plăcea la nebunie zâmbetul ăla. Viața lui avea atâtea clipe de încrâncenare, încât atunci când i se însenina fața, mă bucuram de acel moment. A luat cu furculița o bucățică de plăcintă și mi-a adus-o spre gură, scoțând un zgomot ca de motor de avion și mișcând prin aer mâna. M-am străduit cât am putut să nu râd, dar nu am reușit să mă abțin. Apoi am deschis gura și avionul a aterizat.

— Mmm, am mormăit eu.

— Gemi așa de bine.

— Dac-aş avea un dolar de câte ori am auzit asta! am glumit eu.

El a mijit ochii şi mi-a replicat tot în glumă:

— Ai avea zero dolari şi zero cenţi.

— Hei, eşti naşpa!

— Ca să fie clar, dacă ar exista alţi tipi care să spună, *în glumă*, că gemi bine, i-aş omorî.

Mereu spunea că ar omorî pe orice tip care s-ar uita la mine şi cauza principală pentru care relaţiile mele nu funcţionau ţinea probabil de faptul că tuturor le era foarte teamă de Logan Francis Silverstone. Eu nu înţelegeam însă această frică. Pentru mine era ca un ursuleţ mare de pluş.

— E cel mai bun lucru din tot ce-am mâncat azi. E atât de bună, că îmi vine să înrămez furculiţa.

— Aşa de bună? a rânjit el, copleşit de mândrie.

— Da, chiar *aşa de bună*. Ar trebui să te gândeşti serios să faci nişte cursuri de gătit, cum am mai vorbit. Te-ai descurca de minune.

A oftat, încruntându-se puţin.

— Nu-s de mine cursurile universitare.

— Ba ar putea fi.

— Hai să vorbim despre altceva, a zis, scărpinându-se la nas.

Nu puteam forţa nota, ştiam că era un subiect sensibil pentru el. Credea că nu e suficient de deştept încât să intre la şcoală, dar nu acesta era adevărul. Logan era unul dintre cei mai deştepţi oameni din câţi ştiam. Păcat că nu se vedea cum îl vedeam eu, viaţa lui ar fi fost cu totul alta.

Luându-i furculiţa din mână, am luat o îmbucătură mare, gemând tare, ca să înveselesc atmosfera. A zâmbit din nou. *Bun.*

— Sunt realmente foarte bucuroasă că ai adus asta, Lo. N-am mâncat mai nimic toată ziua. Mama mi-a zis că trebuie să dau jos zece kilograme până încep facultatea în toamnă, pentru că risc să pun oricum 15 în primul an, cum se întâmplă de obicei.

— Parcă de obicei tinerii se îngraşă cu vreo 7 în primul an de universitate[2].

— Mama a zis că, dacă sunt deja supraponderală, o să iau în greutate mai mult decât media. Ştii că mă iubeşte de nu mai poate.

El îşi dă teatral ochii peste cap.

— Ce drăguţă!

— Nu am voie să mai mănânc după 8 seara.

— Din fericire, e trecut de ora 4 dimineaţa, aşa că e o nouă zi! *Trebuie să terminăm toată plăcinta înainte de 8!*

Am chicotit, acoperindu-i repede gura cu mâinile ca să nu mai ţipe. I-am simţit buzele sărutându-mi uşor palmele şi mi-a sărit inima. Mi-am retras uşor mâna, simţind fluturi în stomac, şi mi-am dres glasul.

— E o treabă dificilă, dar cineva trebuie s-o facă.

Și am reuşit; am mâncat toată tava cu plăcintă. Când am dat să curăţ furculiţa la chiuvetă, m-a prins de mână.

— Nu, nu putem s-o spălăm. Trebuie s-o înrămăm, n-ai zis aşa?

Când m-a ţinut de mână, iar mi-a sărit inima.

Ni s-au întâlnit privirile şi a venit mai aproape, spunând:

— Și, ca idee, eşti frumoasă aşa cum eşti, Aly. La naiba cu părerea mamei tale! Cred că eşti frumoasă. Nu doar la modul superficial, care trece cu timpul, ci în toate modurile posibile. Eşti o persoană a naibii de frumoasă, aşa că nu mai băga în seamă ce gândesc alţii. Știi părerea mea despre lume, în general.

Am dat din cap, cunoscându-i foarte bine principiile.

— La naiba cu oamenii, mai bine ia-ţi un animăluţ de companie.

— Exact, a zâmbit cu satisfacţie, dându-mi drumul la mână.

---

2 *Freshman 15*, în original, este un termen folosit în SUA şi Canada pentru a descrie creşterea în greutate cu aproape 7 kg, întâlnită în mod frecvent la studenţi în primul an de facultate, pe fondul mâncatului emoţional, de stres, în cămin, la petreceri seara şi noaptea, combinat cu alcool şi prea puţin sport (n.tr.).

Deja mi-era dor de atingerea lui, chiar înainte de a nu o mai simţi. A început să caşte, ceea ce mi-a distras atenţia de la bătăile haotice ale inimii mele.

— Eşti obosit? am întrebat.

— Aş dormi.

— Va trebui să pleci înainte să se trezească mama.

— Nu fac aşa mereu?

Am mers în dormitorul meu. I-am dat un pantalon de trening şi un tricou pe care le luasem de la el în urmă cu câteva săptămâni. După ce s-a schimbat, ne-am urcat în pat şi ne-am întins unul lângă celălalt. Nu mai dormisem în acelaşi pat cu alt băiat în afară de Logan. Uneori, când dormeam, mă trezeam cu capul pe pieptul lui şi, înainte de a mă retrage, îi ascultam bătăile inimii. Răsufla cu zgomot, inspirând şi expirând pe gură. Prima dată când a rămas la mine, n-am închis un ochi. Dar, cu timpul, sunetele scoase de el îmi dădeau senzaţia de „acasă". Se pare că „acasă" nu este un loc anume; „acasă" este un sentiment pe care ni-l inspiră cei la care ţinem cel mai mult, un sentiment de tihnă, care ne linişteşte focul sălbatic din suflet.

— Mai eşti obosit? am întrebat, stând pe întuneric, cu mintea încă trează.

— Da, dar putem vorbi.

— Mă gândeam. Nu mi-ai explicat niciodată de ce îţi plac aşa mult documentarele.

Şi-a trecut mâna prin păr înainte de a-şi duce mâinile la ceafă, cu privirea în tavan.

— Într-o vară, am stat la bunicul înainte să moară. Îi plăcea un documentar despre galaxie, care m-a făcut să le prind gustul şi să-mi doresc apoi să aflu mai multe despre... tot. Aş vrea să-mi amintesc numele documentarului, pentru că l-aş cumpăra pe loc. Era ca o gaură neagră... sau o stea neagră, s-a încruntat el, apoi a continuat: Nu mai ştiu. În orice caz, eu şi bunicul am început să ne uităm împreună la documentare; devenise obiceiul nostru. A fost cea mai frumoasă vară din viaţa mea.

Părea cuprins de un val de tristeţe, apoi a coborât privirea, adăugând:

— După ce a murit, am păstrat tradiţia. Cred că e una dintre puţinele pe care le am.

— Ştii multe despre stele?

— *O groază.* Dacă am avea un loc bun în oraş de unde să se vadă, fără toată poluarea, ţi-aş arăta toate stelele care se văd şi câteva constelaţii. Dar, din păcate, nu avem.

— Ce păcat! Mi-ar plăcea la nebunie! Dar m-am gândit, totuşi. Ar trebui să faci un documentar despre viaţa ta.

A izbucnit în râs.

— N-ar vrea nimeni să-l vadă.

Am înclinat capul spre el.

— Eu aş vrea.

A schiţat un zâmbet, apoi m-a cuprins cu braţul, trăgându-mă aproape de el. Căldura pe care o degaja mereu îmi stârnea un foc de artificii pe interior.

Pe jumătate adormită şi pe cale de a mă îndrăgosti în taină de cel mai bun prieten al meu, am şoptit:

— Lo?

— Da.

Am dat să deschid gura, dar, în loc de cuvinte, mi-a ieşit un oftat uşor. Am lăsat capul pe pieptul lui şi i-am ascultat bătăile inimii, numărându-le, pe rând. *Una... două... patruzeci şi cinci...*

În câteva minute, mintea mea se liniştise. Uitasem că sunt tristă. Peste încă puţin timp, am adormit.

CAPITOLUL 3

Logan

Mama și cu mine nu aveam cablu TV în apartament, ceea ce nu mă deranja prea tare, era în regulă. Copil fiind, avusesem, dar nu părea să fie ceva care să merite, din cauza tatălui meu. El era cel care plătea factura și mereu se plângea că stau în fața televizorului și mă uit la desene animate. Ca și când îi era ciudă că eram fericit pentru câteva clipe în timpul zilei. Apoi, într-o zi, a venit la noi acasă, a luat televizorul și a anulat abonamentul.

În ziua aceea a plecat și s-a mutat de la noi.

A fost, totodată, una dintre cele mai bune zile din viața mea.

După un timp, am găsit un televizor la gunoi. Era un televizor mic, cu diagonala de 19 inchi, cu un DVD player, așa că împrumutam documentare de la bibliotecă și le vedeam acasă. Eram genul de persoană care știe multe despre orice: baseball, păsări tropicale și Zona 51, toate datorită documentarelor. Și totuși, în același timp, nu știam absolut nimic.

Uneori se uita și mama cu mine, dar în majoritatea timpului mă uitam singur.

Mama mă iubea, dar nu prea mă înghițea.

Ei bine, asta nu era adevărat.

Trează fiind, mama mă iubea de parcă eram cel mai bun prieten al ei.

Când era drogată, era un monstru și, în ultima vreme, era mereu așa.

Îmi era dor de zilele ei nedrogată. Uneori, când închideam ochii, îmi aminteam sunetul râsului ei și cum zâmbea când era fericită.

Oprește-te, Logan.

Nu-mi plăcea să-mi amintesc toate astea. Amintirile erau ca niște pumnale în sufletul meu și nu prea mai aveam variante optimiste de care să mă agăţ.

Însă nu-mi păsa, pentru că îmi ţineam mintea într-o stare de euforie, dată de droguri, încât aproape uitam viaţa de rahat pe care o duceam. Dacă stăteam încuiat în cameră, îmi făceam provizii de documentare, procuram nişte ţigări tari şi mai-mai că uitam de faza de acum câteva săptămâni, când mama stătea la colţul străzii, încercând să-şi vândă corpul pentru nişte liniuţe de prizat.

N-aş fi vrut să primesc un astfel de apel de la prietenul meu, Jacob.

— Amice, tocmai am văzut-o pe maică-ta la intersecţia dintre străzile Jefferson şi Wells. Cred că e... hmmm, s-a oprit Jacob şi apoi a reluat: Cred că ar trebui să te duci acolo.

Marţi dimineaţa, stăteam în pat cu ochii-n tavan, în timp ce pe fundal, ca sonor muzical, rula un documentar despre artefacte chinezeşti, când am auzit-o strigându-mă pe nume:

— Logan! Logan! Logan, vino-ncoace!

Am rămas încremenit cât am putut, în speranţa că n-o să mă mai strige, dar nu s-a oprit. Ridicându-mă din pat, am ieşit din dormitor şi am dat de mama, aşezată la masa din sufragerie. Apartamentul nostru era mic, dar oricum nu aveam multe de pus în el. O canapea ruptă, o măsuţă de cafea pătată şi o masă mare cu trei scaune diferite.

— Ce ai nevoie? am întrebat.

— Vreau să ştergi geamurile pe dinafară, Logan, a zis mama, punându-şi lapte într-un castron crăpat, la care a adăugat cinci inele de fulgi de cereale Cheerios.

Spunea că încearcă o dietă nouă şi nu vrea să se îngraşe. Cântărea, cred, cel mult 60 kg şi la o înălţime de aproape 1,75 m, mi se părea că este scheletică.

Părea epuizată. Oare dormise vreun pic noaptea trecută?

În dimineaţa aceea, părul îi era răvăşit, dar nu mai mult ca toată existenţa ei. Mama arăta mereu frântă şi cred că întotdeauna fusese aşa. Îşi dădea unghiile cu ojă duminică dimineaţa şi până seara îi sărea lacul de pe ele, rămânând cu ele aşa toată săptămâna, până când le reîmprospăta iar culoarea. Hainele îi erau mereu murdare, dar le dădea cu spray odorizant Febreze la 4 dimineața, înainte să le calce. Credea că sprayul Febreze înlocuia spălatul hainelor la o spălătorie automată din zonă.

Nu eram de acord cu tehnica ei și, ori de câte ori puteam, îi duceam pe ascuns hainele să le spăl. Mulți ignoră, în general, mărunțișul găsit pe jos, dar pentru mine reprezenta șansa de a avea pantaloni curați în săptămâna respectivă.

— S-a anunțat că o să plouă toată ziua. Le spăl mâine, am răspuns.

Însă nu intenționam să fac asta. Avea să uite în curând. Ș-apoi, să speli geamurile pe dinafară, la un apartament de la etajul al treilea, fără balcon, părea puțin ridicol. Mai ales pe o ploaie torențială.

Am deschis ușa frigiderului și m-am uitat absent la rafturile goale. Era gol de câteva zile.

Am rămas cu degetele încolăcite pe mânerul ușii. Îl deschideam și îl închideam, de parcă ar fi putut să apară mâncare, ca prin minune, să-mi umplu stomacul, care își cerea drepturile. Chiar atunci s-a deschis ușa de la intrare și în spatele meu a apărut fratele meu, Kellan, ca un vrăjitor ce era, cu o sacoșă de alimente, scuturându-și jacheta de ploaie.

— Ți-e foame? m-a întrebat, înghiontindu-mă în braț.

Poate că mama mânca fulgi de cereale pentru că doar atât aveam.

În afară de Alyssa, Kellan era singura persoană în care aveam încredere. Păream aproape gemeni, doar că el era mai puternic, mai chipeș și mai stabil. Avea o tunsoare clasică, periuță, haine de designer și nu avea cearcăne. Singurele vânătăi care îi apăreau pe piele erau de la vreun placaj încasat în timpul vreunui meci de fotbal american la facultate – lucru care nu se întâmpla prea des.

Trăsese lozul norocos la o viață mai bună, pur și simplu pentru că avusese un tată mai bun. Al lui era chirurg. Al meu era mai mult un farmacist de stradă, care vindea droguri puștilor din cartier și mamei.

Regula ADN-ului: uneori câştigi, alteori pierzi.

Privind în frigider, a exclamat:

— Dumnezeule, vă trebuie mai multe lucruri față de cât am adus.

— Cum de-ai ştiut că ne trebuie mâncare? l-am întrebat, ajutându-l să despacheteze.

— L-am sunat eu, a răspuns mama, sorbind cu zgomot laptele cu cereale. Tu nu aveai cum să faci rost de mâncare pentru amândoi.

Mâinile mi s-au strâns în pumni și le-am lipit de corp. Am pufnit pe nări, dar am încercat să-mi înăbuş furia stârnită de comentariul ei. Nu-mi convenea că de atâtea ori trebuia să ne sară Kellan în ajutor, pentru că nu ne descurcam singuri. Merita să stea cât mai departe de un așa stil de viață.

— O să mai iau nişte chestii şi vi le aduc după cursul de seară.

— Locuieşti la o oră de aici. Nu trebuie să conduci iar până aici.

M-a ignorat, interesându-se:

— Vrei ceva în mod deosebit?

— Alimente, ar fi grozav, am mârâit, în acelaşi timp cu stomacul meu.

A vârât mâna în rucsac şi a scos două pungi de hârtie maro.

— De mâncat.

— Ai şi gătit pentru noi?

— Ei, oarecum.

A lăsat pungile pe blatul din bucătărie. Erau produse alimentare, negătite. Mi-a explicat:

— Când ai venit să stai la mine un timp, ştiu că ne uitam la o emisiune de gătit, unde concurenții primesc diverse provizii şi trebuie să prepare un fel de mâncare. Alyssa mi-a zis că te bate gândul să devii maestru bucătar.

— Alyssa vorbeşte prea mult.

— E înnebunită după tine.

Aici nu l-am contrazis.

A rânjit şi a aruncat un cartof spre mine:

— Aşadar, am puţin timp până plec la serviciu. Uimeşte-ne, maestre!

Şi asta am făcut. Stătea lângă mine şi mâncam preparatul meu stilat, format din brânză la grătar cu şuncă, trei feluri de caşcaval şi un sos de usturoi frecat cu ulei de măsline. Ca garnitură, făcusem crochete de cartofi, cu un ketchup picant, cu aromă de bacon.

— Cum e, îţi place? l-am întrebat, cu ochii ţintă la Kellan.

Fără să stau pe gânduri, am pus jumătate din sandviciul meu în faţa mamei. Ea a scuturat din cap:

— Sunt la dietă, a murmurat, terminând de mâncat porţia de cereale.

— Oau, Logan! E nemaipomenit! a suspinat Kellan, fără să sesizeze replica mamei, ceea ce mie îmi era imposibil.

Am zâmbit larg, cu mândrie.

— Serios?

— Am luat doar o înghiţitură şi este delicios. Dacă ar fi să cred în rai, doar sandviciul ăsta m-ar convinge că reprezintă esenţa paradisului.

Zâmbetul mi s-a lăţit pe toată faţa.

— Nu-i aşa? M-am întrecut pe mine însumi.

— Ţi-a ieşit de minune!

Am ridicat din umeri, cu o expresie de îngâmfare pe faţă.

— Cam sunt minunat.

Îi eram recunoscător lui Kellan pentru că de mult nu mă mai simțisem aşa de bine. Poate că într-o zi mă puteam duce la facultate... Poate că Alyssa avea dreptate.

— Acum însă trebuie să plec. Sigur n-ai nevoie să te duc undeva cu maşina? a întrebat Kellan.

Cu siguranţă voiam să ies din apartament. Dar nu ştiam dacă nu avea să treacă tata în vizită şi nu voiam s-o las pe mama singură cu el. Când rămâneau singuri, o regăseam plină de vânătăi.

Nu ştiu ce fel de demon te-ar putea stăpâni încât să ridici vreodată mâna asupra unei femei.

— Nu, e ok. Oricum lucrez diseară, mai târziu, la stația de benzină.

— Asta nu-i cam la o oră de mers pe jos de aici?

— Nu, 45 de minute. Este în regulă.

— Vrei să-ți las bani pentru biletul de autobuz?

— Pot să merg pe jos.

A căutat la el în portofel și mi-a pus niște bani pe masă. Apoi s-a apropiat de mine și mi-a șoptit:

— Ascultă, dacă vrei vreodată să stai la tata acasă, e mai aproape de serviciul tău...

— Tatăl tău mă urăște, l-am întrerupt.

— Ba nu.

M-am uitat la el neîncrezător și a reformulat:

— Bine, nu ești chiar persoana lui preferată, dar, să recunoaștem, ai luat de la el din portofel trei sute de dolari.

— Trebuia să achit chiria.

— Mda, Logan, dar primul tău gând n-ar fi trebuit să fie să iei pe ascuns.

— Și cum ar fi trebuit să fac? am întrebat, devenind abătut, în mare parte pentru că știam că avea dreptate.

— Nu știu. Poate să ceri ajutorul?

— N-am nevoie de ajutorul nimănui. Niciodată n-am avut.

Trufia pe care o aveam era mereu așa drastică. Înțeleg de ce este considerată păcat capital.

Kellan s-a încruntat, știind că simțeam nevoia să mă eliberez. Statul prelungit în apartamentul ăla avea darul să-ți dea o stare de nervi.

— Bine, atunci.

S-a dus spre mama și a pupat-o pe frunte, spunându-i:

— Te iubesc, mamă.

Ea a zâmbit, cumva.

— Pa, Kellan.

A venit în spatele meu, mi-a pus mâinile pe umeri și a șoptit încet:

— E mai slabă decât data trecută când am văzut-o.

— Mda.

— Asta mă sperie.

— Mda, şi pe mine.

Văzând îngrijorarea pe chipul lui, am reluat:

— Nu-ţi face griji. O conving eu să mănânce ceva.

Arăta la fel de îngrijorat în continuare.

— Şi tu pari mai mic.

— Asta pentru că am arderi rapide, am glumit.

El n-a râs, aşa că l-am bătut pe spate, adăugând:

— Serios, Kel. Sunt bine. Şi o să încerc s-o fac şi pe ea să mănânce. Promit să mă străduiesc, în regulă?

A oftat din greu.

— Ok, ne vedem mai târziu. Dacă nu ai venit de la serviciu când trec din nou diseară, ne vedem săptămâna viitoare.

Kellan mi-a făcut cu mâna la plecare şi, înainte să iasă din apartament, l-am strigat.

— Da?

Am ridicat din umărul stâng, iar el din cel drept.

Era modul nostru de a ne spune ca fraţii unul altuia: „Te iubesc". Kellan însemna enorm pentru mine. Ca el îmi doream să devin într-o zi. Şi totuşi eram bărbaţi, iar bărbaţii nu spun vorbele astea siropoase. Adevărul este că nu le spuneam nimănui.

Mi-am dres glasul şi am înclinat din cap.

— Îţi mulţumesc încă o dată, pentru... tot, am încheiat, ridicând umărul stâng.

A zâmbit puţin şi a ridicat umărul drept.

— Cu plăcere, oricând.

Şi a plecat.

Privirea mi s-a oprit asupra mamei, care vorbea cu castronul ei de lapte. Era de aşteptat.

— Kellan e fiul perfect, murmura ea în jos, înainte de a-şi răsuci capul într-o parte, spre mine. E mult mai bun decât tine.

Unde-i mama cea nedrogată?

— Mda, i-am răspuns, ridicându-mă de pe scaun, ca să plec cu mâncarea în dormitor. Bine, mamă.

— Așa e! Este frumos și deștept și are grijă de mine. Tu nu faci nimic.

— Ai dreptate, nu fac nimic pentru tine, am mormăit, îndepărtându-mă, nevrând să mai am de-a face cu mintea ei aiurită în dimineața aceea.

În timp ce mergeam, am tresărit, speriat de castronul care mi-a trecut razant pe la urechea stângă și s-a făcut țăndări, lovind peretele din fața mea. Au sărit pe mine stropi de lapte și cioburi. Am întors capul spre mama, care avea un zâmbet șiret pe buze.

— Vreau să fie azi curățate geamurile alea, Logan. Chiar acum! Vine cineva să mă scoată în oraș diseară și locul ăsta arată *dezgustător*, a strigat ea. Și strânge mizeria aia.

A început să-mi clocotească sângele de nervi. Era distrusă. Oare cum de ajunsese până aici? Când se ajungea la stadiul ăsta, mai avea vreo șansă să-și revină? *Mi-e așa de dor de tine, mamă...*

— Nu strâng.

— Ba strângi!

— Cu cine ieși la întâlnire, mamă?

Și-a îndreptat ținuta, de parcă era cine știe ce viță nobilă.

— Nu e treaba ta.

— Zău? Pentru că, din câte știu, ultima persoană cu care ai mers la întâlnire a fost cine știe ce nenorocit, care te-a luat de la un colț de stradă. Și înainte de asta a fost panarama de taică-meu, și te-ai întors cu două coaste rupte.

— Să nu îndrăznești să vorbești așa despre el. E bun cu noi. Cine crezi că achită mare parte din chiria noastră? Pentru că în mod sigur nu ești tu.

Un proaspăt absolvent de liceu, nici nu împlinisem 18 ani, care nu putea acoperi o chirie – eram așa un ratat!

— Achit jumătate, mai mult decât ar fi cazul, iar el nu-i decât un nenorocit.

A lovit cu mâinile în masă, iritată de cuvintele mele. Tot corpul îi tremura ușor și era agitată.

— E mult mai bărbat decât ai putea fi tu vreodată!

— Oh! E mai bărbat? Și de ce, mă rog? am întrebat, ducându-mă spre ea și începând s-o caut prin buzunare, știind exact ce voi găsi.

În buzunarul de la spate am găsit o pungulită cu cocaină, i-am fluturat-o prin față, observând cum o cuprinde panica.

— Oprește-te! a strigat ea, încercând s-o recupereze din mâna mea.

— Nu, înțeleg. Îți dă asta, ceea ce îl face mai bun decât ar putea fi vreodată. Te bate, pentru că e un om mai bun. Te scuipă în față și te insultă, pentru că este un bărbat mai bun decât mine, nu?

Au început să-i dea lacrimile, nu la vorbele mele, pentru că eram sigur că rareori mă auzea, dar a început să lăcrimeze de teamă că era în pericol tovarășul ei, praful alb.

— Dă-mi-l, Lo! Oprește-te!

Avea ochii goi și era ca și când mă luptam cu o fantomă. Oftând amar, am azvârlit pliculețul pe masă și am privit-o cum se șterge la nas înainte de a-l deschide, apucă lama ei de ras și separă două linii de cocaină pe masa din sufragerie.

— Ești o distrusă. O afurisită de distrusă și n-o să te faci bine niciodată, am comentat, văzând-o cum inhalează praful.

— Zice băiatul care probabil se va duce la el în dormitor, va închide ușa și își va priza porția pe care i-a dat-o tăticul. Ți se pare că e lupul cel rău, dar tu în rol de Scufița cu hanorac roșu continui să-l suni, ca să-ți primești porția de drog. Te crezi mai bun decât el sau decât mine?

— Sunt, i-am răspuns.

Și eu consumam, dar nu prea mult. Aveam control, nu eram sălbatic.

Eram mai bun decât părinții mei.

N-aveam de ales.

— Nu ești. Ai ce-i mai rău de la amândoi înrădăcinat în suflet. Kellan este bun, va fi bine pe veci. Dar tu? și-a mai aranjat două linii de cocaină și a încheiat: M-aș mira să prinzi vârsta de 25 de ani.

Pe moment, mi-a stat inima.

Vorbele ei au stârnit unde de şoc prin mine. Nici măcar n-a tresărit când le-a zis, iar o parte din mine a murit atunci. Voiam să fac exact opusul a ceea ce credea ea că voi face. Voiam să fiu puternic, stabil, demn de o existență bună.

Și totuşi, eram ca un hamster pe rotiţă.

Simţeam că merg permanent în cerc şi n-ajung nicăieri.

Am intrat în dormitor, am trântit uşa şi m-am pierdut în lumea propriilor demoni. Mă întrebam în sinea mea ce s-ar fi întâmplat dacă nu l-aş fi salutat atunci pe tatăl meu, cu atâţia ani în urmă. Ce ar fi fost dacă nu ne-am fi întâlnit niciodată.

***

Logan, la 7 ani

L-am întâlnit pe tatăl meu pe veranda casei unui străin. Mama m-a dus în noaptea aceea la o casă oarecare și mi-a zis să aştept afară. A zis că intră puţin, pe fugă, și apoi mergem acasă, dar cred că ea și prietenii ei se distrau mai bine decât se aşteptaseră.

Veranda era în paragină, iar hanoracul meu nu era grozav pentru gerul iernii, dar nu mă plângeam. Mamei nu-i convenea când mă plângeam; spunea că mă face să par slab.

Pe verandă era o băncuță ruptă, din metal, pe care m-am așezat, cu picioarele îndoite la piept, iar timpul trecea. Balustrada verandei avea vopsea cenușie, coşcovită pe alocuri, iar gărdulețul era format din scânduri crăpate, pline de zăpada înghețată, pentru că nu fusese îndepărtată cu lopata.

Haide, mamă!

Era aşa ger în ziua aceea. Mi se vedea răsuflarea ca un abur și, ca să-mi treacă timpul mai uşor, suflam aer cald în față.

Toată seara au tot intrat și au ieșit oameni din casă, dar abia dacă mă remarcau pe bancă. Am băgat mâna în buzunarul de la spate al pantalonilor și am scos un mic carnețel și un pix, pe care le aveam mereu la mine, și am început să desenez. Ori de câte ori nu era mama prin preajmă, desenam, ca să am o activitate.

Am desenat mult în noaptea aceea, până am început să casc. În cele din urmă am adormit, cu picioarele vârâte pe sub hanoracul roșu, pe bancă. Atunci când adormeam, nu-mi mai era așa de frig, ceea ce era destul de plăcut.

— Hei! m-a trezit o voce aspră.

În clipa când am deschis ochii, a revenit senzația de frig. Corpul a început să-mi tremure, însă nu m-am ridicat. Vocea a strigat din nou:

— Hei, puștiule! Ce naiba faci aici? Scoală-te!

M-am ridicat și m-am frecat la ochi, căscând.

— Mama e înăuntru. O aștept.

Uitându-mă la cel care-mi vorbise, am făcut ochii mari de teamă. Arăta fioros și avea o cicatrice mare pe partea stângă a feței. Părul îi era răvășit, brunet, încărunțit din loc în loc, iar ochii semănau oarecum cu ai mei, căprui și monotoni.

— Da? De când aștepți? a șuierat printre dinți, ținând o țigară la colțul gurii.

M-am uitat în sus, la cerul întunecat. Când ajunsesem cu mama era lumină afară. Nu i-am răspuns bărbatului. A mârâit și s-a așezat lângă mine. M-am ghemuit pe marginea băncii cât am putut mai departe de el.

— Liniștește-te, puștiule! Nu-ți face nimeni nimic. Maică-ta e pe droguri?

Nu știam ce înseamnă cuvântul, așa că am ridicat din umeri. El a rânjit.

— Dacă-i în casa aia, e pe droguri. Cum o cheamă?

— Julie, am șoptit.

— Julie și mai cum?

— Julie Silverstone.

A căscat puțin gura și s-a uitat spre mine, dintr-o parte.

— Maică-ta e Julie Silverstone?

Am dat din cap.

Bărbatul m-a întrebat mai departe:

— Și te-a lăsat aici?

Am confirmat iar, pe tăcute.

S-a ridicat de pe bancă, strângând pumnii, și a murmurat:

— Cățeaua aia!

S-a îndreptat spre intrare și s-a oprit, în timp ce deschidea ușa de plasă. Și-a scos țigara din gură și m-a întrebat:

— Fumezi marijuana?

Nu era deloc o țigară obișnuită. Ar fi trebuit să-mi dau seama după miros.

— Nu.

S-a încruntat.

— Deci ai zis Julie Silverstone?

Am răspuns pentru a treia oară, dând din cap.

Mi-a pus între degete țigara rulată bizar și a adăugat:

— Atunci fumezi marijuana. O să-ți țină de cald. Mă întorc cu târfa de maică-ta.

— Nu e tâ... dar ușa s-a trântit până să apuc să închei cuvântul – târfă.

Țineam jointul între degete și tremuram de frig.

O să-ți țină de cald.

Înghețam.

Așa că am tras un fum și m-am înecat.

Am tușit tare, îndelung, și am strivit chiștocul pe pământ. Nu înțelegeam de ce ar face cineva așa – cum i-ar plăcea cuiva fumatul. Acela a fost momentul în care am jurat că n-o să mai fumez vreodată.

Când a ieșit, bărbatul o târa pe mama după el. Ea parcă dormea în picioare și era transpirată.

— Nu mă mai trage după tine, Ricky! a strigat la bărbat.

— Taci naibii din gură, Julie. Ți-ai lăsat plodul afară toată noaptea, drogata naibii ce ești!

Am strâns pumnii și am pufnit imediat. Cum îndrăznea să-i vorbească mamei așa? Nu o cunoștea. Îmi era cel mai bun prieten, în afara fratelui meu, Kellan. Iar individul ăsta nu avea dreptul să i se adreseze așa. Kellan s-ar fi înfuriat așa tare dacă l-ar fi auzit. Bine că nu era aici, era cu tatăl lui într-un voiaj de pescuit la copcă.

Nu știam că se poate pescui când apa e înghețată, dar Kellan îmi povestise despre asta săptămâna trecută. Mama zicea că pescuitul la copcă este pentru ciudați și ratați.

— Ți-am zis, Ricky! Nu mai consum - pro-promit, s-a bâlbâit ea. M-am oprit aici s-o văd pe Becky.

— Vrăjeală, a replicat el, trăgând-o în jos, pe scări. Haide, băiete!

— Unde mergem, mamă? am întrebat, venind în urma ei, fără să știu ce vom face.

— Vă duc acasă pe amândoi cu mașina, a replicat bărbatul.

A urcat-o pe mama pe scaunul din dreapta, unde ea a închis ochii și i-a căzut bărbia în piept. Apoi mi-a deschis mie portiera la spate, trântind-o după ce am intrat.

— Unde stați? a întrebat, urcând la volan și pornind imediat.

Avea o mașină lucioasă, foarte frumoasă, cum nu mai văzusem. Eu cu mama luam autobuzul peste tot, așa că mă simțeam ca un rege în genul acesta de automobil.

Mama a început să tușească tare, parcă se înecase.

— Vezi, de asta a trebuit să vin la Becky. Proprietarul meu se poartă urât și mi-a zis că n-am plătit pe ultimele două luni! Dar am plătit, Rick. I-am dat mizerabilului, dar se face că nu. Așa că am venit la Becky să fac rost de niște bani.

— De când are Becky bani de dat? a întrebat el.

— N-avea. Cred că n-are. Dar trebuia să încerc. Pentru că proprietarul mi-a zis să nu mă întorc dacă n-am bani. Așa că nu știu unde să ne ducem. Stai să verific ceva la Becky repejor, a murmurat ea, deschizând în mers portiera.

— Mamă!

— Julie!

Eu și Ricky am strigat în același timp. De pe bancheta din spate m-am întins s-o prind de bluză, iar el a tras-o de mânecă înapoi, încât portiera s-a închis din revenirea ei.

— Ai înnebunit?! a tunat el, cu nările umflate. Fir-ar să fie, îți achit mâine ce trebuie, dar diseară stați la mine.

— Faci asta, Ricky? Doamne, ce bine-ar fi! Nu-i așa, Lo? Îți dau înapoi fiecare bănuț, o să ți-i restitui.

Am încuviințat și eu din cap, simțind, în sfârșit, efectul încălzirii din mașină.

Căldură.

— O să-i iau și niște mâncare puștiului. Mă îndoiesc că l-ai hrănit.

A vârât mâna în buzunar și a scos un pachet de țigări și o brichetă în formă de dansatoare hawaiiană. Când a aprins bricheta, dansatoarea se mișca dintr-o parte într-alta. M-a hipnotizat mișcarea, nu-mi mai puteam lua ochii de la ea. Chiar și după ce și-a aprins țigara, o pornea și oprea încontinuu.

Când am ajuns la apartamentul lui Ricky, am rămas uimit de câte lucruri avea. Două canapele înguste și un fotoliu uriaș, tablouri, un televizor imens, cu cablu și un frigider plin cu mâncare cât să hrănească tot mapamondul. După ce am mâncat, m-a instalat pe una dintre canapele și am adormit relativ ușor, ascultându-l cum vorbea în șoaptă cu mama pe holul din apropiere.

— Are ochii tăi, a murmurat ea.

— Da, știu.

Avea vocea plină de ciudă, deși nu știam de ce. I-am auzit pașii apropiindu-se și am deschis ochii, văzându-l cum se uită la mine, din poziția pe vine. Și-a împreunat palmele și a mijit ochii.

— Așadar, ești băiatul meu?

Nu am răspuns, pentru că nu știam ce să spun.

La colțul gurii i-a apărut un rânjet viclean și și-a aprins o țigară, suflându-mi fumul în față.

— Nu-ți face griji, Logan. O să am grijă de tine și de mama ta. Promit.

***

La 4 dimineaţa, când mi s-a dus, în sfârşit, efectul euforic al drogului, stăteam întins pe pat, uitându-mă la tavan.

Eu: Ești trează?

Mă uitam fix la telefon, aşteptând să apară punctele de scriere a mesajului, dar nu le vedeam. Când mi-a sunat telefonul, am tras aer în piept.

— Te-am trezit - am şoptit în receptor.

— Un pic, a răspuns Alyssa. Ce s-a întâmplat?

— Nimic - am minţit. Sunt bine.

M-aş mira să prinzi vârsta de 25 de ani.

— Te-a supărat mama ta sau taică-tu?

Mereu mă simţea.

— Mama.

— Era trează sau drogată?

— Drogată.

— Şi ai crezut ce a zis sau nu?

Am ezitat să răspund şi am început să pornesc şi să opresc bricheta.

Alyssa a oftat:

— Of, Lo!

— Scuză-mă că te-am trezit. Închid acum, culcă-te la loc.

— Nu-s obosită, a oftat ea. Stai cu mine la telefon până ţi se face somn, ok?

— În regulă.

— Eşti bine, Logan Francis Silverstone.

— Sunt bine, Alyssa Marie Walters.

Deşi suna ca o minciună, venind de la ea, eram aproape convins să cred.

CAPITOLUL 4

Logan

Nu mi-am sărbătorit niciodată cu adevărat ziua de naştere până acum doi ani, când am cunoscut-o pe Alyssa. Kellan mă scotea mereu la cină şi îmi plăcea la nebunie asta. Se pricepea de minune să-mi amintească faptul că nu sunt singur pe lume, dar Alyssa se întrecea pe sine în fiecare an, de ziua mea. În urmă cu doi ani, am mers la Chicago, ca să vedem un documentar special despre Charlie Chaplin la un vechi cinematograf, iar apoi m-a dus la un restaurant frumos, pentru care venisem îmbrăcat mult mai puţin elegant decât trebuia. Pentru ea, restaurantele frumoase făceau parte din stilul de viaţă în mod obişnuit, pe când eu veneam dintr-un mediu în care nu-mi permiteam să iau cina în fiecare seară. Când a remarcat stânjeneala mea, am ajuns să ne plimbăm pe străzi în Chicago, mâncând hotdog şi pozându-ne lângă unele dintre obiectivele oraşului.

Aceea a fost prima cea mai frumoasă zi din viaţa mea.

Acum un an, se organiza un festival de film în partea de nord a oraşului Wisconsin şi ea a închiriat o cabană pentru noi acolo. Timp de o săptămână, am văzut împreună toate filmele. Stăteam treji până târziu să discutăm care filme ne inspiră şi care erau create de persoane ce foloseau, probabil, substanţe halucinogene.

Aceea a fost a doua cea mai bună zi din viaţa mea.

Dar astăzi era altfel. Azi era ziua când împlineam 18 ani, trecuse de ora 11 noaptea, iar Alyssa nu mă sunase deloc.

Stăteam în dormitor şi urmăream un documentar despre Jackie Robinson, în vreme ce o auzeam pe mama foindu-se prin apartament. Lângă pat, aveam un teanc de facturi şi simţeam cum mi se strânge stomacul de teamă că nu am destul pentru chirie. Dacă nu eram în stare să acoperim chiria, tata avea să ne scoată ochii cu asta. Iar dacă îi ceream ajutorul, eram sigur că mama va plăti cu vârf şi îndesat.

Am întins mâna sub pat și am scos un plic, verificând ce bani reușisem să pun singur deoparte. Mi s-a făcut rău văzând cuvintele scrise pe plic.

Fonduri pentru facultate.

Ce mai glumă!

Am numărat banii. *552 de dolari.* Făceam economii de doi ani, încă de când Alyssa îmi prezentase ideea ca fiind posibilă, la un moment dat. Petreceam mult timp gândindu-mă că, într-o zi, voi aduna suficient ca să pot merge la studii superioare, să-mi fac o carieră solidă și să cumpăr o casă în care să stau cu mama.

N-ar mai trebui să depindem cu nimic de tata – locuința ar fi doar a noastră și atât. Și ne-am și dezintoxica. Fără droguri, doar fericire. Mama ar plânge de bucurie, nu pentru că o bate.

Ar reveni la felul ei de a fi, când nu consuma și când mă adoarmea, când eram mic. Când îmi cânta și dansa, și zâmbea.

Trecuse așa de mult timp de când nu mai văzusem versiunea aceea a ei, însă o parte din mine spera că, într-o zi, se va recupera. *Trebuia să revină la viață pentru mine.*

Am oftat, scoţând niște bani din fondul meu pentru universitate ca să plătesc factura de lumină. Mai rămâneau 323 de dolari.

Și uite așa, visul se îndepărta și mai tare.

Scoţând un creion, am început să mâzgălesc pe plicul de factură. Desenatul și uitarea de sine pe fondul sonor al documentarelor erau principalul meu mod de a fugi de realitate. Și apoi, îmi apărea în minte capul cu păr ondulat al unei fete ciudate, care zâmbea și vorbea prea mult. Alyssa îmi ocupa gândurile mai mult decât ar fi trebuit. Ceea ce era ciudat, pentru că nu dădeam doi bani pe oameni, în general, sau ce părere aveau ei despre mine.

Când ţineam la oameni, le venea ușor să se joace cu mintea mea, iar mintea mea era deja destul de distrusă din cauza dragostei pentru mama mea aiurită.

— Nu! am auzit strigând din sufragerie. Nu, Ricky, n-am vrut, plângea ea.

Mi s-a strâns stomacul.

Venise tata.

M-am ridicat repede de pe saltea și m-am grăbit acolo. Tata era un tip musculos, avea părul mai mult cenușiu decât negru, se încrunta mai des decât zâmbea și emana ură mai degrabă decât dragoste. Și se îmbrăca mereu la costum. Costume care arătau foarte scumpe, cu cravată și pantofi din piele de crocodil. Toți cei din cartier își țineau privirile în pământ când treceau pe lângă el, pentru că ar fi fost periculos chiar și să se uite în ochii lui. Era cel mai mare huligan din câți umblau pe străzi și îl uram din adâncul sufletului. Mă dezgusta tot ce era legat de el, dar cel mai mult detestam faptul că aveam ochii lui.

De câte ori mă uitam la el, recunoșteam o parte din mine.

Mama tremura într-un colț, ținându-se de obraz, pe care se vedea urma palmei lui. Mă uitam la el cum se pregătea s-o plesnească din nou și i-am ieșit în cale, încasând eu lovitura.

— Las-o în pace, i-am zis, vrând să arăt că n-a durut.

— Asta n-are legătură cu tine, Logan. Dă-te din calea mea. Maică-ta îmi datorează bani.

— Fac... fac rost, jur. Doar mai am nevoie de timp. Am un interviu săptămâna asta la o băcănie din josul străzii, a mințit ea.

Mama nu mai aplicase de ani buni la nicio slujbă, însă mereu pomenea de aceste interviuri misterioase, care nu se rezolvau în niciun fel.

— Parcă îți plătise deja, am zis. Ți-a dat 200 de dolari săptămâna trecută.

— Și a luat trei sute acum două zile.

— De ce i-ai mai dat? Știi că nu ți-i poate înapoia.

M-a înșfăcat de braț, și-a vârât degetele în pielea mea, făcându-mă să tresar. Am simțit cum mă smucește, trăgându-mă în partea cealaltă a camerei și, aplecat amenințător asupra mea, a urlat:

— Cine naiba te crezi să-mi vorbești așa?

— Credeam...

M-a pocnit la ceafă.

— Nu credeai nimic. Discuţia asta e doar între mine şi maică-ta. Nu ne întrerupe.

M-a lovit din nou, mai tare. Şi-a strâns degetele în pumn şi, când mi-a dat una în ochi, am scâncit de durere. A pornit din nou spre ea, iar eu, ca un idiot, m-am băgat din nou în faţă.

— Vrei să mori, Logan?

— Îţi plătesc eu, am zis, îndreptându-mi postura, deşi mă făcea să mă simt mic de câte ori era în preajmă. Stai puţin!

M-am repezit în dormitor, am băgat mâna sub saltea şi am scos economiile mele pentru facultate. Simţeam că mă dor ochii numărând banii.

Am rămas cu 23 de dolari.

Am vârât banii în mâna tatei şi am zis:

— Poftim!

M-a privit cu ochii mijiţi şi s-a apucat să-i numere. A murmurat ceva în barbă, dar nu-mi păsa. Dacă pleca, eram mulţumit.

Şi-a vârât banii în buzunarul de la spate.

— Ar trebui să ştiţi amândoi cât de norocoşi sunteţi că mă aveţi. Dar să nu credeţi că o să vă mai plătesc eu chiria ca până acum.

N-avem nevoie de tine, aş fi vrut să-i spun. Visam să pot ţipa la el: *Pleacă şi să nu te mai întorci!*. Dar am tăcut.

S-a îndreptat spre mama şi am văzut-o cum tresare când a mângâiat-o pe obraz. I-a zis:

— Ştii că te iubesc, da, Julie?

Ea a confirmat, dând încet din cap.

— Ştiu.

— Şi vreau doar să fim fericiţi. Tu, nu?

Ea a aprobat din cap, mai încet.

— Ba da.

El s-a aplecat s-o sărute pe buze, iar mie îmi venea să-i dau foc. Aş fi vrut să-l văd arzând şi ţipând de durere, pentru felul în care se folosea de sufletul ei, îşi bătea joc şi i-l pângărea.

Dar îmi venea să strig şi la mama, deoarece categoric îi răspunsese la sărut. Când s-au tras deoparte unul de altul, ea arăta de parcă el era Dumnezeul ei, când, de fapt, era doar Satana într-un costum scump.

— Logan, mi-a zis el, îndreptându-se spre uşa de la intrare. Dacă ai nevoie vreodată de o slujbă ca lumea, una de bărbat adevărat, sunt sigur că te pot coopta în afacerea familiei. Nu faci nimic cu mărunţişul ăsta pe care-l câştigi.

— Nu mă interesează.

Auzindu-mi replica, i-a revenit rânjetul sinistru. Îi răspundeam la fel de fiecare dată, dar mereu zâmbea, de parcă avea un secret doar al lui. Când a ieşit din apartament, am oftat greu.

— Ce-i cu tine?! a strigat mama, venind spre mine şi lovindu-mă în piept.

Năuc, am prins-o de încheieturile mici. Continua să ţipe:

— Vrei să-mi strici toate învârtelile?

— Doar l-am oprit să nu te mai atace!

— Nu ştii despre ce vorbeşti. N-avea de gând să-mi facă nimic rău.

— Eşti aeriană. *Deja* te rănea.

— Dă-mi drumul, a scâncit, încercând să se elibereze din strânsoarea mea.

Am lăsat-o. Într-o clipă, mâna ei s-a abătut asupra mea, plesnindu-mă *tare*.

— Să nu te mai amesteci în viaţa mea, ai auzit? a punctat ea.

— Mda, am murmurat.

A repetat întrebarea, privindu-mă fix în ochi şi ţinând un deget ridicat spre faţa mea:

— S-a înţeles?

— Da! am strigat. S-a înţeles.

Dar minţeam, pentru că, dacă l-aş mai fi văzut pe tata lovind-o, i-aş fi luat din nou apărarea. M-aş fi zbătut pentru ea. Aş fi fost glasul ei, chiar dacă asta însemna să-mi pierd eu vocea. Fiindcă ştiam că din cauza lui amuţise. Şi tot din cauza lui, focul din ea se stinsese.

Mamă, întoarce-te la mine.

Când o pierdusem? Era pierdută de tot?

Dacă aş avea o maşină a timpului, m-aş întoarce şi aş îndrepta acea greşeală care o făcuse să devină cine era. Aş îndruma-o să o ia la stânga, în loc de dreapta. Aş implora-o să nu fumeze la acea primă încercare. I-aş aminti că este frumoasă, chiar dacă un bărbat îi spune altceva. I-aş vindeca inima, distrusă atât de dureros.

M-am dus spre dormitor şi am încercat să-mi şterg din gând amintirile despre tata, dar ori de câte ori era în preajmă, reveneau. Toată ura mea, furia, durerea. Toate îmi inundau creierul, înţesându-mi mintea cu atâta zgomot, încât eram nevoit s-o amorţesc.

O să mori până la vârsta de 25 de ani.

Simţeam panică în suflet, ochii îmi zvâcneau de durere şi eram la un pas de a mă lăsa iar pradă demonilor interiori. Mă dispreţuiau, mă răneau, îmi otrăveau mintea treptat. Priveam fix la noptiera unde se afla acul de seringă în fiecare noapte, îl simţeam cum îmi şopteşte numele, cerându-mi să hrănesc demonii până dispăreau.

În noaptea aia am vrut să câştig. Voiam să fiu puternic, dar nu eram. Nu fusesem niciodată suficient de puternic şi nici nu voi fi.

Cedează.

Ai să mori până la 25 de ani.

Am inspirat şi mi-am simţit mâinile tremurând. Am tras aer în piept, simţind că mi se frânge inima. Am inspirat din nou şi am făcut singurul lucru la care mă pricepeam.

Am deschis sertarul, mă mai despărţeau doar câteva clipe de întunericul care mă cuprindea pe interior, aproape de a mă îndepărta de lumină, când am primit un mesaj pe telefon.

Alyssa: Ce faci?

Îmi trimitea mesaj exact când aveam nevoie, chiar dacă eram supărat că aşteptase până la 11 noaptea să-mi scrie.

Singura persoană care îmi mai dăduse semn că e ziua mea fusese Kellan, care mă scosese la masă în oraș. De la tata căpătasem doar un ochi vânăt, iar de la mama, dezamăgire.

Alyssa era singura în care aveam bază. Era cel mai bun prieten al meu și nu-mi spusese nimic toată ziua.

Eu: Stau în pat.

Alyssa: Ok.

Puncte de mesaj în curs de scriere.

Alyssa: Vino jos.

M-am ridicat în capul oaselor și am mai citit o dată mesajele ei. Mi-am pus în grabă tenișii, hanoracul roșu, niște ochelari de soare și am ieșit repede din apartament. Alyssa era parcată în fața blocului și-mi zâmbea. M-am uitat pe fugă în jur la lumea de pe stradă care bea și fuma.

Mi-a trecut prin minte atunci:

Doamne, urăsc când vii aici, mai ales noaptea.

Am urcat la ea în mașină pe locul din dreapta și am blocat portierele imediat ce m-am văzut înăuntru.

— Ce faci, Alyssa?

— De ce ai ochelari de soare? m-a întrebat.

— Fără motiv.

A întins mâna spre mine și mi i-a dat jos.

— Of, Logan... a șoptit ea, atingându-mi ușor ochiul învinețit.

M-am schimonosit și m-am tras în spate.

— Crezi că asta-i grav? Să-l vezi pe celălalt tip!

N-a râs.

— Taică-tu?

— Da, dar e în regulă.

— Nu e în regulă. N-am urât pe nimeni în viața mea așa de tare. Mama ta e bine?

— E departe de a fi bine, dar e în regulă.

Am văzut că ochii Alyssei s-au umplut de lacrimi, dar am oprit-o repede, spunându-i:

— Totul este în regulă, zău. Hai să mergem unde voiai, ca să uit puțin de toate.

— OK.

— Și... Alyssa?

— Da, Logan?

I-am șters lacrimile cu degetul și am zăbovit ceva mai mult cu atingerea pe obrazul ei.

— Zâmbește.

Mi-a zâmbit teatral, străduindu-se să pară imediat veselă. Pentru mine era suficient.

A băgat mașina în viteză și am mers timp îndelungat. N-am vorbit deloc tot drumul, nu știam exact ce are de gând. Când a oprit pe marginea unui drum abandonat, eram și mai confuz.

— Serios vorbind, ce ai de gând?

— Hai! mi-a zis, ieșind din mașină și începând să alerge pe drum.

Fata asta avea să-mi aducă sfârșitul iar prin sfârșit voiam, de fapt, să zic că mă aducea din nou la viață. Pentru că intrase în viața mea, găseam cumva în fiecare zi o eliberare față de constrângerile existenței mele.

Am mers după ea, pentru că de câte ori se îndepărta, voiam să știu unde se duce.

S-a oprit în dreptul unei scări care ducea la un panou publicitar, pe care mi l-a prezentat cu un țopăit, dansând entuziasmată:

— Ta-da!

— Hm?

— E cadoul de ziua ta, prostuțule!

— Cadoul meu este... o scară cu afiș?

Și-a dat ochii peste cap, oftând exagerat.

— Vino după mine, mi-a zis, urcând pe scară.

Și m-am conformat.

Era cea mai înaltă scară din câte văzusem. Pe panoul publicitar din fața noastră scria: „Plătești 2 burgeri, primești 5 de la localul Hungry Harry". Îmi dădeam seama că Alyssei îi era puțin teamă de înălțime, pentru că se străduia să nu privească în jos. De jur împrejurul panoului era un grilaj de metal care ne apăra să nu cădem, însă tot părea prea sus pentru ea.

— Ți-e puțin frică? am întrebat, aflând ceva nou despre ea.

— Hm, cam da. Consider că înălțimile sunt unul dintre acele lucruri de care nu știi că ți-e frică până nu te afli... la mare înălțime. În fine.

A pășit cu grijă spre partea laterală a panoului, de unde a scos un coș de picnic și niște cadouri ambalate, spunându-mi:

— Poftim! Deschide mai întâi cadourile.

Am făcut ce-a spus și aproape am izbucnit în plâns văzând cadourile.

Mi-a explicat:

— Nu eram sigură pe care l-ai vizionat cu bunicul tău, așa că am luat toate DVD-urile pe care le-am găsit.

Erau 12 documentare despre galaxie și printre ele era și cel văzut cu bunicul.

— Iisuse, am murmurat, ducând mâna la nas.

— Și... a arătat ea cu brațele roată spre cer. Asta-i cea mai bună priveliște pe care am găsit-o ca să vedem stelele noaptea. Am condus prin oraș zile întregi ca să găsesc un loc potrivit. Poate sună prostește, dar m-am gândit c-o să te bucuri de imagine, a spus ea, apoi s-a încruntat întrebând: E prostește, așa-i? Ar fi trebuit să fac ceva mai bun. M-am descurcat așa de bine în ultimii doi ani și m-am gândit că acum dau lovitura...

Am luat-o de mână.

A tăcut.

— Mulțumesc, am șoptit, ștergându-mă la ochi cu cealaltă mână.

Mi-am tras puțin nasul și am repetat:

— Îți mulțumesc.

— Îți place mult?

— Foarte.

Mă îndrăgostesc de tine...

Am clătinat din cap, încercând să alung acel gând.

Nu puteam s-o iubesc. Iubirea însemna chin, iar ea era unul dintre cele două lucruri bune din viața mea.

Am privit iar spre cer și i-am spus:

— Dacă te uiți acolo, vezi constelația Scorpius. În fiecare lună, unele constelații se văd mai bine decât altele. Începe de la steaua aceea de mai jos, vine o curbă în sus, apoi se desface în cinci puncte, parcă ar fi o păpădie. Cea mai strălucitoare stea din constelație este Antares. Bunicul îmi spunea că este inima lui Scorpius. O vezi? am întrebat arătând cu degetul.

Ea a aprobat din cap.

— Legenda spune că vânătorul Orion se lăuda că poate ucide toate animalele de pe planetă, am continuat. A fost învins de un scorpion, iar Zeus a observat cum s-a desfășurat lupta. Prin urmare, l-a înălțat pe cerul nopții pe scorpion, pentru eternitate.

— Ce frumos!

— Mda, am șoptit, uitându-mă la ea și apoi în sus. Este.

— Și asta e frumos, a mai zis ea.

— Ce anume?

A continuat să privească stelele, cu colțul buzelor ridicate, și a răspuns:

— Cum te uiți lung la mine când crezi că nu te văd.

Mi-a stat inima în loc.

Observase că mă holbez?

— Tu te uiți vreodată lung spre mine?

A dat din cap încet.

— Iar când nu suntem împreună, închid ochii și te văd cu ochii minții. Atunci nu mă mai simt deloc singură.

Mă îndrăgostesc de tine...

Îmi venea să deschid gura și să-i spun acele cuvinte. Voiam s-o las să pătrundă în sufletul meu și să-i povestesc cum visam ziua cu ochii deschiși la ea. Apoi mi-am amintit cine era ea și cine eram eu și de ce nu puteam zice acele vorbe.

S-a instalat un moment de tăcere jenantă, până când Alyssa a înviorat atmosfera:

— Ah! Am pregătit și o cină târzie pentru noi, a exclamat ea, căutând în coșul de picnic. Nu vreau să te necăjesc cu cât de bună e mâncarea. Știu că ești obișnuit să fii cel mai bun maestru bucătar din oraș, dar cred că te-am întrecut de data asta.

A scos din coș un recipient cu unt de arahide și sandviciuri cu jeleu. Am râs.

— Nu se poate! Tu ai făcut asta?

— De la zero, mai puțin untul de arahide, gemul și pâinea. Sunt luate de la băcănie.

Iată cea mai bună prietenă!

Am mușcat din sandvici și am întrebat:

— Gemul e amestec din fructe de pădure?

— Da.

— Măi să fie, ce gusturi fine ai!

A zâmbit și îmi venea să mor de dragul ei.

— Ca desert, am o pungă de zmeură și astea, a spus, scoțând un pachet de biscuiți Oreo. Ceva extravagant, nu? Uite!

A luat un biscuit, l-a desfăcut, a pus o zmeură pe cremă și l-a prins la loc. Apoi mi l-a adus în joacă prin aer să-l mănânc. Am deschis gura mare, am mușcat un pic și am gemut. Încântată, a ridicat o sprânceană.

— Gemi de la prăjiturica mea?

— Categoric gem de la prăjiturica ta.

A dat din umeri ca într-un dans și a oftat teatral:

— Dacă aș avea un dolar de câte ori mi-a zis un tip chestia asta.

— Ai avea un dolar și zero cenți.

A fluturat cu mâna în aer și am plăcut-o și mai mult. Nu mă puteam hotărî ce-mi doream mai mult, cuvintele ei sau să-mi lipesc buzele de ale ei. Ambele aspecte mă încântau mai mult decât aș fi crezut că este posibil.

Cuvintele. Optează pentru cuvinte.

— Care este cel mai mare vis al tău? am întrebat, azvârlindu-mi în gură câteva fructe de zmeură, înainte de a o servi și pe ea la fel.

— Cel mai mare vis?

— Da. Ce vrei să faci sau să devii?

Şi-a muşcat buza inferioară.

— Vreau să cânt la pian şi să amuz lumea. Să-i fac pe oameni fericiţi. Ştiu că multora, printre care şi mama, li s-ar părea meschin. Şi pare un obiectiv tâmpit, dar asta îmi doresc. Vreau ca muzica mea să-i inspire pe alţii.

— Poţi s-o faci, Alyssa. Deja o faci.

Credeam în visul ei mai mult decât puteam s-o spun. De fiecare dată când o ascultam cântând la pian, era ca şi când dispărea tot ce este rău în viaţă. Sunetele ei mă făceau să regăsesc nişte clipe de tihnă.

— Dar tu? m-a întrebat, aşezându-mi o zmeură între buze.

Nu eram efectiv în postura să pot visa la ceva, dar, când eram cu Alyssa, obiectivul meu părea cumva posibil.

— Vreau să fiu maestru bucătar. Să vină în restaurant oamenii morocănoşi şi să plece fericiţi datorită preparatelor mele. Vreau să se simtă bine mâncând ce am gătit şi să uite câteva minute de toate aiurelile care se petrec în vieţile lor reale.

— Îmi place la nebunie asta. Ar trebui să ne deschidem un restaurant, să băgăm un pian înăuntru şi să-l denumim AlyLo.

— Sau LoAly, am zâmbit eu.

— AlyLo sună mult mai bine. Plus că a fost ideea mea.

— Păi, hai să-l facem. Să deschidem localul AlyLo, cu mâncare uluitoare, să cântăm muzică extraordinară şi să trăim fericiţi până la adânci bătrâneţi.

— Sfârşit?

— Sfârşit.

— Promiţi? a întrebat, întinzând degetul mic spre mine.

Mi l-am înfăşurat pe al meu de al ei şi am confirmat:

— Promit.

După care ne-am încleştat palmele împreună.

— Care-i alt vis al tău? a mai întrebat ea.

Ezitam dacă să-i zic sau nu, deoarece părea cam jalnic, dar dacă era cineva în care aveam încredere că nu mă va judeca, era ea.

— Vreau să fiu tată. Știu că sună stupid, dar chiar îmi doresc asta. Toată viaţa mea am crescut cu părinţi care nu au ştiut ce înseamnă să iubeşti. Dar dacă aş fi tată, i-aş iubi mai presus de cuvinte. Aş merge la meciurile lor de baseball, la recitalurile de dans şi mi-ar plăcea la nebunie, indiferent dacă mai departe vor să se facă avocați sau gunoieri. Aş fi mai bun decât părinţii mei.

— Știu că ai fi, Lo. Ai fi un tată grozav.

Nu ştiu de ce, dar auzind-o că spune asta, mi-au dat lacrimile.

Am rămas locului un pic, muţi, doar privind în sus.

Era aşa de linişte acolo. Nici nu mi-aş fi dorit să fiu altundeva. Ne-am ţinut de mână tot timpul acela. Oare îi plăcea să mă ţină de mână? Oare şi inima ei fremăta la fiecare câteva secunde, cum păţeam eu? Se îndrăgostea şi ea oarecum de mine? I-am strâns mâna mai tare. Nu ştiam dacă voi putea să-i mai dau drumul vreodată.

— Care este cea mai mare teamă a ta? a întrebat ea, în şoaptă.

Am scos bricheta cu mâna cealaltă şi am început s-o pornesc intermitent.

— Cea mai mare teamă? Nu ştiu. Să se întâmple ceva cu puţinii oameni la care ţin: Kellan, tu, mama. Dar a ta care e?

— Să-l pierd pe tata. Știu că sună prosteşte, dar în fiecare zi, când aud soneria la uşă, mă gândesc că poate e el. Când îmi sună telefonul, îmi sare inima, sperând că poate mă sună. Știu că în ultimele luni a dispărut fără să dea niciun semn, dar sunt convinsă c-o să revină. Așa face mereu. Însă ideea de a-l pierde pentru totdeauna îmi rupe inima, într-un fel.

Ne ascultam întunericul fiecăruia şi ne îndrumam cu lumină unul pe altul.

— Zi-mi o amintire frumoasă despre mama ta - m-a îndemnat.

— Hmm... am făcut eu şi mi-am ros puţin buza inferioară: Când aveam 7 ani, mergeam pe jos până la şcoală şi înapoi în fiecare zi. Când am venit acasă într-o zi, am auzit muzică tare de pe veranda de la intrarea în blocul unde stăteam atunci. Mama avea o staţie de ascultat muzică veche: The Temptations, Journey, Michael Jackson, toţi clasicii ăştia. Mi-a spus că a primit CD-ul de la un vecin şi că i-a venit chef să danseze. Aşa că dansa în stradă, abia când a trecut o maşină a urcat pe trotuar. Era aşa frumoasă în ziua aia şi m-a pus să dansez cu ea până s-a înălţat luna pe cer. A venit şi Kellan. A venit cu bicicleta, pentru că avea resturi de mâncare de la cină, pe care ni le aducea mie şi mamei. Când a ajuns, am dansat toţi trei.

Adică, amintindu-mi asta acum, sunt sigur că luase ceva, dar nu-mi dădeam seama. Îmi amintesc doar că râdeam, ne învârteam şi dansam fără griji, cu ea şi Kellan. Partea care îmi plăcea cel mai mult era sunetul râsului ei, deoarece era tare şi dezlănţuit. Asta este amintirea mea preferată de familie. La episodul acela mă întorc în gând atunci când pare dusă de tot.

— Este o amintire bună de păstrat, Lo.

— Mda.

Am zâmbit strâmb, deoarece nu prea arătam nimănui cât de mult îmi lipsea mama, dar ştiam că mă înţelege, pentru că şi ei îi lipsea tata.

I-am adresat aceeaşi întrebare:

— Care ar fi o amintire frumoasă cu taică-tu?

— Ştii pick-upul de ascultat discuri de vinil din dormitorul meu?

— Da.

— Mi l-a luat într-un an de Crăciun şi am început un fel de ritual, ca o tradiţie, să ascultăm şi să cântăm o melodie înainte de culcare. Apoi, dimineaţa, la trezire, iar cântam una. Muzică modernă, hituri vechi, orice. Era activitatea noastră comună. Uneori ni se alătura şi soră-mea, Erika, alteori mama striga la noi să dăm sonorul mai încet, dar mereu râdeam și zâmbeam.

— De asta este întotdeauna muzică seara, când vin să te văd?

— Da. E ciudat că pun mereu aceleași melodii care ne plăceau mie și lui, însă acum mi se par altfel versurile.

Am continuat să vorbim toată seara.

Îi dădeam zmeură, iar ea îmi alimenta visurile.

Sau ea îmi dădea fructe, iar eu îi mărturiseam temerile.

Ne-am uitat toată noaptea la cer, simțindu-ne un timp liberi și în siguranță.

— Te gândești vreodată cât de nebuni sunt oamenii? am întrebat-o. Numai în galaxia Calea Lactee sunt peste 300 de miliarde de stele. 300 de miliarde de pete de lumină care ne amintesc de tot ce este acolo, în Univers. 300 de miliarde de flăcări care par atât de mici. Cu toate astea, sunt realmente mai mari decât ne-am putea imagina vreodată. Există toate aceste galaxii diferite, niște lumi separate, pe care nu le-am descoperit încă și nu le vom descoperi niciodată.

Sunt atât de multe minuni de admirat în lume, dar în loc să ne pese un pic și să stăm să conștientizăm că suntem cu toții foarte, foarte mici, într-un loc extrem de miniatural, ne place să ne prefacem că suntem esența întregului Univers. Ne place să ne dăm importanță. Și să ne prezentăm opiniile ca fiind metoda cea mai bună, iar când ne dăm răniți, parcă avem cele mai mari suferințe, când, de fapt, nu suntem decât un mic punct arzător, care reprezintă un fragment pe cerul uriaș. Un punct minuscul, a cărui absență nu ar observa-o nimeni. Un punct mic, care va fi înlocuit destul de curând cu o altă pată, care se crede mai importantă decât este în realitate. Mi-aș dori doar ca oamenii să înceteze uneori să se mai certe despre chestiuni stupid de banale, cum ar fi: rasa, orientarea sexuală și emisiunile de televiziune gen reality-show. Aș prefera să-și aducă aminte cât de mici sunt și să-și ia cinci minute pe zi ca să se uite la cer și să respire.

— Logan?

— Da.

— Îți iubesc mintea.

— Alyssa?

— Da.

Mă îndrăgostesc de tine..., am spus în gând.

— Mulțumesc pentru seara asta. N-ai idee cât de mult aveam nevoie de așa ceva. N-ai idee cât de mult aveam nevoie de tine, am zis, strângându-i ușor mâna și am adăugat: Tu-mi dai cea mai mare stare de euforie.

CAPITOLUL 5

Logan

— Lo! Lo! Lo! mă striga Alyssa o săptămână mai târziu, alergând spre mine în ploaia torențială.

Eram pe ultima treaptă de sus a scării, încercând să spăl pe afară geamurile de la etajul trei. Evident, mama îmi cerea să le spăl doar când ploua cu găleata. Vocea Alyssei m-a cutremurat, făcându-mă să scap găleata cu apă (care era în principal apă de ploaie).

— Doamne, Alyssa! am strigat la ea.

S-a uitat spre mine ușor încruntată, ținând deasupra capului o umbrelă cu buline galbene.

— Ce faci? m-a întrebat.

— Spăl geamurile.

— Dar plouă.

Pe bune, Sherlock, mi-am spus în sinea mea. Dar mi-am dat seama că nu era vina Alyssei că eu ștergeam geamurile și că nu merita să mă port urât. Am coborât scara și m-am uitat la prietena mea. Ea a făcut un pas mare spre mine și a ridicat umbrela peste amândoi.

— Mama ta te-a pus să faci asta? s-a interesat ea, cu cea mai tristă privire pe care i-o văzusem vreodată.

Nu am răspuns.

— Ce faci aici? am întrebat, ușor enervat.

Nu locuiam în genul de zonă în care stătea Alyssa. Stăteam într-un cartier de rahat, un loc destul de periculos pentru orice persoană, mai ales pentru cineva ca ea. Pe stradă era un teren de baschet, unde se desfășurau mai multe schimburi de droguri decât pase de joc. Erau indivizi care stăteau de dimineața până seara la colțurile străzilor, luându-se de unul sau de altul, încercând să facă un ban. Erau și prostituate, care patrulau în susul și în josul străzii. Și mai erau împușcăturile de armă care se auzeau mereu, dar, din fericire, nu văzusem niciodată să-și atingă ținta.

Detestam acel loc, străzile și acei oameni.

Și nu-mi plăcea că Alyssa apărea uneori aici.

A clipit de câteva ori, de parcă uitase motivul pentru care venise.

— A, da! a exclamat ea, încruntarea ei transformându-se într-un rânjet deplin. M-a sunat Nesimțitul! Voiam să vină la recitalul meu de pian din seara asta, dar nu mă mai sunase înapoi, mai știi? Până mai devreme, când m-a sunat și mi-a spus că ajunge, a încheiat cu glas firav.

Am clipit, neimpresionat.

Era știut faptul că Nesimțitul îi făcea astfel de promisiuni Alyssei și avea un talent să dea înapoi în ultimul moment.

— Nu face asta, a spus ea, ridicând un deget spre mine.

— Ce anume?

— Nu te uita la mine cu privirea aia care spune „Nu-ți mai face speranțe, Alyssa". Doar nu l-am sunat *eu*, Logan. *El* m-a căutat. Vrea să fie acolo.

Era toată un zâmbet. Chiar mă întrista situația pentru ea. Nu mai văzusem pe nimeni care avea atâta nevoie să se simtă dorit.

Ești dorită, Alyssa Marie Walters. Îți dau cuvântul meu.

— Nu m-am uitat în niciun fel - am mințit.

Cu siguranță mă uitasem la ea exact cum spusese.

— Bine, hai să argumentăm pro și contra situației, a propus ea.

Înainte să absolvim liceul anul trecut, în iunie, eu și Alyssa participaserăm împreună la o oră de istorie, unde profesorul ne punea să facem liste cu date pro și contra pentru toate războaiele care au avut loc în lume. Era foarte enervant; în plus, profesorul avea o voce foarte monotonă. Așa că, de atunci, obișnuiam să facem amândoi liste cu pro și contra despre orice subiect, folosind, desigur, un glas monoton.

— Primul argument pro, a spus ea tărăgănat, vrând să sune plictisită. O să apară.

— Primul argument contra: nu vine, am răspuns eu.

A strâmbat din nas de enervare.

— Al doilea argument pro: apare cu flori. A sunat și m-a întrebat ce flori îmi plac. Nu faci asta dacă nu aduci un buchet cuiva!

Margaretele. Nesimțitul ar fi trebuit să știe care este floarea ei preferată.

— Al doilea argument contra: sună și anulează în ultimul moment.

— Al treilea argument pro, a spus ea, punând mâna în șold. Apare și îmi spune ce minunată sunt, cât de mândru este de mine, ce dor i-a fost de mine și că mă iubește.

Am dat să deschid gura și ea m-a oprit, renunțând la tonul monoton.

— Ascultă, Lo. Gata cu argumentele contra! Vreau să te uiți la mine și să te bucuri pentru mine, bine? Chiar dacă te prefaci!

A continuat să zâmbească, cu vocea pițigăiată de emoție, dar ochii și sughițul îmi spuneau cum se simțea cu adevărat. Avea emoții, era speriată că o va dezamăgi din nou.

Așa că am zâmbit, pentru că nu voiam să fie speriată sau emoționată. Voiam să se simtă cu adevărat fericită pe cât pretindea că este.

— E bine, Alyssa - am spus, dându-i un ghiont ușor în braț. O să vină!

A expirat adânc și a dat din cap.

— Cu siguranță va veni.

— Bineînțeles că vine, am zis, prefăcându-mă încrezător. Pentru că, dacă există cineva în lume pentru care merită să apară, aceasta este nimeni alta decât Alyssa Walters, să fie clar!

I s-au înroșit obrajii și a dat din cap.

— Eu sunt! Nimeni alta decât Alyssa Walters, să fie clar!

A băgat mâna în buzunarul de la spate și a scos un bilet de spectacol pus într-o pungă de plastic sigilată.

— Bun. Am nevoie de ajutorul tău. Sunt îngrozită să nu afle mama că am încercat să vorbesc cu tata. Nu vreau să vină pe la noi, prin urmare i-am spus că își poate ridica biletul de la tine, de aici.

Alyssa m-a privit cu ochi plini de speranță că planul ei era bun. Observasem și că îi spusese mai nou „tată" în loc de Nesimțit. Lucru care m-a întristat mai tare pentru ea.

Speram din tot sufletul să-și facă apariția.

— I-l dau, am asigurat-o.

I s-au umplut ochii de lacrimi și mi-a întins umbrela s-o țin, ca să-și șteargă lacrimile.

— Ești cel mai bun prieten pe care l-ar putea avea vreodată o fată.

S-a întins și m-a pupat pe obraz de șase ori, în total.

Timp în care am ignorat cum mi-a tresărit inima, tot de șase ori.

Oare ea remarcase? Nu observa cum mi se înviora inima de câte ori era lângă mine.

CAPITOLUL 6

Alyssa

— Cum a fost la repetiție? a întrebat mama când m-am întors de acasă de la Logan.

În loc să merg la repetiție, mă dusesem la el și-l rugasem să-i dea o invitație lui tata. Dar nu-i puteam spune mamei, pentru că nu m-ar fi înțeles. Era în biroul ei, lucra la computer, activitatea ei predilectă. Avea un pahar cu vin lângă ea și sticla alături. Nici n-a ridicat privirea la mine și, până să-i răspund, a adăugat:

— Dacă ai haine murdare, lasă-le în coșul de rufe din baie. Apoi, dacă poți, pune-le la spălat și împăturește-le pe cele din uscător.

— Bine, am spus.

— Am pregătit lasagna, bag-o, te rog, în cuptor la 45 de grade, timp de o oră.

— Ok.

— Și te rog ceva, Alyssa.

S-a oprit din tastat la calculator, s-a întors spre mine și, ducând mâna la nas, a adăugat:

— Poți să nu-ți mai lași încălțămintea în holul din față? Serios, faci doi pași în stânga și o așezi în dulap.

Am aruncat o privire pe hol la tenișii mei Converse, care zăceau aruncați pe hol.

— I-am pus în dulap.

S-a încruntat la mine ca și cum aș fi spus o prostie.

— Pune-i în dulap, te rog.

I-am pus în dulap.

Când a venit momentul cinei, eu și mama ne-am așezat la masa din sufragerie, fiecare cu ochii în ecranul telefonului, ea răspunzând la e-mailuri, iar eu comentând la postările de pe Facebook.

— Lasagna are un gust diferit, am constatat, răscolind-o cu furculița.

— Am folosit omletă din albuș, în loc de paste.

— Dar nu i se spune lasagna tocmai datorită foilor? Adică tocmai acele foi late din paste se numesc lasagna. Fără ele, mâncăm doar ouă, sos și brânză.

— În felul acesta are mai puţini carbohidraţi și știi că ţi-am spus să reduci consumul de carbohidraţi până pleci la facultate. Este reală acumularea celor 7 kilograme la studenţii de anul I. În plus, am citit un articol despre cum cei care sunt deja supraponderali tind să ia mai mult în greutate decât oamenii normali.

— Decât oamenii normali? Vrei să spui că nu sunt normală? am simţit o împunsătură în piept.

Mama și-a dat ochii peste cap teatral.

— Ești prea sensibilă, Alyssa. Mi-aş dori să fii mai stabilă, ca sora ta, Erika. În plus, obiceiurile ei alimentare sunt de zece ori mai bune decât ale tale. Eu doar expun faptele. Trebuie să fii atentă la ce mănânci, asta-i tot.

Luând o înghiţitură de mâncare, a schimbat repede vorba:

— Nu mi-ai povestit cum a mers repetiţia.

— A fost bine, i-am răspuns. Știi cum sunt eu cu pianul, mereu aceleași chestii.

A pufnit.

— Da, știu. Îmi pare rău că nu pot ajunge la recitalul din seara asta. Am prea mult de lucru.

Am reacţionat exagerat, uitându-mă în sus și dând ochii peste cap, fără ca ea să mă vadă. Nu venise niciodată la vreun recital de-al meu, pentru că era de părere că muzica este un hobby, nu o profesie. Când a aflat că mă duc la facultate ca să studiez terapia muzicală, aproape că a refuzat să mă ajute să-mi plătesc taxele școlare, până când sora mea, Erika, a convins-o să renunţe la ideea asta. Chiar dacă soră-mea era la fel ca mama de realistă, totuși, ea credea în muzica mea. Poate pentru că iubitul ei, Kellan, era muzician, iar ea îl iubea pe el și profunzimea unui artist.

Uneori, închideam ochii și încercam să-mi amintesc un moment în care mama nu era atât de aspră – de nemiloasă. În amintirile mele, mi-o aminteam zâmbind, oarecum.

Dar poate că acele momente erau doar în imaginația mea, pentru că-mi doream să mă agăț de ceva frumos. Oare a devenit rece în ziua în care a plecat tata? Sau căldura lui doar i-a mascat un timp sufletul înghețat?

— Cred că mă duc la sala de concerte să mă pregătesc pentru seara asta. Mulțumesc pentru cină, mamă! am anunțat-o, în timp ce își mai turna vin.

— OK.

În timp ce îmi luam pe mine jacheta subțire, tenișii Converse și poșeta lucrată manual, pe care tata mi-o cumpărase când ajunsese în America de Sud cu un concert, m-a strigat mama.

— Alyssa!

— Da, mamă?

— Înainte să pleci, pornește mașina de spălat vase. Și pune la uscător grămada aia de haine. Și ia-mi o cutie de înghețată de la Bally's Cream Shop. Totuși, vezi să nu-ți iei și pentru tine. Știi treaba cu bobocii la facultate.

***

Am simțit că-mi ia foc pieptul.

Locul 4A era încă gol când m-am uitat din spatele scenei. *O să vină*, m-am asigurat în sinea mea. *M-a sunat, a spus c-o să vină*, mă gândeam. *Cu margarete.*

Îmi plăceau la nebunie margaretele, erau florile mele preferate, iar tata știa asta și avea să mi le aducă. Pentru că promisese.

— Tu urmezi, Alyssa, a spus instructorul meu.

Simțeam cum îmi bate inima cu putere în piept. Cu fiecare pas pe care îl făceam spre pian, parcă mă dezintegram. N-aveam aer, știind că nu era acolo, în sală. Mă lua cu amețeală conștientizând că tot ce spusese erau doar minciuni. Minciuni. Minciuni dureroase, inutile.

Și apoi am ridicat privirea.

Argumentul pro, locul 4A era ocupat.

Venise.

M-am relaxat aşezându-mă pe scaunul din faţa pianului şi m-am lăsat în voia interpretării. Degetele mele s-au conectat la pian, creând magie. Sunetele sufletului meu umpleau spaţiul. Nu voiam să plâng, dar mi-au curs câteva lacrimi în timp ce cântam. Când am terminat, m-am ridicat şi am făcut o reverenţă. Publicul nu trebuia să aplaude decât după ce interpreta toată lumea, astfel încât instrumentiştii mai slabi să nu se simtă prost că nu primeau ropote de aplauze din sală. Însă băiatul de pe locul 4A se ridicase în picioare, cu o singură margaretă în mâini, bătând din palme ca un nebun, chiuind şi ovaţionând.

I-am zâmbit băiatului îmbrăcat într-un costum prea mare pentru el.

Repede, fără să mă gândesc, am năvălit în public şi l-am îmbrăţişat.

— Oricum biletul era pentru tine, am minţit, vorbindu-i în umăr.

Atunci m-a strâns mai tare.

Şi în orice caz, cine avea nevoie de Nesimţit? Îl aveam pe Logan Francis Silverstone.

Şi îmi era suficient.

CAPITOLUL 7

Logan

— Costumul ți-e prea mare, a comentat ea, trăgând de mânecile care îmi acopereau degetele.

Își pusese după urechea stângă margareta pe care i-o dădusem după recital.

— Este al lui Kellan, i-am explicat. Când mi-am dat seama că Nesimțitul nu vine, l-am rugat să mi-l aducă.

— Înoți în el, a glumit Alyssa. Dar tot arăți frumos. Nu te-am mai văzut până acum îmbrăcat la patru ace. Ți-a plăcut recitalul? Nu a fost cea mai bună interpretare a mea.

— A fost perfect.

— Mulțumesc, Lo. Cred că ar trebui să ne distrăm în seara asta, ce zici? Cred că ar trebui, oh, nu știu... să facem ceva ieșit din comun!

Turuia întruna, se pricepea la asta. În timp ce mergea, se învârtea în cercuri, zâmbind și vorbind întruna.

Dar nu prea o ascultam, pentru că mintea mea era aeriană.

Voiam să-i spun Alyssei cât de uimitoare fusese cântând la pian, că fusese mai bună decât toți ceilalți care au interpretat. Cum m-a făcut să mă simt trezit la viață doar din modul în care degetele ei atingeau clapele. Și că nu mi-am luat ochii de la ea deloc. Cum, atunci când m-a îmbrățișat, îmi venea să nu-i mai dau drumul. Cum îmi fuge gândul uneori la ea peste zi, când fac lucruri obișnuite, ca de exemplu să mă spăl pe dinți, să mă pieptăn sau să caut șosete curate. Voiam să-i spun toate lucrurile la care mă gândeam, pentru că toate gândurile mele erau *despre ea*.

Să-i spun ce simt pentru ea și că mă îndrăgostisem de ea. Să-i spun cât de mult îmi place părul ei răvășit și gura, care zicea mereu câte ceva.

Voiam să...

— Logan, a șoptit ea, încremenită locului pe trotuar.

Mâinile mele aterizaseră cumva pe partea inferioară a spatelui ei și am tras-o mai aproape de mine. Buzele mele pluteau la câțiva centimetri de gura ei. Răsuflarea ei fierbinte se combina cu respirația mea profundă, în timp ce amândoi tremuram unul în îmbrățișarea celuilalt.

— Ce faci?

Ce făceam? De ce ne erau buzele atât de apropiate? De ce ajunseseră corpurile noastre așa de lipite? De ce nu-mi puteam lua privirea de la ea? De ce mă îndrăgosteam de cea mai bună prietenă a mea?

— Adevăr sau minciună? am răspuns.

— Minciună, a șoptit ea.

— Îți aranjez floarea în păr, am zis, dându-i buclele după ureche. Acum întreabă-mă din nou.

— Ce faci? a repetat ea, în timp ce mă apropiam, simțindu-i cuvintele cum îmi ating buzele.

— Adevăr sau minciună?

— Adevăr.

— Nu-mi pot lua gândul de la tine, i-am spus. Nu doar acum, vreau să spun, tot timpul. Dimineața, după-amiaza, seara, ești în mintea mea. Nu mă gândesc decât să te sărut. Vreau doar să te sărut încet. Așa *trebuie* să fie, deoarece cu cât e mai lent, cu atât va dura mai mult. Și vreau să dureze.

— Ăsta-i adevărul? a șoptit ea ușor, uitându-se la buzele mele și sughițând o dată.

— Ăsta-i adevărul. Dar dacă nu vrei să te sărut, nu o voi face. Dacă vrei să mint, o să mint.

Mi-a susținut privirea, iar mâinile i s-au lipit de pieptul meu. Sub vârfurile degetelor ei, inima mea a luat-o la goană. Și-a mușcat buza și a schițat un zâmbet:

— Ești cel mai bun prieten al meu, a spus în șoaptă, apucându-se de poalele rochiei cu buline. Ești prima persoană la care mă gândesc când mă trezesc. De tine mi-e dor când nu stai în pat cu mine. Mereu mi-ai părut singura alegere potrivită pentru mine, Lo. Și, să-ți spun drept, aș vrea să mă săruți. Nu doar o dată, ci de multe ori.

Corpurile noastre s-au înlănţuit și am simţit cum o cuprind emoţiile, pe măsură ce continua să sughiţe.

— Ai emoţii? am întrebat.

— Da.

Era ciudat, dar, în același timp, simţeam că e exact așa cum sperasem mereu că va fi. Ca și când ne era dat să fim împreună.

Am ridicat din umeri, la fel și ea.

Am râs, și ea tot așa.

Mi-am întredeschis buzele și s-a pregătit și ea de sărut.

M-am aplecat spre ea și mi-a venit în întâmpinare, iar viaţa mea s-a schimbat pentru totdeauna.

Când m-a sărutat, mâinile mi s-au înfășurat mai strâns în jurul taliei ei. Cu fiecare secundă care trecea, mă săruta din ce în ce mai înfocat, de parcă ar fi încercat să decidă dacă se întâmpla sau nu în realitate.

Era adevărat?

Poate că mintea mea aiurită crea fantezii din cauza apropierii noastre. Nu cumva visam? Poate că Alyssa Walters nici nu exista și era doar inventată de mintea mea, ca să pot depăși momentele dificile.

Dar, dacă așa stăteau lucrurile, de ce mi se părea atât de real totul?

Ne-am îndepărtat buzele unul de celălalt vreme de o secundă. Ni s-au întâlnit privirile, întrebându-ne parcă amândoi dacă putem menţine visul sau ar trebui să renunţăm, ca să nu ne stricăm legătura sigură de prietenie.

Și-a apropiat faţa la câţiva centimetri de mine, și-a trecut mâinile tremurătoare prin părul meu și mi-a șoptit:

— Te rog.

Buzele mele au trecut razant peste ale ei și ea a închis ochii, înainte ca gurile să ni se abandoneze una alteia. Alyssa m-a tras mai aproape. S-a apropiat mai mult și și-a strecurat limba printre buzele mele. I-am răspuns la sărut mai aprins decât ea. Ne-am lipit de primul zid de lângă noi și am ridicat-o în braţe rezemată de peretele de piatră. O voiam mai mult decât m-ar fi putut dori ea pe mine.

Săruturile au devenit mai profunde, limbile noastre dansau încolăcite, iar prin gând nu-mi treceau decât promisiuni ca s-o simt mereu așa, lipită de mine.

Mi-am dat seama că nu e închipuire - buzele ei, pe care mi le imaginasem de atâtea ori că le sărut și al căror zâmbet îmi înseninau mereu ziua, mă sărutau acum.

Îmi sărutam cea mai bună prietenă, iar ea mă săruta, la rândul ei.

Mă săruta pasională, iar eu, ca și cum ea era totul pentru mine.

Și chiar era.

Era toată lumea mea.

Când ne-am oprit, amândoi răsuflam greu. Am lăsat-o jos din brațe.

S-a dat în spate și eu la fel.

Tremuram și eu, și ea, nesiguri pe ceea ce urmează.

Am ridicat din umeri și ea la fel.

Am râs, a pufnit și ea.

Mi-am întredeschis gura și ea mi-a urmat exemplul.

M-am aplecat spre ea și ea mi-a ieșit în întâmpinare.

Apoi am luat-o de la capăt.

CAPITOLUL 8

Alyssa

Tăceam.

Doar câteva sunete din dormitorul meu am ales să le observ. Sunetul ventilatorului de tavan, care se rotea deasupra noastră, în timp ce stăteam întinși unul lângă altul, pe patul meu. De pe dulap se auzea sunetul discului de vinil, care la fiecare câteva secunde sărea ușor, ca și cum ar fi fost stricat - dar și ca și cum ar fi fost bun, în același timp. Un odorizant automat emitea un șuierat cu miros de trandafiri la fiecare câteva minute, parfumul venind în valuri peste noi. Și, în cele din urmă, se auzeau respirațiile noastre.

Inima îmi bătea atât de tare pentru că era speriată, eram sigură de asta. Cu fiecare zi petrecută împreună mă îndrăgosteam mai tare de el. În seara asta ne sărutaserăm. Mi s-a părut că a durat o veșnicie, dar tot nu a fost suficient.

Iar acum îmi era frică.

Mă gândeam că și lui îi era la fel de teamă, *cu siguranță.*

— Lo? l-am strigat cu voce spartă, pentru că aveam gâtul uscat.

— Da, High?

Începuse să mă alinte așa de când plecasem de la panoul publicitar - când m-a numit cea mai mare stare de euforie a lui[3].

Mi-a plăcut foarte mult cum suna.

M-am ghemuit mai aproape de el, sub brațul lui. Întotdeauna mă făcea să mă simt ca și când era pătura mea de siguranță, locul care mă învelea mereu, când viața se

3 Joc de cuvinte în limba engleză în original, pe de o parte între numele personajului, Lo, care se citește la fel ca Low („jos"), în opoziție cu High („sus"), poate pentru că cei doi urcaseră sus, pe panoul publicitar; iar pe de altă parte, High în acest context poate fi și „euforie", deși cuvântul este folosit în special atunci când această stare se obține în urma consumului de substanțe psihoactive, aici poate simboliza euforia pe care Logan o simte atunci când se află în preajma Alyssei (n. tr.).

răcea puțin. Mă ținea mereu în brațe, chiar și atunci când el însuși se simțea atât de pierdut.

— O să-mi frângi inima, nu-i așa? i-am șoptit la ureche.

A confirmat din cap, cu privire vinovată.

— S-ar putea.

— Și atunci ce se va întâmpla?

Nu mi-a răspuns, dar i-am citit în privire teama că ar putea să mă rănească. Mă iubea. Nu spusese cuvintele astea, dar se simțea.

Logan iubea într-un mod aparte. În liniște, aproape în secret.

Îi era teamă să nu afle cineva despre dragostea lui, pentru că, dacă viața îl învățase ceva, era că dragostea nu-i un premiu, ci o armă. Iar el obosise să fie rănit.

Dac-ar fi știut măcar că dragostea lui era singurul lucru care îmi făcea inima să bată... Ah, cât mi-aș fi dorit să mă iubească cu voce tare.

Tăceam din nou amândoi.

— High? a șoptit el, apropiindu-se puțin.

— Da?

— Mă îndrăgostesc de tine, a spus el încet, cuvintele lui oglindindu-mi gândurile.

Mi-a tresărit inima.

I-am simțit teama și entuziasmul din voce. Frica era mult mai puternică, dar se simțea și valul de fericire din interior.

Dând încet din cap, i-am luat mâna, pe care mi-a permis să o apuc. L-am ținut strâns, știind că aceea era clipa definitorie, momentul care schimba totul, de la care nu ne puteam întoarce. Duceam această luptă de câteva luni, având aceste sentimente despre care simțeam că încă nu înțelegeam nimic. Era ciudat să-ți iubești cel mai bun prieten, dar cumva părea că așa trebuie să fie. Înainte de acea noapte, nu pomenise niciodată despre dragoste. Nu eram sigură că există loc în inima lui Logan pentru un astfel de sentiment. Tot ce era legat de viața lui exista în tărâmul întunericului. Așadar, ca să spună acele cuvinte însemna pentru el mai mult decât ar înțelege cineva vreodată.

— Te sperie, am comentat.

Mi-a strâns mâna mai tare.

— Mă sperie foarte tare.

Uneori mă întrebam de unde știa cineva că s-a îndrăgostit. Care erau semnele? Indiciile? Lua ceva timp sau se întâmpla deodată? Persoana respectivă se trezea într-o dimineață, își bea cafeaua și apoi se uita la persoana din față și se abandona complet acelei senzații?

Dar acum știam. Nu te îndrăgosteai, pur și simplu. Te dizolvai în cealaltă persoană. Într-o zi erai de gheață, a doua zi, ca o băltoacă.

Voiam să pun capăt conversației. Să mă apropii, să-mi pun brațele în jurul lui, să mă întind pe spate și să adorm. Să-mi sprijin capul pe pieptul lui, iar el să-și întindă mâinile spre inima mea, simțind bătăile pe care le făcea dragostea lui. Să-mi sărute încet bărbia și să-mi spună că sunt perfectă așa cum sunt. Să-mi spună că tocmai ciudățeniile mele sunt cele care mă fac frumoasă. Mă ținea de parcă se îmbrățișa singur, atingerea lui fiind plină de grijă și protecție. Voiam să mă trezesc simțind căldura acestui băiat rănit de lângă mine, băiatul în care mă dizolvam.

Însă nu primim întotdeauna ceea ce ne dorim.

— Nu știu dacă este o idee bună, a spus el.

Cuvintele lui m-au rănit mai mult decât aș arăta vreodată.

A adăugat:

— Ești cea mai bună prietenă a mea, High.

— Ești cel mai bun prieten al meu, Lo, i-am răspuns.

— Și nu pot să pierd asta. Nu am mulți oameni... Am încredere doar în două persoane în viața mea; tu și fratele meu. Și aș strica lucrurile între noi. Sunt convins că aș face-o. Nu îmi pot permite să fac asta. Te-aș răni și aș strica totul.

S-a întors spre mine și frunțile ni s-au lipit una de alta. Avea pupilele dilatate și, în timp ce mâna mea stătea pe pieptul lui, simţeam cum îl răneau cuvintele lui. A deschis gura şi s-a apropiat, şoptind pe buzele mele:

— Nu sunt suficient de bun pentru tine, High.

Mincinosule.

Era tot ce era bun în viaţa mea.

— Putem face asta, Logan.

— Dar... te voi răni. Nu vreau, dar o voi face cumva.

— Sărută-mă o dată, am cerut, iar el a ascultat.

Gura lui a găsit-o pe a mea şi m-a sărutat încet, îndepărtându-se şi mai încet. Am simţit furnicături în tot corpul când şi-a trecut degetele prin buclele mele.

Am reluat:

— Sărută-mă a doua oară.

M-a ascultat iar, ridicându-se uşor, astfel încât să fie puţin deasupra corpului meu. Privirile ni s-au întâlnit, iar el s-a uitat la mine de parcă ar fi încercat să-mi promită o veşnicie, deşi nu aveam decât prezentul. Al doilea sărut a fost mai dur, mai fierbinte, mai real.

— Sărută-mă a treia oară.

Buzele lui au coborât până la gâtul meu, unde m-a masat cu limba, sugându-mi pielea încet, făcându-mă să-mi împing şoldurile în sus spre el.

— Logan, eu...

Vocea îmi tremura în întunericul camerei:

— Eu niciodată nu am...

Mi s-au încălzit obrajii şi nu am putut rosti cuvintele. Dar el ştia deja.

— Ştiu.

Mi s-a strâns stomacul şi mi-am muşcat buza când am spus:

— Vreau să fie cu tine prima dată.

— Ai emoţii?

— Da.

S-a strâmbat uşor.

— Dacă nu vrei să...

— Dar vreau.

— Ești frumoasă, a spus, în timp ce-mi dădea părul după ureche.

— Tot mai am un pic de emoții.

— Ai încredere în mine? a întrebat.

Am dat din cap.

— Bine. Închide ochii.

Am făcut cum mi-a spus, inima bătându-mi din ce în ce mai repede cu fiecare secundă. Ce avea să se întâmple mai întâi? O să mă doară? El o să deteste asta? O să plâng?

Deja mi se adunau lacrimi în ochi.

O să plâng.

Gura lui mi-a sărutat colțul buzelor.

— Ești în siguranță, High, mi-a promis el.

Mâinile lui au început să-mi ridice încet bluza largă de pijama, iar corpul meu a înțepenit.

— Ești în siguranță, mi-a șoptit din nou lângă lobul urechii, sugându-l ușor. Ai încredere în mine? a repetat întrebarea.

Corpul mi s-a relaxat și am început să plâng, nu pentru că nu mai aveam emoții, ci pentru că nu mă simțisem niciodată atât de în siguranță.

— Da, am încredere în tine.

De fiecare dată când cădea o lacrimă, o săruta.

Mi-a ridicat bluza de pe corp centimetru cu centimetru, aruncând-o într-o parte a camerei. Gura lui a început de sus și a coborât. Îmi lingea gâtul, îmi sugea pieptul, limba lui urma conturul sutienului meu, sărutând fiecare centimetru din pielea mea goală.

— Alyssa... a șoptit el, înainte de a ajunge la marginea chiloților mei.

Respirația mi se îngreunase, iar șoldurile mi s-au arcuit; simțeam nevoia să mă atingă în continuare. Mâinile mi-au căzut pe piept, unde simțeam cum îmi controla bătăile inimii.

Vocea lui era plină de îngrijorare:

— Spune-mi să mă opresc, bine? Dacă ai nevoie să mă opresc...

— Nu, te rog...

Mi-a tras în jos chiloţii şi, cu fiecare centimetru, inima îmi bătea mai tare.

— Alyssa... a mai zis el o dată.

Şi-a ridicat privirea spre mine, ochii lui găsindu-i pe ai mei o fracţiune de secundă, apoi mi-a desfăcut picioarele larg pe pat şi şi-a coborât capul. Când m-a găsit limba lui, am icnit sub imperiul senzaţiei de plăcere. Degetele mele au răsucit cearşafurile în palme, iar limba lui a alunecat în mine într-un du-te-vino. Mi se învârtea mintea. Inima mea găsise o cale să-şi accelereze ritmul, dar parcă şi să stea pe loc, în acelaşi timp. Parcă muream la fiecare câteva secunde, iar buzele lui, limba, sufletul lui mă resuscitau. N-am ştiut niciodată că ceva atât de simplu se putea simţi aşa.

Logan...

— Te rog... am gâfâit eu, răsucindu-mă şi întorcându-mă, în timp ce el şi-a strecurat două degete în mine, împingându-le încet şi trăgându-le afară şi mai încet. Apoi, au împins mai tare, mai repede, mai adânc...

Lo...

Cu mâinile răsucite în cearşaf, simţeam că o să explodez în câteva clipe. Mai aveam puţin să-l implor să mă ducă până la capăt şi să mă lase în cădere liberă.

— Te vreau, Logan, te rog.

Respiraţia mea căpătase un ritm sacadat, odată ce corpul mi se obişnuise cu plăcerea pe care mi-o dădea.

— Nu încă, a spus el, îndepărtându-se, trăgându-şi degetele din mine.

Privirile ni s-au întâlnit, iar felul în care se uita la mine m-a făcut să simt că nu voi mai fi niciodată singură.

— Alyssa, te iubesc, a spus.

Îi tremura vocea, avea ochii umezi, deşi lacrimile curseseră din ochii mei.

Eşti cel mai bun prieten al meu, Lo, m-am gândit.

Eram mai apropiaţi decât ştiam că sunt doi oameni vreodată. Făcea parte din mine în toate felurile posibile, vieţile noastre împletindu-se ca şi când eram o singură flacără arzând în întunericul nopţii.

Când îi venea să plângă, lacrimile mele curgeau primele.

Când simţea că i se frânge inima, a mea era distrusă.

Eşti cel mai bun prieten al meu.

S-a aplecat şi m-a sărutat. M-a sărutat cu promisiuni pe care nu le-am făcut niciodată unul altuia. M-a sărutat cu scuze pentru lucruri neîntâmplate încă. M-a sărutat cu tot ce reprezenta el şi i-am răspuns cu tot sufletul meu.

S-a ridicat în picioare şi şi-a scos pantalonii şi boxerii şi, chiar dacă mă simţeam în siguranţă, tot mi s-au adunat fluturi în stomac.

— Poţi să te răzgândeşti, High, m-a anunţat el. Poţi oricând să te răzgândeşti.

Am întins mâna spre el şi el mi-a prins-o. A revenit peste mine şi mi-a desfăcut genunchii. Când şoldurile lui mi-au atins coapsa, am gemut uşor, simţind furnicături pe picioare de dorinţă, frică, pasiune, dragoste.

— Te iubesc, am şoptit, făcându-l să se oprească.

A deschis gura, dar n-a zis nimic. Părea surprins că cineva l-ar putea iubi. Am repetat, remarcând în privirea lui o notă de tandreţe:

— Te iubesc. Te iubesc!

— Te iubesc, a şoptit, sărutându-mă scurt.

Ni se amestecau lacrimile. Ştiam cât de dificil fusese pentru el să exprime acele cuvinte. Ştiam cât de speriat era să se expună în felul acesta, dar ştiam şi cât de mult îl iubesc.

— Să-mi spui să mă opresc, dacă te doare.

Dar nu era nevoie. Durerea era prezentă, dar dorinţa era mai puternică. El era pătura mea de siguranţă, adăpostul meu sigur, frumosul meu Lo. Cu mişcări unduitoare de bazin s-a adâncit mai mult în mine, şoptind:

— Te iubesc!

A împins o dată.

—Te iubesc..., a mai spus o dată.

—Te iubesc, a murmurat.

De trei ori.

— Logan... eu... sunt aproape...

O dată, de două ori, de trei ori, de patru....

High.

Lo.

Rai.

Iad.

El.

Eu.

Noi.

Ne-am descărcat, tremurând unul peste celălalt, căzând, totuşi devenind cumva întregi. Ne pierdeam şi ne regăseam unul pe altul.

Îl iubeam.

Îl iubeam din adâncul inimii, iar el mă iubea la rândul lui.

Şi-a ţinut promisiunea. M-a făcut să mă simt în siguranţă tot timpul. Era persoana la care mergeam de fiecare dată când mă durea ceva sau când mi-era frică de ceva.

Îmi dădea senzaţia de acasă.

Logan era *acasă* pentru mine.

— Alyssa, a fost... a gemut el, întinzându-se lângă mine, fără suflare. Uimitor!

Am zâmbit şi am întors capul de la el. Mi-am şters de pe faţă lacrimile care încă mai curgeau şi am încercat, pe cât posibil, să râd de senzaţia de fericire amestecată cu puţină îngrijorare. Ce-o să se întâmple în continuare?

— Dacă aş avea un dolar pentru fiecare dată când aud asta!

A mijit ochii, ştiind că gluma era ca să-mi ascund emoţiile, şi m-a tras mai aproape de el.

— Eşti bine, High?

— Sunt bine, am dat din cap, întâlnindu-i privirea.

S-a aplecat şi mi-a sărutat cele câteva lacrimi prelinse pe obraz.

— Sunt mai mult decât bine!

— Vreau să fim noi. Pentru totdeauna, vreau asta.

— Și eu. Și eu.

— Pentru totdeauna, High? a șoptit el.

— Pentru totdeauna, Lo.

A inspirat adânc, iar ochii i-au zâmbit împreună cu buzele:

— Sunt atât de fericit acum!

Acestea au fost ultimele lui cuvinte în acea seară, iar mie mi s-a părut că descriu perfect exact ce simţeam eu.

Ventilatorul de tavan se rotea deasupra, în timp ce noi stăteam unul lângă altul în pat. Discul de vinil cânta pe dulap, sărind la fiecare câteva secunde, dar fără să afecteze muzica. Mirosul de trandafir se împrospăta la fiecare câteva minute, iar noi inspiram și expiram.

În tăcere.

CAPITOLUL 9

Alyssa

Trecuseră două luni de când Logan și cu mine ne declaraserăm unul altuia dragostea. Nu știam că prietenia noastră putea deveni mai puternică doar dacă ne îndrăgostim, dar iată că așa s-a întâmplat. Mă făcea să râd în zilele triste, ceea ce pentru mine însemna totul.

Când găsești pe cineva care te face să râzi atunci când inima ta vrea să plângă, ține-l bine, astfel de persoane îți vor schimba viața în bine.

Plănuisem o mulțime de detalii. În trei săptămâni, plecam să locuiesc în campusul universității, dar deja planificam vizitele lui Logan, ca să rămânem la fel de apropiați ca acum, dar și mai îndrăgostiți. A zis că-l încânta ideea, ceea ce era grozav, pentru că îl iubeam din adâncul sufletului.

De săptămâni întregi parcă pluteam pe un nor, iar când reveneam acasă de la serviciu, dădeam de mama, pregătită să mă aducă cu picioarele pe pământ.

— Alyssa! a strigat după mine de cum am intrat.

Îmi aruncasem pantofii în hol, m-am oprit și i-am ridicat, punându-i în dulap.

— I-am pus deja în dulap! am anunțat spre ea.

— Nu asta voiam să spun, a răspuns ea din birou.

M-am dus spre ea, găsind-o cu ochii în computer și ținând un pahar cu vin într-o mână. A continuat:

— Am făcut o friptură fără carne, folosind pudră de proteine și tofu. Pune-o, te rog, la cuptor.

Nu este friptură, mamă, am gândit.

— Bine.

— Iar tatăl tău ți-a trimis o scrisoare.

Am făcut ochii mari, cuprinsă de entuziasm.

— Poftim?

— Ți-a trimis o scrisoare. Este pe blatul din bucătărie.

Tata mi-a trimis o scrisoare azi!

Tata mi-a trimis o scrisoare azi!

Emoția mea creștea tot mai mult, pe măsură ce alergam spre bucătărie, am smuls plicul care nu era sigilat și am scos hârtia.

„Dulce Aly."

Începutul era promițător.

Ochii-mi dansau pe pagini, de la stânga la dreapta, pe măsură ce absorbeam fiecare cuvânt, fiecare notă, nu-mi doream nimic altceva decât un singur rând care să menționeze cât de mult îi era dor de mine, cât de mult mă iubea, cât de mult ținea la mine. Erau atâtea cuvinte, atâtea pagini. Pagini umplute și pe față, și pe verso, pagini pline cu unele cuvinte lungi, altele atât de scurte. Erau puncte, semne de întrebare și semne de exclamare.

Avea un scris de mână minunat, uneori greu de citit.

Îmi simțeam inima luând foc cu fiecare literă, care construia apoi cuvântul, propozițiile care exprimau scuze, niște scuze care păreau false pentru că cine ar face asta pe bune?

„Nu voi fi prea mult prin preajmă."

Am tras aer în piept, ajungând la ultimul paragraf.

„Muzica mea se bucură de succes. Sunt liderul unei trupe noi."

Iar am inspirat scurt.

„Concentrat pe cariera mea..."

Mi-am pus degetul mare pe buze. Când am ajuns la ultima pagină, am lăsat scrisoarea pe blat, uitându-mă la cinci foi pline complet scrise, cu cuvinte și pe față, și pe verso.

„Nu voi fi prea mult prin preajmă, dulce Aly. Sper că înțelegi. Păstrează muzica vie."

Tatăl meu s-a despărțit de mine prin intermediul a cinci pagini scrise de mână, iar când a venit ora mesei, în seara aceea, cu friptura fără carne, mama a comentat:

— Ți-am spus că așa va face.

Nu puteam să mănânc. Am petrecut mare parte a nopții în baie, vomitând. Nu-mi venea să cred că cineva poate face ceva atât de lipsit de inimă. A scris cuvintele alea ca şi cum chiar aveau sens pentru el, ceea ce mă chinuia şi mai tare.

Mi-am petrecut restul nopţii stând pe jos în baie, dezbătând în sinea mea unde greşisem şi întrebându-mă de ce nu mă mai iubeşte tata.

***

— S-a despărţit de tine printr-o scrisoare de cinci pagini? a întrebat Logan, şocat.

Stătusem ultimele cinci zile departe de el, fiind stânjenită de scrisoare. În fiecare zi, cu greu puteam înghiţi ceva pe care să nu-l vărs. Ceea ce mă deranja mai mult era cât de încântată părea mama că tata mă dezamăgise. Părea mereu fericită dacă sufeream.

Eram cu Logan la panoul publicitar, ştiind deja pe de rost scrisoarea de cinci pagini.

— Tehnic vorbind, ar fi zece pagini, de vreme ce sunt scrise faţă-verso.

— Dă-mi plicul, mi-a cerut.

Nările îi fremătau şi era roşu la faţă de furie. Nu mi-am închipuit c-o să se supere aşa de tare de scrisoare, dar părea că mai are puţin şi izbucneşte.

— De ce?

— Adresa de la care a trimis scrisoarea, probabil că acolo locuieşte. Putem merge acolo. Îl putem confrunta, putem...

— Nu era nicio adresă pe plic. A lăsat-o direct acasă, cred, în cutia poştală.

Şi-a trecut mâinile peste faţă, oftând greu. A început să analizeze din nou paginile.

— Ce zici de numele trupei din care face parte? L-a pomenit?

— Nu.

— Ce prostie.

— Este în regulă, am ridicat din umeri.

Nu înţelesesem încă. O mare parte din mine mai credea c-o să se întoarcă. Speranţa este periculoasă când te bazezi pe oameni nesiguri.

— Am trecut peste asta, am spus.

Dar nu trecusem. Eram departe de a face asta.

— *Ei bine, eu nu!* a strigat el, sărind în picioare și începând să patruleze înainte și înapoi. Nu-i cinstit. Ce le-am făcut noi oamenilor ăstora? Părinții tăi. Ai mei. Cu ce le-am greșit?

N-aveam un răspuns pentru el. Mulți probabil nu puteau înțelege ce ne lega pe mine și pe Logan. Eram diferiți în multe feluri, în afară de focul imens care ardea în noi: amândoi ne doream să fim iubiți de părinții noștri.

— Ești o fată bună, Alyssa. Ai făcut totul ca să fii o fiică bună pentru el. I-ai dat atâtea ocazii să se revanșeze, iar acum n-are nici măcar tăria să-și ia rămas-bun de la tine în persoană?! Pe bune, revino-ți! Cine se desparte de fiica sa prin poșta clasică?! a strigat el. De fapt, ce fel de părinte se desparte de copilul său?

— Acum înțelegi de ce ți-am spus să te desparți de Shay în persoană, în loc să fie prin mesaj? am încercat eu s-o dau pe glumă, dar n-a râs. Logan, zău. E în regulă.

— Știi ce? Dă-l naibii, High. O să faci lucruri grozave. O să schimbi lumea fără el. O să reușești, o să depășești așteptările lui cele mai nebunești. N-ai nevoie de el.

— De ce ești atât de supărat?

— Nu pot să cred, cum a putut să facă asta? Cum a putut să-ți întoarcă spatele? Ție, High. Ești cea mai frumoasă, autentică și blândă persoană pe care am cunoscut-o vreodată. Și te-a părăsit. Pentru ce? Pentru muzică? Pentru bani? Pentru faimă? E-o porcărie toată situația, pentru că nu se leagă deloc.

S-a așezat din nou lângă mine, respirând încă greu de iritare. Atârnându-și picioarele de marginea panoului publicitar, în timp ce ne uitam în depărtare, a mai adăugat:

— Încerc doar să înțeleg, asta-i tot.

— Ce să înțelegi?

— Cum ar putea cineva să renunțe la tine.

***

În noaptea aia am conştientizat, în sfârşit, că tata nu se mai întorcea. Nu voia să facă parte din viaţa mea. Renunţase la mine pentru muzică, ironic oarecum, pentru că muzica era totul pentru mine. Îmi fusese rău toată după-amiaza, nu puteam scăpa de senzaţia aceea de gol interior.

Eu: Poţi să vii?

Logan a venit la mine acasă pe la 11 seara. I-am zâmbit firav când m-a privit, prinzându-mă într-o îmbrățișare strânsă.

— Eşti bine? a întrebat.

— Da.

S-a uitat la mine cu ochi mijiţi.

— Minciună?

— Minciună.

— Și adevăr?

Am ridicat din umeri, cu ochii înlăcrimaţi.

— Poţi doar să mă ţii în braţe?

S-a îngrijorat şi mai tare, retrăgându-se puțin, ca să mă privească:

— High... Ce este?

— Chiar m-a părăsit, am spus, înghițind greu: Nu m-a vrut.

M-a condus în camera mea, închizând uşa în urma noastră. Eu m-am urcat în pat, iar el a căutat prin colecţia mea de discuri de vinil, a ales unul, l-a pus, făcându-mă să lăcrimez mai tare.

Când a început să cânte melodia lui Sam Smith „Life Support", Logan a stins lumina şi s-a băgat în pat, luându-mă în brațe. M-a tras mai aproape, în curbura corpului lui, iar eu am început să tremur, în timp ce el îmi cânta încet versurile la ureche.

M-a bufnit plânsul. Continua să cânte, iar trupul meu continua să tremure lângă al lui. M-a tras mai aproape şi m-a strâns mai tare. Melodia era redată în buclă, iar şi iar. A continuat să cânte şi el la urechea mea, îmblânzind focul din sufletul meu, făcându-mă să mă doară.

M-a adormit vocea lui, iar brațele lui mi-au transmis siguranță.

Când m-am trezit dintr-un coșmar, plângând la miezul nopții, Logan dormea adânc. Ținea brațele lateral, respira pe gură, iar eu m-am uitat la el, având încă lacrimi pe obraji.

— Lo, am șoptit.

El s-a foit.

— Da?

— Am visat urât. Poți să mă iei în brațe?

N-a ezitat. M-a tras încă o dată aproape, punându-mi capul pe pieptul lui, ca să-i simt bătăile inimii.

— Ești bine, Alyssa Marie Walters – a oftat el pe pielea mea.

Am plâns mai mult, strângându-l mai aproape.

— Sunt bine, Logan Francis Silverstone.

CAPITOLUL 10

Alyssa

Un necaz nu vine niciodată singur.

Mama pomenea mereu zicala asta ori de câte ori se afla în toiul unui proces și primea vești proaste. Dacă se întâmpla ceva rău, nu dura mult să vină altceva, mai grav. Nu crezusem niciodată cu adevărat în proverbul respectiv, pentru că eram optimista familiei, fata care vedea paharul pe jumătate plin. Dar, în ultima vreme, părea adevărat. Trecuse doar o săptămână de când tata se despărțise de mine și nu apucasem să gestionez bine acel eveniment, că am simțit cum mi se năruie din nou lumea în jur. Îmi jucau întruna în cap cuvintele mamei:

„Un necaz nu vine niciodată singur, Alyssa. Ăsta-i adevărul".

— Așadar... a oftat Erika, stând lângă mine pe culoarul unui magazin alimentar. Câte ar trebui să luăm?

Aveam două săptămâni de când vomitam în fiecare zi. La început am crezut că era din cauza supărării, dar acum aveam o teamă mai mare, cum stăteam în fața raftului cu teste de sarcină. Nu știam pe cine să sun în afară de sora mea, iar când mi-a auzit tremurul din voce, a apărut acasă în 45 de minute. Chiar dacă Erika era realistă și hotărâtă ca mama, nu era la fel de nemiloasă. Aprecia firea mea creativă și personalitatea mea ciudată și știam că o să mă ajute.

— Poate două? am șoptit, simțind că tremur din tot corpul.

Și-a pus o mână liniștitoare pe umărul meu:

— O să facem cinci, pentru orice eventualitate.

Ne-am dus la casierie și se uita la noi de parcă eram nebune că luăm atâtea teste. Erika a mai luat și o cană pentru apă. Când eram pe punctul să ies din magazin umilită, simțindu-mă judecată de privirea casierei, Erika a pufnit la ea:

— Nu ți-a spus nimeni că nu-i politicos să te holbezi?

Femeia ne-a scanat articolele, fără să mai ridice ochii la noi.

Când ieşeam din magazin, mi-a bipăit telefonul, primisem un mesaj:

Logan: Unde eşti? Trebuie să te văd.

N-am putut să răspund la mesaj. Mi-a mai bipăit telefonul de încă patru ori până să ajungem acasă, aşa că l-am închis.

Ne-am dus în baie și am încuiat uşa. Mama nu era încă acasă și toate cele cinci teste de sarcină erau desfăcute, aşezate pe marginea chiuvetei, aşteptând să le folosesc pe rând. Am băut o cană întreagă de apă și, când am simțit nevoia să urinez, Erika m-a îndrumat cum să procedez.

— Trebuie să faci pipi puțin pe un băț, apoi să te ții, apoi pe un alt băț, apoi te ții iar, și tot aşa...

— Am înțeles, am oprit-o, enervată.

Nu pe ea, ci pe mine eram nervoasă, pentru că mă aflam în această situație. Trebuia să plec la facultate weekendul următor, nu să urinez pe cinci bețe.

Am parcurs procedura și am aşteptat zece minute. Pe ambalaje scria că rezultatul apare în doar două minute, dar am simțit că zece minute ar fi fost mai corect.

— Ce înseamnă o linie roz pe ăsta? am întrebat, ridicând primul băț.

— Însărcinată, a şoptit Erika.

L-am ridicat pe al doilea.

— Și un semn plus?

— Gravidă.

Mi s-a strâns stomacul.

— Și două linii roz?

Erika s-a încruntat.

Simțeam că îmi vine să vărs.

— Și încă o dată semnul plus?

— Alyssa...

Îi tremura vocea.

— Și ăsta care spune însărcinată? Ce înseamnă asta?

Îmi cădeau lacrimi pe obraji și nu ştiam sigur cum să mă opresc. Mi se tăiase răsuflarea, iar bătăile inimii îmi deveniseră neregulate. Nu știam la ce să mă gândesc mai întâi. La Logan? La facultate? La mama? La lacrimile mele?

— Aly, e în regulă. Vedem noi ce facem, nu te panica.

Mâna Erikăi pe piciorul meu era singurul lucru care mă ţinea să nu cad la pământ şi să-ncep să mă legăn într-un colţ.

— Încep facultatea weekendul viitor.

— Şi încă o vei face. Trebuie doar să ne dăm seama...

— Alyssa! a strigat mama, intrând în casă. Ce ți-am spus despre lăsarea pantofilor în hol! Vino să-i iei de aici!

Mâinile au început să-mi tremure necontrolat, în timp ce Erika m-a ajutat să mă ridic, strângând toate testele de sarcină într-o pungă şi ascunzând-o în geanta ei supradimensionată.

— Hai, m-a îndemnat ea, spălându-se pe mâini, obligându-mă să mă spăl şi eu, apoi arătând cu capul spre uşă a zis: Să mergem.

— *Nu*, am spus în şoaptă. Nu pot, nu pot să dau ochii cu ea acum. Nu pot să ies de aici.

— Dar nu poţi nici să te ascunzi aici - a zis ea, ştergându-mă la ochi. Nu-ţi face griji. Nu-i spunem nimic. Doar respiră.

A ieşit prima din baie, iar eu am venit în urma ei.

— Erika? Ce faci aici? a întrebat mama, surprinsă.

— M-am gândit să trec în vizită. Poate luăm cina toate trei.

— Nu-i politicos să te înfiinţezi la cină fără să anunţi. Dacă nu aveam suficientă mâncare şi pentru tine? Şi apoi, comandăm în seara asta. Alyssa trebuie să termine de împachetat toate cutiile din camera ei, deşi i-am spus că ar fi trebuit să o facă de weekendul trecut. Şi...

— Sunt însărcinată.

Mama s-a uitat la mine, iar Erika a rămas cu gura căscată.

— Ce-ai zis?

În momentul în care am repetat, au început ţipetele.

Mi-a spus ce dezamăgire devenisem. Cum o dezgust. Mi-a strigat că știa că voi face vreo boacănă și l-a numit pe Logan un neisprăvit.

A încheiat practic:

— O să faci avort, asta-i soluția. O să mergem la o clinică săptămâna asta, o să ne ocupăm de această întâmplare nefericită și apoi o să pleci la facultate.

Mintea mea nici măcar nu înregistrase bine ideea că sunt însărcinată, iar ea îmi transmitea deja să fac problema să dispară.

— Mamă, zău. Să nu fim atât de iraționali, a intervenit Erika în apărarea mea, pentru că nu reușeam să scot niciun sunet.

— Iraționali? a întrebat mama, încrucișându-și brațele pe piept.

A ridicat o sprânceană cu privirea rece și a completat:

— Nu, irațional este să rămâi însărcinată cu cinci zile înainte de a începe facultatea. Irațional este să fii prietenă cu un ratat fără planuri de viață. Irațional este ca Alyssa să aibă un copil, când nici măcar nu a crescut ea însăși.

— Nu este un ratat, l-am apărat pe Logan.

În niciun caz nu era un ratat.

Mama și-a dat ochii peste cap și a pornit spre biroul ei.

— Am un caz mâine, dar apoi mergem la clinică. În caz contrar, îți găsești singură o modalitate să-ți plătești facultatea. Nu-mi pun eu banii la bătaie ca tu să mergi la studii pentru o specializare falsă, la care să renunți și să ajungi un nimic – a amenințat ea. Ești exact ca taică-tu!

Am inspirat brusc, iar cuțitul din inima mea a pătruns parcă mai adânc.

Erika a rămas la noi în noaptea aceea, mutând mobila prin sufragerie. Rearanjarea lucrurilor era modul în care își consuma mereu frustrarea. Alteori, spărgea farfurii și pahare din cauza frustrării.

— E nerezonabilă, Aly. Știi că nu trebuie să o asculți. Și dacă te amenință, nu pune la inimă. Te-ajut eu să vedem ce putem face.

Am zâmbit, apoi m-am încruntat.

— Trebuie să-i spun lui Logan. Mi-a trimis mesaje toată după-amiaza, iar eu nu i-am răspuns. Nu ştiu ce să spun.

Erika s-a arătat şi mai tulburată.

— O să fie o discuţie grea, dar care trebuie să se întâmple cât mai repede cu putinţă.

Am înghiţit în sec, ştiam că discuţia trebuia să aibă loc în noaptea aceea.

— Dar sunt îngrijorată, Alyssa. Îl cunosc pe Logan de mult timp şi nu este întotdeauna cea mai stabilă persoană.

Erika nu era cel mai mare fan al lui Logan şi n-o învinovăţeam. În urmă cu un an, aproape că dăduse foc apartamentului unde stăteau ea şi Kellan, după ce se drogase din cauza părinţilor lui care îl desconsiderau şi îl băteau.

— Doar cinci la sută, am murmurat.

— Poftim?

— Se comportă cum trebuie 95 la sută din timp, Erika. 95 la sută din timp este blând, amabil. Dar uneori intră în joc acel rest de cinci procente şi nu mai este el. Pierde lupta dintre adevărurile lui şi minciunile pe care i le servesc părinţii. Dar nu poţi să-l judeci în acele momente.

— De ce nu? a întrebat ea.

— Pentru că, dacă îl judeci numai din perspectiva acelor câteva momente rele, atunci pierzi toate părţile lui bune şi frumoase.

***

Un necaz nu vine niciodată singur, iar când începe seria de dezastre, nu se mai opreşte.

Asistasem de câteva ori în ultimii doi ani la momentele proaste ale lui Logan. Când se întâmpla asta, Logan se transforma într-o persoană pe care nu o recunoşteam. Vorbea împleticit, îi tremura corpul, iar glasul îi era foarte tare. Era furios şi oarecum răutăcios, ori de câte ori consuma alte droguri decât fumatul de marijuana. Totuşi, ştiam că asta se întâmpla mai ales când îl răneau părinţii lui, când îi lăsau cicatrici pe suflet. Rănile din inimă erau întotdeauna cel mai greu de vindecat, păreau că durează cel mai mult. Când se întâmplau acele momente proaste ale lui, știam că era cel mai bine să le las să treacă, pentru că, după aceea, el își găsea întotdeauna drumul înapoi, la acel Logan pe care îl iubeam și îl adoram.

95 la sută erau părțile bune, cinci la sută cele rele.

Când, în cele din urmă, mi-am pornit telefonul în acea noapte, aveam 15 mesaje text pierdute de la Logan.

Logan: Unde ești, High?

Logan: Am nevoie de tine.

Logan: Te rog, am o stare proastă. Tatăl meu tocmai a plecat și nu sunt bine.

Logan: Alyssa? High?

Logan: Nu contează.

Ah, nu! Avusese un moment de cădere. Acelea mă speriau cel mai mult.

Eu: Sunt aici.

A răspuns abia la trei dimineața. Când a sunat, am sesizat în vocea lui cât de dus era.

— Sunt pe veranda ta, a spus.

Când am deschis ușa de la intrare, am icnit. Avea ochiul stâng închis de tumefiat ce era și buza crăpată. Pe tenul normal i se distingeau vânătăile, în nuanțe de negru și albastru.

— Lo, am inspirat, întinzând mâna spre fața lui.

S-a strâmbat, dându-se un pas înapoi.

— Din cauza lui taică-tu? am întrebat.

Nu mi-a răspuns când l-am privit. Am observat mai întâi zvâcnirea mușchilor, urmată de lipsa de coordonare a mișcărilor. Își scărpina frenetic pielea și-și umezea buzele întruna.

Cât de departe te-ai aventurat acum în întuneric, Logan? mi-a trecut prin gând.

— Pot să fac un duș? N-am putut să mă duc acasă în seara asta.

Și-a tras nasul, încercând să-și deschidă pleoapa stângă, dar nu reușea.

— Da, da, desigur. Haide.

L-am condus la baie, iar el mergea împiedicat pe lângă mine. Am închis ușa după noi. L-am așezat pe vasul de toaletă cu capacul pus, am luat un prosopel și l-am înmuiat în apă caldă. A șuierat când am început să-i tamponez fața cu el.

— E în regulă, a pretins el, trăgându-se.

— Nu. Nu este. Nu poți să deschizi ochiul.

— Dar încă te văd.

Gura îi rămăsese ușor deschisă, înainte să înceapă iar să-și lingă buzele.

— Ai fost ocupată mai devreme?

Am clipit, fără să mă uit în singurul lui ochi deschis. Am înmuiat din nou prosopul.

— Da.

— Prea ocupată să dai mesaj?

— Da, Lo. Îmi pare rău.

Respirația mi s-a accelerat, uitându-mă spre ușă. Aveam nevoie de o clipă departe de acolo.

— Hei, a șoptit el, punându-și degetul sub bărbia mea și ridicându-mi privirea spre singurul ochi cu care vedea. Sunt bine!

— Ești drogat?

A ezitat, apoi a râs.

— Du-te naibii pentru că ai întrebat asta, High. Uită-te la fața mea. Ce crezi?

Am tresărit. Nu-mi mai vorbise niciodată așa, doar dacă nu cumva era deja pierdut. Ar fi trebuit să-i răspund la mesaje.

— Mă duc să iau niște gheață pentru ochi, bine? Poți să te bagi la duș.

Am dat să plec, dar a strigat după mine.

— High?

— Lo?

A înghițit în sec și i-a căzut o lacrimă din ochiul închis.

— Îmi pare foarte rău. Nu știu de ce ți-am vorbit așa.

I-am zâmbit scurt și am plecat în grabă.

Îmi tremurau mâinile când m-am dus să iau o pungă să pun gheață pentru Logan. Nu-l mai văzusem niciodată atât de bătut sau transfigurat.

Ce ți-a făcut tatăl tău? De ce trebuia să fie un asemenea monstru?

— High?

Am tresărit, auzindu-i vocea în spatele meu. Mi s-a încrețit pielea pe mine observând ce ține în mână.

— Ce-i asta?

— Ah, Doamne. Logan, am vrut să vorbesc cu tine despre asta.

M-am uitat la testul de sarcină din mâna lui, probabil rămas din greșeală în baie după-amiază.

— Ce înseamnă două linii roz? a întrebat el, abia reușind să se țină pe picioare, se legăna întruna.

Ești prea dus în seara asta pentru o discuție serioasă.

— Ar trebui să vorbim mâine, i-am recomandat, apropiindu-mă de el ca să-i pun mâna pe umăr.

S-a tras de lângă mine.

— Nu, ar trebui să vorbim despre asta acum, a insistat cu voce tare.

— Lo, poți să vorbești mai încet? Mama doarme.

— Nu-mi pasă. Ești însărcinată?

— N-ar trebui să discutăm în seara asta.

— Ce se întâmplă? s-a auzit din spatele meu.

M-am îngrozit când am văzut-o pe mama intrând în bucătărie în halat de casă. Când ochii ei obosiți au dat de Logan, s-a trezit complet:

— Ce faci aici? Trebuie să pleci, acum!

— Mamă, haide, am implorat-o, văzându-i ura din privire.

— Iisuse Hristoase, nu vezi că aaa-ve-m o afuuuuu-risită de discuție? s-a exprimat bolborosit Logan, punând parcă gaz pe foc.

Mama s-a dus repede spre el și l-a apucat de braț.

— Ești pe proprietatea mea, fără acordul meu. Pleacă

până nu chem poliția.

Și-a tras brațul din mâna ei, împiedicându-se pe spate și lovind frigiderul.

— Nu mă atinge. Vorbesc cu fiica ta.

Mama și-a aruncat ochii la mine.

— Și ăsta este exact motivul pentru care vom face avort. Este un distrus.

Logan și-a îndreptat postura cât a putut, cu ochii mari exprimând dezgust:

— Avort? Faci avort?

Îmi tremura tot corpul, iar ochii îmi jucau în lacrimi.

— Nu. Stai. Mamă, taci! Nu m-ajuți deloc!

— Chiar ai vorbit despre avort? a întrebat iar Logan.

— Îl facem joi. Am sunat deja să fac programare, a spus mama, ceea ce era o minciună.

Aveam 18 ani și aveam dreptul să fac ce vreau cu corpul meu, nu ce considera mama potrivit.

Logan a expirat scurt.

— Oau, deci aveai de gând să faci asta fără să vorbești cu mine? Nu crezi că aș fi un tată bun?

Mama a râs sarcastic.

Nu m-ajuta deloc, iarăși.

— N-am spus asta, Lo.

— Asta ai spus. Asta ai vrut să spui! a strigat el, cu ochii stinși, de parcă lumina pe care o iubeam atât de mult în el ar fi fost gonită din toată existența lui.

— Nu m-asculți pentru că ești drogat, Logan.

— Ceea ce nu-i o noutate, a mormăit mama, ca pentru sine, oripilată.

— Mamă, vrei să taci? am implorat.

— Nu. Are dreptate. Mereu sunt drogat, nu? Asta este tot ce credeți despre mine, a comentat el, arătând spre mine și mama. Voi, cu toți banii voștri și casa de oameni bogați, fără probleme.

Împiedicându-se, a răsturnat din greșeală setul nostru de cuțite, care s-au împrăștiat pe jos. Și eu, și mama am sărit pe loc, de frică.

Of, Lo... Întoarce-te..., îmi spuneam în gând.

— Trebuie să pleci. Acum! a apucat mama telefonul mobil. Chem poliția!

— Mamă, nu, te rog!

— Nu. Plec. Rămâi cu toate astea, a șuierat el. Banii tăi. Casa ta. Viața ta. Avortul tău. Tot ce vrei. Am plecat.

S-a îndepărtat grăbit, iar mie îmi curgeau lacrimile pe obraji cu ochii la mama.

— Care-i problema ta?!

— *A mea*? a țipat ea, șocată. El este ca o bombă cu ceas, așteptând să provoace un dezastru. Știam că ești naivă, Alyssa Marie. Dar nu știam cât de proastă poți fi. Este dependent de droguri. Este bolnav și n-o să se facă bine. O să te tragă după el, dacă încerci să-l salvezi. Ar trebui să renunți. Este o cauză pierdută. Tu și Kellan îi întrețineți adicția. Dă-i voie să se întâmple asta și nu va face decât să se înrăutățească.

Am respirat adânc și apoi am luat-o la fugă după Logan.

Se îndrepta spre poartă, ca să se cațere înapoi peste ea.

— Logan, așteaptă! l-am strigat.

S-a întors spre mine, cu pieptul ridicându-se și coborând greu.

— Te-am lăsat să-mi pătrunzi în suflet, a zis el aspru.

Vocea mea era exact opusul, slabă, îndurerată, speriată.

— Știu.

— Te-am lăsat să-mi pătrunzi în suflet, deși ți-am spus că nu e bine. Eu nu iubesc, Alyssa. Dar tu m-ai făcut să te iubesc.

— Știu.

— Așadar, m-ai făcut să te iubesc. Și te-am iubit tare, pentru că nu știu altfel. Te-am iubit cu totul, pentru că ai făcut ca viața asta să pară că merită trăită. Și apoi, dintr-odată, te întorci împotriva mea. Ce am făcut? De ce ai... Ți-am povestit toate visurile mele. Ți-am spus totul!

S-a apropiat de mine, șoptind și tremurând. Când ni s-au întâlnit privirile, a clătinat o dată din cap și s-a tras un pas înapoi:

— Nu te mai uita aşa la mine!

— Cum? am întrebat, nedumerită.

— Eu nu sunt mama mea - s-a răstit el.

— Ştiu că nu eşti.

— Atunci de ce naiba te uiţi la mine de parcă aş fi?

— Logan, te rog, doar ascultă-mă.

S-a apropiat de mine, iar trupurile noastre s-au topit, ca de fiecare dată. Fruntea lui s-a lipit de a mea, lacrimile lui mi-au atins pielea, în timp ce palmele mi s-au sprijinit de pieptul lui. Ne-am cuprins în braţe, două trupuri încălzite din interior spre exterior, arzând de nerăbdare să ştim motivele pentru care viaţa trebuia să fie atât de grea. Buzele i s-au lipit de urechea mea, iar respiraţiile lui fierbinţi îmi loveau pielea, în timp ce rostea vorbele care îşi băteau joc de sufletul meu:

— Nu vreau să te mai văd niciodată.

***

A dispărut în noaptea aceea.

A dispărut din viaţa mea într-o clipă. Au încetat apelurile la ore târzii. Vocea lui blândă nu mai era. În fiecare noapte mă întrebam unde se află, dacă este în siguranţă. De câte ori treceam pe la apartamentul lui, nu era acolo. De câte ori îl sunam, îmi intra direct mesageria vocală. Nici Kellan nu ştia nimic de el. Nu-l mai văzuse şi era la fel de îngrozit ca mine.

Când i-am spus mamei că nu voi renunţa la copil, a ţipat la mine, a continuat cu ameninţările şi a anulat plata pentru studiile mele. Erika şi Kellan m-au lăsat să mă mut în micul lor apartament, în timp ce încercam să-mi găsesc locul.

În fiecare noapte, Kellan şi cu mine veneam în oraş şi umblam cu maşina în diferite locuri în care ar fi putut fi Logan. Am vorbit cu prietenii lui, dar mereu parcă abia îl ratasem.

Apărea la petreceri, dar apoi dispărea. Prietenul lui, Jacob, ne-a spus că Logan consuma foarte mult în ultima vreme, dar nu putuse să discute cu el.

— O să fiu cu ochii pe el - ne-a promis. Dacă mai dau de el, vă anunț.

Am simțit un nod în stomac.

Dacă Logan depășise măsura?

Dacă nu reușea să-și revină din această suferință pe care o simțea?

Era vina mea.

CAPITOLUL 11

Alyssa

Urăsc să primesc apeluri telefonice în creierii nopţii. Mereu mi-au zguduit nervii. La 3 sau 4 dimineaţa nu vine nicio veste bună. Din păcate, am primit prea multe astfel de apeluri în ultimele luni, totul din cauza unui băiat care mi-a pus inima pe foc. Ori de câte ori suna telefonul, mintea mea fugea la cele mai grave situaţii posibile - o boală, un accident, moarte. În unele nopţi stăteam cu pleoapele grele, aşteptând telefoanele. Când nu le primeam, uneori îi formam numărul doar ca să-i aud vocea, ca să mă asigur că e bine.

Sunt bine, Alyssa Marie Walters, spunea el înainte.

Eşti bine, Logan Francis Silverstone, răspundeam eu, iar apoi adormeam în ritmul respiraţiei lui.

Dar în ultima vreme nu comunicam.

Când îmi făceam griji, nu puteam să-l sun.

Dacă mă speriam, nu dădeam de el.

Aşa că în noaptea aceea, când a sunat telefonul, mi-a fost mai frică decât alte dăţi.

— Alyssa? a spus o voce străină, deşi suna de pe numărul lui Logan.

— Cu cine vorbesc? am întrebat, abia trezită din somn.

— Sunt Jacob... prietenul lui Logan. Eu..., a ezitat. Uite, sunt la o petrecere şi l-am găsit pe Logan. Nu e într-o stare prea bună. Nu ştiam pe cine să sun.

M-am ridicat în capul oaselor, dintr-odată trează:

— Unde e?

Jacob mi-a dat toate informaţiile şi am căutat în grabă un pix şi o hârtie ca să notez. Am încheiat:

— Mulţumesc, Jacob. Vin imediat!

— Da, bun. Ascultă, poate-ar fi bine să vii şi cu Kellan.

M-am dus spre dormitorul lui Kellan şi Erika şi am bătut în uşă. Inima îmi bubuia în piept şi mi-am muşcat limba, ca să nu plâng. Tremuram, aşteptând să aud vocea lui Kellan.

Când a deschis ușa și a vorbit, am respirat chinuitor. Vocea lui semăna așa de tare cu a lui Logan, încât aproape m-am tras înapoi. Trecuseră câteva săptămâni de când Logan nu mai vorbea cu mine. Nu voiam decât să-i aud iar vocea.

— Alyssa? Ce s-a întâmplat? a întrebat Kellan, alertat și precaut totodată.

Ca și mine, știa că un apel târziu, în condițiile în care Logan folosea iar droguri, putea fi apelul de temut. A întrebat:

— Este...

— Nu știu, am răspuns.

I-am povestit și lui cât știam și am ieșit pe ușă în câteva minute.

Când am ajuns la petrecere, Jacob stătea pe veranda din fața unei case dărăpănate, în timp ce Logan zăcea pe o bancă. Avea ochii aproape deschiși și saliva pe partea stângă a gurii.

— Doamne, a mormăit Kellan, apropiindu-se de fratele său.

— Nu prea este receptiv.

— Ce-a luat? a întrebat Kellan.

— Și-a injectat niște heroină și cred că prizase mai devreme. Altceva nu știu.

— De ce nu ai chemat poliția?! am țipat eu.

M-am repezit la Logan și am încercat să-i ridic corpul. S-a strâns de la mișcare și a început să vomite pe verandă.

— Nu știu, omule. Ascultă, în mod normal, Logan face față la rahatul ăsta. Dar în ultimele săptămâni a intrat în niște prostii dubioase. N-am putut să chem poliția pentru că... Uite ce e, nu știam ce să fac, așa că v-am sunat pe voi.

Îl cunoșteam pe Jacob de ceva vreme. Logan nu avea prea mulți prieteni, dar Jacob era unul dintre puținii despre care vorbea într-o lumină bună. Însă, în noaptea aia, nu eram de acord cu el. Un prieten adevărat – efectiv – nu te-ar lăsa să cazi atât de adânc în prăpastie, iar el nici măcar să nu întindă o mână.

— Ar fi trebuit să chemi o ambulanță, am șuierat eu, furioasă și speriată.

— Ajută-mă să-l duc la mașină, i-a cerut Kellan lui Jacob.

L-au așezat pe bancheta din spate, iar eu m-am urcat acolo, cu el. Fratele lui a precizat:

— Alyssa, s-ar putea să vomite din nou. Poate ar fi mai bine să stai în față.

— Sunt bine aici, i-am răspuns.

Kellan i-a mulțumit lui Jacob și am plecat cu mașina spre spital. Nu-l mai văzusem niciodată în starea aceea pe Logan și aproape că îmi pierdeam mințile de teamă.

— Ține-l treaz, în regulă? a spus Kellan.

Am dat din cap, în timp ce lacrimile îmi curgeau pe obrajii lui Logan.

— Trebuie să stai treaz, în regulă? Ține ochii deschiși, Lo.

Și-a așezat capul în poala mea, pe bancheta din spate a mașinii lui Kellan, și eram îngrozită că, dacă închidea ochii, nu-i va mai deschide niciodată. Era leoarcă de transpirație și fiecare inspirație părea să-l doară. Și obosea la expirat.

A râs:

— Bună!

Am privit în jos, spre el:

— Bună, Logan!

A scuturat din cap și s-a sprijinit în coate.

— Nu. Nu salutam, te strigam. *High*[4].

Detestam să spună că e drogat. Detestam felul în care se pierdea în ceva care îl transforma din cel mai bun prieten în cea mai mare frică a mea.

Ce s-a întâmplat cu tine în seara asta, Logan? Ce-l făcuse să meargă atât de adânc spre întuneric?

Am făcut o pauză în gând, știind răspunsul.

4 Joc de cuvinte în limba engleză în original: Hi („Bună!", „Salut!") se pronunță la fel cu High („Sus", dar și „euforic", sau „drogat"), cuvânt despre care spunea mai devreme că așa o striga Logan pe Alyssa (n. red.).

Eu.

Eu îi făcusem asta.

Îl făcusem să-și urmărească umbrele.

Îmi pare rău, Logan.

Îmi răsunau în urechi și în minte cuvintele mamei, în timp ce mă uitam la ochii lui stinși:

„E dependent, Alyssa. E bolnav și n-o să se facă bine. O să te tragă și pe tine după el, dacă încerci să-l salvezi. Ar trebui să renunți la el. E o cauză pierdută. Tu și Kellan îi întreţineţi adicţia. Daţi voie să se întâmple asta în continuare și nu va face decât să se înrăutățească..."

— Tu ești High, a șoptit Logan, lăsându-se pe spate.

— Ce?

— Îmi spui Lo, ceea ce are sens, pentru că sunt căzut de tot[5]. Sunt la fundul gropii. Dar tu? a chicotit și a închis ochii. Tu ești maximumul meu. Și mi-ai frânt inima, la naiba!

Mi s-au umplut ochii de lacrimi și l-am luat în brațe.

— Ține ochii deschiși, Lo. Bine? Doar ține ochii deschiși.

Am aruncat o privire spre partea din față a mașinii, unde Kellan își ștergea fața. Știam că era probabil cel mai greu lucru cu putinţă să-l vadă pe fratele său în starea aceea.

Știam că și Kellan suferea la fel de mult ca mine.

— Du-mă înapoi, a mormăit el, încercând să se ridice de pe bancheta din spate.

— Stai cuminte, Logan. Totul este în regulă, a spus Kellan.

— Nu. Du-mă înapoi, du-mă înapoi! a țipat el, sărind din poala mea și plonjând spre volan, făcându-l pe Kellan să vireze în decor.

Am încercat amândoi să-l oprim, să-l facem să se stăpânească, să se calmeze, dar până să reușim, Kellan a pierdut controlul volanului.

Mașina a luat un viraj strâns la stânga.

Și totul s-a întunecat.

---

5 „Căzut de tot" sau „jos" – cum am mai spus, este „low" în limba engleză în original, pronunțat la fel ca „Lo", prescurtarea numelui lui Logan (n. red.).

CAPITOLUL 12

Logan

Când am deschis ochii, mă aflam pe un pat de spital, iar lumina soarelui strălucea prin fereastră. Am încercat să mă întorc, dar mă durea tot corpul.

— La naiba, am mormăit.

— Ești bine? a spus o voce.

Mi-am răsucit capul și l-am văzut pe Kellan stând pe un scaun cu pachete în mână și un bandaj mare pe frunte. Purta un hanorac și pantaloni de trening și îi lipsea zâmbetul obișnuit.

— Nu. Mă simt de parcă m-a lovit un tir.

— Sau poate ca și când ai izbit o afurisită de clădire, a murmurat altcineva.

M-am întors spre stânga și am văzut-o pe Erika. Ținea brațele încrucișate și avea o privire dură pe chip. Lângă ea se afla un bărbat cu papion, care ținea un carnețel, iar Jacob era în colțul îndepărtat, așezat pe o noptieră de spital.

Ce s-a întâmplat? De ce era Jacob cu Kellan?

— Nu-ți amintești? a întrebat Kellan, repezindu-mă, oarecum.

— Ce să-mi amintesc?

— Cum ai intrat cu mașina într-o afurisită de clădire! a exclamat Erika, cu vocea tremurătoare.

Bărbatul de lângă ea a atins-o ușor pe umăr. Am închis ochii, încercând să-mi amintesc ce s-a întâmplat, dar nu vedeam decât o mare ceață.

— Logan, a început Kellan, ducându-și mâna la nas. Te-am găsit leșinat pe o verandă. Am încercat să te aducem la spital, ai intrat în panică și ai smucit volanul, făcându-ne să ne izbim de o clădire.

— Ce? am exclamat cu glas pierit. Ești bine?

A dat din cap, dar Erika nu era de acord.

— Arată-i cum ești pe-o parte, Kellan.

— Oprește-te, Erika.

— Nu, trebuie să vadă asta. Trebuie să vadă ce a făcut.

Kellan a lăsat privirea în jos, uitându-se la pantofi, și a adăugat:

— Las-o baltă, Erika!

— Arată-mi, i-am cerut eu.

S-a frecat la ceafă, apoi a ridicat hanoracul, arătându-și toată partea stângă, care era de sus până jos în nuanțe puternice de negru, albastru și violet.

— Doamne Dumnezeule! Eu am făcut asta?

— E în regulă, m-a asigurat Kellan.

— Nu este, s-a răstit Erika.

Are dreptate, nu e în regulă.

— Kel, îmi pare atât de rău. Nu am vrut să...

— Asta nici măcar nu este cel mai rău lucru care s-a întâmplat! Aproape ai ucis-o pe sora mea! a strigat ea.

Mi s-a strâns inima.

Alyssa.

High.

Punctul meu maxim.

— Ce s-a întâmplat cu Alyssa? Unde e? am întrebat speriat, încercând să mă ridic, dar nereușind din cauza durerii care mi-a săgetat spatele.

— Logan, relaxează-te. Au grijă medicii de Alyssa. Dar acum e vorba de tine. Am adus pe cineva să te ajute, a spus Kellan.

— Cu ce să m-ajute? N-am nevoie de ajutorul nimănui. Ce s-a întâmplat cu Alyssa?

Am simțit că mă strâng pereții salonului. Ce căutam eu aici? De ce se uita toată lumea la mine ca și când aș fi fost un rebut? *De ce nu-mi spun despre Alyssa?*

— Suntem cu toții aici pentru că te iubim, a încercat să explice Kellan.

Atunci am înțeles. Mi-am dat seama de ce se afla în încăpere bărbatul cu papion. Am citit ce scria pe unul dintre pachetele din mâinile lui Kellan și am închis ochii. *Fac o intervenție pentru mine. Într-o cameră de spital.*

— Iubire? am șuierat, cu vocea plină de amărăciune, conștientizând încet ce se întâmplă. Pe dracu'!

— Haide, Logan. Nu-i corect, a comentat Kellan.

M-am uitat la el și am văzut că mă privea cu teamă și îngrijorare.

— Nu mă lua așa, Kellan. Și ce dacă? am spus ridicând privirea de la mâinile agitate și am continuat: Aceasta este o intervenție? Credeți că sunt atât de distrus, încât a trebuit să vă adunați într-o cameră de spital și să mă faceți de râs pentru că mă considerați periculos? Trebuie să aduceți oameni care nu dau doi bani pe mine? Am făcut o singură greșeală aseară, am spus, arătând spre Jacob: Este destul de ipocrit să-l aduceți aici și pe nenorocitul care s-a drogat odată cu mine săptămâna trecută, nu credeți? Jacob, sunt aproape sigur că ești ciupit acum!

Jacob s-a încruntat.

— Hai, Logan...

— Nu. Iar tu, Erika, nici măcar nu știu de ce naiba ești aici. Nu mă suporți, am spus.

— Nu te urăsc, Logan, a răspuns ea, înghițind cu noduri. Zău, e dur cum pui problema.

— Mi-aș dori foarte mult să nu vă mai purtați ca și când ați fi mai buni decât mine. Pentru că nu sunteți, am râs eu sarcastic, încercând să mă ridic puțin.

Intrasem în defensivă, pentru că, în sinea mea, știam că au dreptate. Am reluat:

— E comic, de fapt. Pentru că uite cum stăm aici și vorbim despre mine c-am dat-o-n bară, într-o încăpere plină de oameni la fel de distruși, dacă nu mai mult chiar, decât mine. Kellan nici măcar nu poate face față idiotului de taică-su cât să-i spună că vrea să se facă muzician, nu avocat. Jacob are o dependență de porno ciudat, care implică furculițe și alte porcării. Iar Erika sparge o farfurie și cumpără 50 de rezervă, doar în caz că se sparge și cea nouă. Nu i se mai pare nimănui nebunesc acest obicei?

— Cred că toți vrem să te faci mai bine, Logan, a zis Kellan.

Mă întrebam dacă și lui Kellan îi bătea inima la fel de tare cum îmi bătea mie.

— Îmi imaginez doar prin ce ai trecut de când ai rămas cu mama. Mă îndoiesc că prezența ei te ajută să te abții.

— Cred că te simți bine, am comentat, trecându-mi degetul pe sub nas. Pentru că ești Kellan, copilul de aur. Cel cu tatăl bogat, cu viitor, cu un drum asigurat la o facultate de top ca să devii avocat de succes. Iar eu sunt doar fratele distrus, cu o mamă narcomană și un tată traficant de droguri. Ei bine, felicitări, Kellan! Tu ești câștigătorul. Ești fiul mai bun al mamei, care a făcut ceva cu viața lui, iar eu sunt doar un puști jalnic de rahat, care probabil va muri înainte de 25 de ani.

Kellan a respirat chinuitor.

— De ce spui astfel de mizerii?

Nasul îi fremăta și patrula nervos prin salonul de spital.

— Care-i problema ta, Logan? Trezește-te. *Trezește-te!* Noi toți încercăm să te ajutăm, iar tu țipi la noi ca și cum noi am fi dușmanul, când în realitate dușman îți este propria minte. Te sinucizi. La dracu', te sinucizi și nu-ți pasă, a strigat el.

Kellan nu ridica niciodată vocea – niciodată.

Am dat să spun ceva, dar privirea lui Kellan m-a împiedicat. A mijit ochii spre mine și pot să jur că, o clipă, am văzut un licăr de ură.

Și-a frecat fața cu mâinile de câteva ori, încercând să se calmeze. Când a vorbit, și-a tras nasul ca să-și țină emoțiile în frâu. A aruncat broșurile spre mine și, când mi-au aterizat în poală, am citit aceleași cuvinte de multe ori.

Clinica de sănătate și reabilitare St. Michaels.

Waterloo, Iowa.

— Reabilitare? Am repetat. Crezi că am nevoie de dezintoxicare? Toți credeți că am nevoie de dezintoxicare? Sunt bine.

— Ai intrat cu mașina într-o clădire, a anunțat Erika iarăși, pentru a suta oară.

— A fost un accident, Erika! Tu nu ai greșit niciodată?

— Ba da, Logan. Dar nu atât de grav încât aproape mi-ai ucis iubitul și sora. Ești complet distrus și, dacă nu accepți ajutorul, vei răni și mai multe persoane decât ai rănit deja.

Unde este High? mi-a trecut prin gând.

— Ascultă, ne abatem de la subiect, Logan. Vrem să ajutăm. Tatăl meu va plăti pentru șederea ta în Iowa. Este una dintre cele mai bune clinici din țară. Cred că ai putea obține cu adevărat ajutorul de care ai nevoie, a explicat Kellan.

Din nou am dat să spun ceva, dar Kellan s-a prins. M-a privit cu ochii mijiți și pot să jur că, pentru o secundă, am văzut o sclipire de dragoste.

O fărâmă de speranță.

O privire de implorare.

— Pot să vorbesc singur cu fratele meu? am șoptit, închizând ochii.

Au ieșit toți ceilalți și au închis ușa.

— Kel, am început să spun, făcându-mi de lucru cu degetele. Îmi pare rău. N-am vrut să provoc accidentul. N-am vrut. Dar după ce Alyssa a spus că face un avort...

— Ce? m-a întrerupt Kellan.

— Nu știai? Alyssa era însărcinată. Dar a făcut un avort acum câteva săptămâni. Mama ei a dus-o și asta mi-a ars mintea, Kel. Știu că am dispărut din peisaj în ultimele săptămâni, dar mintea mea este derutată.

— Logan..., s-a apropiat Kellan de marginea patului meu, trăgând un scaun. Nu a făcut avort.

— Poftim?

Inima mea a luat-o la goană și m-am prins cu degetele de cadrul patului.

— Dar mama ei a spus...

— Mama ei a dat-o afară din casă, când Alyssa i-a spus că păstrează copilul. A vrut să-ți spună, dar ai dispărut aiurea.

M-am ridicat, îndurerat, dar plin de speranță.

— N-a făcut-o?

A lăsat privirea în jos, la mâinile pe care le ținea împreunate.

— Nu.

— Deci..., m-am înecat cu emoțiile care mă străbăteau. O să fiu tată?

— Logan, a zis Kellan, scuturând din cap.

A deschis gura, dar n-a spus nimic vreme de o clipă. Și-a trecut mâinile peste tâmple.

— În timpul accidentului de mașină, ea nu purta centura de siguranță. Când ai dat să apuci volanul, ea s-a întins să te apuce pe tine. Când s-a produs coliziunea, Alyssa a zburat pe geamul din spate, care s-a făcut țăndări.

— Nu, am scuturat din cap.

— Este bine, dar...

— Nu, Kellan.

— Logan. A pierdut copilul.

Mi-am apăsat degetele pe ochi ca să nu izbucnesc în plâns.

— Nu spune asta, Kel. Nu spune asta, l-am împins. Nu-mi spune asta!

— Îmi pare foarte rău, Logan.

Am început să plâng în palme, tremurând isteric. *E vina mea. Eu am provocat accidentul. Este numai vina mea.* Kellan m-a cuprins în brațe, când am simțit că mă sfârșesc, incapabil să rostesc vreun cuvânt, incapabil să opresc durerea, incapabil să respir. Mă durea fiecare inspirație și mi se părea o corvoadă fiecare expirație.

CAPITOLUL 13

Alyssa

— Hei, a șoptit Logan, intrând în camera mea de spital.

Era îmbrăcat în haine obișnuite, iar cele câteva julituri de pe față nu păreau prea grave. Speram că știe cât de norocos e că trăiește, după acel accident.

— Bună!

Stătusem toată ziua în patul de spital gândindu-mă ce-o să-i spun. Mult timp, emoțiile mele trecuseră prin toate stările între durere și furie. Voiam să țip la el fără oprire. Să-i spun cât de mult îl învinuiam, câte resentimente aveam față de el, chiar și pentru că-mi pusese la îndoială motivele cu copilul. Îi cunoșteam visurile și inima. Știam că am fi găsit noi o cale să fie bine. Dar a dispărut. O clipă, am vrut să-l urăsc, dar, când l-am văzut, în mine s-a schimbat tot.

Pur și simplu aveam inima frântă.

A deschis gura, dar a închis-o repede. Și-a vârât degetele prin păr, ciufulindu-l, și nu voia să-mi întâlnească privirea. Totul părea ca un vis – cât de aproape eram unul de altul și totuși cât de departe ne simțeam. Era un vis de care nu puteam scăpa și voiam ca Logan să fie cel care să mă trezească.

Voiam să-mi promită că fusese doar un vis, care se transformase cumva într-un coșmar oribil, dar că mă voi trezi din vis, la venirea zorilor.

Voiam să mă trezesc. Te rog, Doamne... trezește-mă!

M-am așezat pe partea dreaptă a patului, cu genunchii la piept. Mă sufocam de câte ori trăgeam aer în piept. Aerul din cameră era stătut, toxic, mort. Simțeam o nevoie tot mai apăsătoare de-a plânge, iar corpul îmi tremura. Doar privindu-l pe Logan, inima mea se rupea într-un milion de bucăți, dar nu am vărsat nicio lacrimă.

— Sunt bine, am spus în cele din urmă, simțind în fiecare os al corpului meu că nu eram bine.

— Pot să te iau în brațe? a întrebat.

— Nu, am răspuns cu răceală.

— Bine, a răspuns.

Am coborât privirea, spre mâinile tremurânde, cu mintea confuză.

— Da.

— Da? a întrebat el, ușor surescitat.

— Da.

Mâna lui a aterizat pe umărul meu înainte să se urce în patul de spital și să mă cuprindă în brațe. Am tremurat, când i-am simțit degetele atingându-mi pielea pentru prima dată, după atât de mult timp, iar degetele i se înfășurau în jurul meu.

— Îmi pare rău, High.

Atingerea lui era atât de caldă...

Te-ai întors la mine, mi-am spus în gând.

Îmi curgeau lacrimi pe obraji. Corpul îmi tremura incontrolabil, iar Logan mă ținea bine, refuzând să-mi dea drumul. Ne-am lipit frunțile, iar lacrimile lui calde s-au amestecat cu ale mele.

— Îmi pare atât de rău, High! a repetat el.

Am rămas îmbrățișați, simțind greutatea lumii pe umeri, până am adormit amândoi.

Se întorsese.

Când m-am trezit și l-am găsit încă ținându-mă în brațe, de parcă aș fi fost colacul lui de salvare, m-am răsucit spre el. Dormea, inspirând și expirând aproape ca o șoaptă. Am dus mâinile spre mâinile lui și mi-am împletit degetele cu ale lui. S-a mișcat puțin înainte să deschidă ochii.

— Alyssa, nu știu ce să spun. Nu știam că ești eu n-am...

Nu auzisem niciodată o asemenea vulnerabilitate în vocea lui. Când plecase de la mine cu săptămâni în urmă, Logan era atât de detașat de mine, de emoțiile lui. Dar acum, auzindu-l plângând, în timp ce îmi cuprindea fața cu palmele, am simțit că mi se sfărâmă o bucățică din inimă.

— Nu trebuia să plec pe coclauri. Trebuia să rămân. Trebuia să vorbesc cu tine. Dar acum, din cauza mea... din cauza mea...

Și-a îngropat capul în umărul meu, în timp ce se lăsa pradă bocetului:

— L-am omorât, a spus referindu-se la sarcină. E vina mea.

I-am luat obrajii în palmă, așa cum mă ţinuse și el.

— Logan, nu-ţi face asta.

Aproape că simţeam vina pe care o trăia, pentru că ochii îi exprimau exact emoţia. Mi-am cuibărit capul pe gâtul lui, iar respiraţiile mele fierbinţi s-au topit pe pielea lui. Ochii mei încercănaţi erau epuizaţi și am clipit de câteva ori, înainte să-i închid și să mormăi din nou la urechea lui:

— Nu-ţi face asta!

Nu puteam să-l urăsc. Indiferent ce se întâmplase, n-aș fi putut niciodată să-l urăsc pe Logan. Dar să-l iubesc? Acea iubire avea să fie mereu prezentă. O să vedem noi cum depășim acel tragic accident. Eram noi împotriva lumii, vom rezista împreună.

— Plec, a spus el, venindu-și în fire și ștergându-și ochii.

M-am ridicat, speriată.

— Poftim?

— Plec. Mă duc la o clinică de dezintoxicare din Iowa.

Mi s-au luminat ochii de nerăbdare. Mai devreme, Kellan îmi povestise despre clinica de dezintoxicare și amândoi speram efectiv că Logan va urma terapia de 90 de zile. Chiar dacă nu va face să dispară durerea prin care treceam amândoi, îl va ajuta să înveţe să o gestioneze mai bine.

— Este bine, Lo. Asta e o veste bună. Și, când te întorci, putem s-o luăm de la zero. Putem fi din nou noi, am promis.

S-a încruntat, clătinând din cap.

— Nu mă întorc, High.

— Poftim?

— Când plec din True Falls, nu mă mai întorc. Nu mă mai întorc niciodată în Wisconsin și nu mă mai întorc niciodată aici.

M-am tras ușor de lângă el.

— Încetează!

— Nu mă întorc. Mereu ajung să rănesc oamenii. Distrug vieți, High. Și nu mai pot să vă încurc viețile ție și lui Kellan. Trebuie să dispar.

— Taci, Logan! am țipat. Nu mai spune asta!

— Am văzut cum se întâmplă aceste lucruri. Am intra într-o rutină, ca pe o roată de hamster, unde ne-am învârti întruna, iar eu ți-aș tot distruge viața. Nu pot să-ți fac asta. Nu vreau!

S-a ridicat din pat, apoi și-a vârât mâinile adânc în buzunare. A ridicat din umeri o dată, adresându-mi un zâmbet frânt:

— Îmi pare rău, High.

— Nu face asta, Lo. Nu mă lăsa așa! l-am implorat, luându-l de mâini și trăgându-l mai aproape de mine. Nu mă lăsa din nou. Nu fugi, te rog! Am nevoie de tine!

Nu puteam trece peste asta fără el. Aveam nevoie de el să mă ajute să învăț să stau din nou în picioare. Aveam nevoie de vocea lui noaptea târziu, aveam nevoie de dragostea lui dimineața devreme. Aveam nevoie de singura persoană care pierduse și a ceea ce am pierdut și eu, să ducă doliul cu mine. Aveam nevoie să rămână lângă mine cea mai dureroasă slăbiciune a mea.

M-a sărutat o dată pe frunte, apoi mi-a șoptit ceva la ureche, înainte de a se întoarce și a mă lăsa în urmă, strigându-i numele.

Ultimul lucru pe care mi l-a spus au fost cuvinte care mi-au răsunat apoi întruna în cap. Cuvinte care m-au rănit mai adânc decât ar fi putut să o facă orice altceva.

— Aș fi fost de rahat, mi-a șoptit la ureche, dându-mi fiori pe șira spinării. Aș fi fost un tată de rahat. În schimb, tu? a înghițit greu. Tu ai fi fost cea mai bună mamă. Copilul nostru ar fi fost onorat să fie iubit de tine.

Și a plecat.

Auzind acele cuvinte simple și sunetul pașilor lui care se stingeau, am aflat ce înseamnă cu adevărat o inimă frântă.

PARTEA A DOUA

Din cenușă s-au ridicat
Și din nou s-au mistuit în foc.

El n-a uitat niciodată strălucirea ei,
Iar ea nu l-a uitat niciodată pe el.

<u>Mesaj #1</u>

Hei, Logan, sunt Alyssa. Te-am sunat doar să văd ce mai faci. Pur și simplu... urăsc cum am lăsat lucrurile. Urăsc faptul că ultimele dăți când am fost aproape unul de celălalt nu au fost cele mai bune. Urăsc cât de dor îmi e de tine. Urăsc cât de mult doare asta.

O să te sun totuși în fiecare zi, chiar dacă nu răspunzi. Vreau să știi că nu ești singur în asta. Oricât de rău este. Vreau să știi că nu ești singur.

Ne vedem în curând, Lo.

<u>Mesaj #5</u>

Hei, eu sunt.

Ești de cinci zile la clinică și aș vrea să-ți aud vocea. Kellan mi-a spus că a vorbit cu tine și că te descurci. Ești bine? Chiar sper. Mi-e dor de tine, Logan. Foarte, foarte mult.

Mă bucur că lucrezi la asta.

O meriți.

Ne vedem în curând, Lo.

<u>Mesaj #14</u>

Două săptămâni. Ești acolo de două săptămâni și Kellan mi-a spus că te descurci bine. A spus că te chinui puțin cu sevrajul, dar știu că ești mai puternic decât cei mai mari demoni ai tăi.

Am stat în pat aseară, ascultând discul de vinil care tot sare la fiecare câteva secunde și mi-a amintit de tine. Mai știi prima dată când...

Nu contează.

Mi-e dor de tine, asta-i tot. Unele zile sunt mai grele decât altele.

Ne vedem în curând, Lo.

<u>Mesaj #45</u>

Ești la jumătatea programului. Ce mai faci? Mănânci suficient? Ai mintea limpede? Sper că au DVD-uri cu documentare pe care să le vizionezi. Dacă vrei, pot veni acolo să-ți aduc niște DVD-uri. Am văzut un nou documentar despre Beatles și m-am gândit că ți-ar plăcea.

Vrei să ți-l aduc?

O pot face.

Doar să-mi zici.

Ți-am lăsat mesaje vocale în fiecare zi în ultimele 45 de zile și voi continua să las mesaje. Mi-aș dori doar să-ți aud vocea. Aș vrea să răspunzi la telefon.

Lo...

Te rog.

Doamne, ce dor îmi e de tine!

Ne vedem în curând, Lo.

<u>Mesaj #93</u>

Hei, sunt Alyssa.

Ai terminat programul și îmi vine să plâng, nu mă pot abține. Sunt atât de mândră de tine. Asta e bine. Este lucrul cel mai bun...

Kellan mi-a spus că te descurci bine. Că ești sănătos și binedispus.

Mi-a zis și că ți-a adus niște DVD-uri. De ce nu mi le-ai cerut mie? De ce lui îi răspunzi la apeluri, dar mie nu? Cu ce am greșit?

Ți-aș fi adus DVD-uri, Logan. Ți le-aș fi adus.

Dar nu contează.

Ne vedem în curând, Lo.

<u>Mesaj #112</u>

Mi-a zis că nu te întorci la True Falls. A zis că rămâi în Iowa. Nu te-am crezut când mi-ai spus. N-am vrut să te cred.

Mi-a spus că ai găsit o garsonieră mică și un loc de muncă...

Asta e bine. Dacă ai nevoie de ceva, mobilă, mâncare... companie.

Mi-e dor de tine, asta-i tot.

Nu pot să cred că nu te mai întorci.

Dar e bine. Este bine pentru tine.

Te iubesc.

Ne vedem în curând, Lo.

Mesaj #270

Știi că luna aceasta s-ar fi născut copilul? Aș fi fost în spital, iar tu m-ai fi ținut de mână. Știu că probabil ți se pare că plâng, dar nu plâng.

Sunt doar puțin beată în seara asta.

Nu beau de obicei, așa că nu mi-a trebuit mult.

O prietenă m-a scos în oraș ca să mă ajute să-mi limpezesc mințile.

M-ar ajuta mai mult să-ți aud vocea.

Dar nu mă suni.

Poate că nici nu mai ai numărul ăsta.

Poate că ai lăsat în urmă povestea noastră.

Poate că nu-ți mai pasă. Nici măcar nu-mi pasă că nu-ți pasă!

Nu contează.

Să te ia naiba pentru că nu mă suni, Logan! Nici măcar o singură dată. Nu m-ai sunat.

Îmi pare rău.

Sunt puțin beată în seara asta.

Ne vedem în curând, Lo.

Mesaj #435

Ce faci noaptea, când plouă?

Eu stau în pat și mă gândesc la vocea ta.

Ne vedem în curând, Lo.

Mesaj #756

Am decis că te urăsc.

Urăsc tot ce are legătură cu tine.

Totuși, sper să ne vedem curând, Lo.

Mesaj #1090

Flutur steagul alb, Logan. Sunt obosită și renunț. Mă opresc acum.

Cinci ani.

Mă opresc cu mesajele.

Te iubesc.
Mi-e dor de tine.
Îți doresc tot ce e mai bun!

Mesaj #1123

Logan, sunt Kellan. Ascultă, știu că ți-ai făcut un rost în Iowa și-ți merge bine. Și nu ți-aș cere să te întorci vreodată în orașul ăsta mizerabil dacă n-aș avea cu adevărat nevoie de tine și...

Erika și cu mine ne căsătorim. Dar nu pot să mă căsătoresc fără fratele meu. Nu pot să vin în fața altarului fără să am alături singura rudă pe care o am.

Știu că asta implică multe, dar promit să nu cer niciodată altceva.

Și apoi, ți-am cumpărat documentarul despre NASA, despre care am vorbit acum câteva săptămâni.

Îl primești doar dacă ești cavalerul meu de onoare.

Da. Încerc să-ți cumpăr dragostea și nu mă simt deloc vinovat.

Vorbim în curând.

CAPITOLUL 14

Logan

Cinci ani mai târziu

În fiecare seară îmi aprindeam o ţigară şi o aşezam pe pervazul ferestrei. În timp ce ardea, îmi îngăduiam să-mi amintesc trecutul. Mă lăsam în voia simţurilor, să sufăr şi să plâng până când ţigara ajungea la filtru. Apoi îmi închideam creierul şi-mi dădeam voie să uit, pentru că durerea era prea mare şi n-o mai puteam suporta. Când îmi opream mintea, aveam grijă să mă menţin ocupat, mă asiguram că nu ies la iveală amintirile. Mă uitam la documentare, îndeplineam câte un comision, mă antrenam - făceam tot posibilul să nu-mi amintesc.

Dar acum, fratele meu mă cheamă înapoi, tocmai în locul de care fugisem în ultimii cinci ani. Când m-am întors la True Falls, m-am aşezat în gară şi m-am gândit îndelung dacă ar trebui să strâng bani pentru un bilet doar dus, înapoi în Iowa.

— Vii sau pleci? m-a întrebat o femeie care stătea două locuri mai încolo.

M-am întors spre ea, surprins cumva de ochii ei de un verde intens. Mi-a zâmbit uşor şi a început să-şi muşte o unghie.

— Nu sunt încă sigur, am răspuns. Dar tu?

— Vin. Stau, cred.

A zâmbit în continuare, dar cu cât zâmbea mai mult, cu atât arăta mai tristă. Nu ştiam că un zâmbet poate părea atât de sfâșietor de trist.

— Încerc doar să pierd ceva timp înainte să mă întorc la viaţa mea.

Puteam să înţeleg asta.

M-am lipit cu spatele de scaun, încercând să nu-mi amintesc viaţa pe care o lăsasem în urmă în toţi aceşti ani.

Mi-a vorbit iar, muşcându-şi buza inferioară:

— Am rezervat chiar și o cameră pentru diseară, doar ca să mai am câteva ore să uit, știi? Până mă întorc în lumea reală.

Am dat din cap o dată. Ea a alunecat spre mine, pe locul alăturat, iar piciorul ei s-a atins de al meu.

— Nu-ți amintești de mine, nu-i așa?

Întorcându-mi capul spre ea, mi-a zâmbit din nou trist, trecându-și degetele prin părul lung.

— Ar trebui?

A scuturat din cap.

— Probabil că nu. Numele meu este Sadie, a spus ea clipind o dată, de parcă aflarea numelui ei ar fi trebuit să însemne ceva pentru mine.

Și-a curbat buzele în jos și a continuat:

— Oricum, pari genul de tip care și-ar dori să uite pentru o vreme. Dacă vrei, poți veni cu mine la motel.

Ar fi trebuit să-i spun nu. Ar fi trebuit să-i ignor invitația. Dar arăta atât de tristă, părea că are sufletul la fel de îndurerat ca al meu. Așa că mi-am luat geanta, mi-am aruncat-o peste umăr și am urmat-o pe Sadie în țara uitării.

***

— Am mers la aceleași școli ani buni, a spus Sadie, în timp ce ne așezam într-o cameră infectă de motel.

Mai fusesem la motel, cu foarte multe luni în urmă, și îmi pierdusem mințile într-o cadă murdară. Faptul că mă aflam acolo nu-mi stârnea cele mai bune amintiri, dar m-am gândit că, dacă revenisem în Wisconsin, după cinci ani, totul avea să fie impregnat cu iz de amintiri neplăcute.

Buzele ei pătate de vin se mișcau, în timp ce mesteca violent gumă.

— În ultimul an de liceu, mi-ai copiat lucrarea la fiecare test la matematică. Datorită mie ai absolvit, efectiv.

S-a ridicat în coate și a mai spus:

— Ți-am scris patru dintre eseurile la limba engleză. Vorbești spaniolă datorită mie! Sadie? Sadie Lincoln?

Numele nu-mi spunea nimic.

— Nu vorbesc spaniolă.

— Ei bine, ai putea. Chiar nu-ţi aminteşti de mine?

Ochii i s-au întristat pe acest motiv, dar n-ar fi trebuit să fie tristă. Nu era nimic personal. Erau multe lucruri pe care nu mi le aminteam.

Şi altele pe care mi-aş fi dorit să le pot uita.

— Să-ţi spun drept, mare parte a perioadei din liceu aveam minţile fumate.

Asta nu era o minciună.

— Sau erai cu fata aia Alyssa Walters, a remarcat ea.

Mi s-a strâns inima, odată cu maxilarul. Doar la auzul numelui ei, în mintea mea au năvălit amintiri.

— Mai e în oraş? am întrebat, încercând să par nonşalant.

Alyssa încetase să-mi mai lase mesaje cu luni în urmă şi, ori de câte ori mă suna Kellan, nu pomeneam de ea.

Sadie a confirmat din cap.

— Lucrează la restaurantul Hungry Harry's. Am văzut-o lucrând şi la magazinul de mobilă Sam's Furniture. Cântă şi la pian în nişte baruri. Nu ştiu, e cam peste tot. Sunt surprins că nu ştiai asta. Voi doi eraţi aproape lipiţi unul de celălalt, ceea ce era ciudat, pentru că nu aveaţi nimic în comun.

— Aveam multe în comun.

A scos un chicot sarcastic.

— Serios? Eleva cu note de zece pe linie, talentată la muzică, şi tu, care nu ieşeai din 5 - mulţumită mie, un drogat cu mamă narcomană, aveaţi multe în comun?

— Nu mai vorbi de parcă ai avea habar de ceva, am şuierat enervat.

Pe atunci, Alyssa şi cu mine aveam mai multe în comun decât oricare două persoane de pe acest pământ. Şi, în fond, Sadie nu ştia nimic despre maică-mea. S-o ia naiba dacă ea crede că ştie ceva!

Ar fi trebuit să plec din camera de motel. Ar fi trebuit să-i spun să se care şi să găsească o altă persoană pe care să o hărţuiască, dar chiar nu-mi plăcea să fiu singur. Îmi petrecusem ultimii cinci ani singur, cu excepția șoricelului care venea uneori în vizită.

Sadie a rămas tăcută cât a putut, adică nu prea mult. Nu știa ce înseamnă liniștea, tăcerea.

— Deci, e adevărat că ai fost la dezintoxicare?

Vorbea prea mult, deja nu mă mai simțeam confortabil. Nu-mi plăcea deloc să vorbesc despre dezintoxicare, pentru că jumătate din timp îmi doream să mă întorc la clinică. În cealaltă jumătate a timpului, îmi doream să mă întorc pe alee, cu o liniuță sau două pe un capac de tomberon. Trecuse atât de mult timp de când nu mai consumasem, dar încă mă gândeam la asta aproape în fiecare zi, la naiba! Doctorița Kahn mă avertizase că revenirea în lumea reală va fi o tranziție grea, dar ea credea c-o să mă descurc. I-am promis că, ori de câte ori o să simt pofta să consum, o să trag de brățara de cauciuc roșie pe care mi-o dăduse, pișcându-mă, pentru ca astfel să-mi amintesc că alegerile pe care le fac sunt reale, precum ciupitura de pe piele.

Pe brățară scria „putere", ceea ce era ciudat, pentru că simțeam că nu am deloc putere.

Mă tot trăgeam de brățară întruna de când începuse Sadie să vorbească.

— În oraș se zvonea că ai murit. Cred că mama ta a lansat zvonul ăsta.

— Știi cât de frumoși sunt ochii tăi? am întrebat, schimbând vorba.

Am început să o sărut pe gât, ascultându-i geamătul.

— Sunt doar verzi.

Se înșela. Erau de o nuanță unică de celadon, un verde pal, cu un pic de gri și o tentă de verde mai închis.

— În urmă cu câțiva ani, mă uitam la un documentar despre ceramica chineză și coreeană. Ochii tăi sunt de culoarea luciului pe care îl foloseau în olărit.

— Ai văzut un documentar chinezesc despre ceramică? a mormăit ea, chicotind.

Încerca să-și regăsească suflul, în timp ce buzele mele se mișcau spre curba claviculei ei. Am simțit-o cutremurându-se.

— Probabil că erai destul de dat peste cap.

Am râs, pentru că habar n-avea.

— În Occident i se spune celadon, dar acolo este *qingci*.

Mi-am lipit buzele de ale ei. M-a sărutat și ea, pentru că ăsta era principalul motiv pentru care ne aflam acolo, în camera murdară de motel. Eram acolo ca să confundăm câteva momente de atingere cu ideea de iubire. Eram acolo ca să confundăm sărutările cu un fel de pasiune. Eram acolo ca să confundăm singurătatea cu senzația de a fi întreg. E uimitor ce-ar face unii - sau cu cine s-ar duce - ca să nu se mai simtă atât de singuri.

— Poți să stai peste noapte? a șoptit.

— Desigur, am oftat, rostogolindu-mi limba peste urechea ei.

Voiam să petrec noaptea cu ea pentru că era nasol să fii singur. Voiam să petrec noaptea cu ea pentru că se făcea beznă. Voiam să petrec noaptea cu ea pentru că mi-o ceruse. *Voiam să petrec noaptea cu ea pentru că îmi doream să stau peste noapte.*

Mi-a scos cămașa peste cap, oprindu-se cu degetele pe pieptul meu.

— Oh, Doamne! a strigat ea. Ești musculos!

Apoi a chicotit. *La dracu'!* Chiar voiam să stau peste noapte?

Fără să răspund, i-am scos pantalonii și apoi pe ai mei. În timp ce s-a întins, m-am pus deasupra ei, cu buzele pe gâtul ei și apoi în jos, spre piept, pe burtă și făcând o pauză la marginea chiloților. În timp ce îmi frecam degetul mare de chiloții ei, a gemut:

— Da, te rog...

Doamne, ea era dependența mea în noaptea aia. Mă simțeam ceva mai puțin singur. Chiar am visat cu ochii deschiși că o sun a doua zi, că mă întâlnesc cu ea la motel din nou și că i-o trag din nou în patul mizerabil.

N-a durat mult până am scăpat de boxeri și am venit peste ea. Mi-am pus un prezervativ și chiar înainte să mă strecor în ea, a țipat.

— Nu, stai!

I-am citit frica în acei ochi de culoare *qingci*. Și-a dus mâinile la gură și avea lacrimi în ochi.

— Nu pot! Nu pot!

M-am oprit încremenit deasupra ei. Am simţit vinovăţia, ca un pumn în stomac. Nu voia să facă sex cu mine.

— Ah, Doamne! Îmi pare rău. Am crezut...

— Am o relaţie, a spus ea. Sunt într-o relaţie.

Stai puţin!

— Poftim? am făcut eu.

— Am un iubit.

Iubit?

Rahat.

O mincinoasă.

O trădătoare.

Are un iubit.

M-am îndepărtat de ea și m-am așezat pe marginea patului. M-am prins cu mâinile de părţile laterale ale saltelei, auzind-o pe femeia asta cum se foia. Cearșaful parcă făcea ape la fiecare mișcare a ei.

A spus încet:

— Îmi pare rău. Am crezut că pot s-o fac. Am crezut că pot să merg până la capăt, dar nu pot. M-am gândit c-o să fie ușor cu tine, știi? Să mă desprind și să fiu liberă. Am crezut că pot să uit o vreme.

Fără să mă întorc spre ea, am ridicat din umeri.

— Nu-i problemă.

M-am ridicat de pe saltea și m-am îndreptat spre baie.

— Mă întorc imediat.

Am închis ușa în urma mea și mi-am trecut mâinile peste faţă. Mi-am scos prezervativul de pe penis și l-am aruncat la coșul de gunoi, apoi m-am sprijinit de ușă și m-am masturbat.

Era jalnic.

Eu eram jalnic.

M-am gândit la cocaină, în timp ce mi-o frecam. La senzaţia de adrenalină puternică pe care mi-o dădea de obicei, la cum mă încălzea. Senzația de pace și fericire deplină. Mi-am frecat-o mai tare, amintindu-mi cum îmi lua toate problemele, fricile, luptele. Mă simțeam ca și cum m-aș fi aflat deasupra tuturor, de neoprit. Euforie. Jubilare. Dragoste. Euforie. Jubilare. Dragoste. Euforie. Jubilare. Dragoste.

Ură. Ură. Ură.

Respirație profundă.

Și mi-am dat drumul.

M-am simțit gol pe dinăuntru, în toate privințele posibile.

Am pornit chiuveta, m-am spălat pe mâini și m-am privit în oglindă, uitându-mă adânc în ochii mei. Ochi căprui neimportanți. Ochi căprui triști. Ochi căprui umbriți de o ușoară depresie.

M-am scuturat să scap de acea senzație, mi-am șters mâinile și m-am întors la ea.

Se îmbrăca, ștergându-și ochii.

— Pleci? am întrebat.

A confirmat din cap.

— Poți să rămâi. Nu sunt vreun nemernic care te-ar da afară la 3 dimineața. Și apoi, este camera ta de motel. Plec eu.

— I-am spus iubitului meu că mă duc acasă după ce mă întorc în oraș, mi-a spus ea, cu un zâmbet forțat pe buze.

Doar în sutien și chiloți, s-a îndreptat spre balcon, a deschis ușa, dar n-a ieșit. Ploua cu găleata, picăturile de ploaie răpăind în grilajul de metal. Ploaia îmi amintea mereu de Alyssa și cât de mult ura să doarmă în timpul furtunii. M-am întrebat la ce se gândea ea oare în seara asta. M-am întrebat cum se descurca ea cu zgomotul de pe pervazul ferestrei.

„Nu pot să dorm, Lo. Poți să vii?"

Vocea Alyssei îmi suna în urechi ca o înregistrare pe „repeat", glasul ei punându-mi stăpânire pe creier, până am reușit s-o alung.

Sadie și-a trecut degetele prin șuvițele lungi de păr. Zâmbetul ei forțat s-a transformat în încruntare.

— Probabil că nu-i acasă încă. Nu-mi plăcea deloc să dorm singură când nu aveam un iubit. Iar acum, chiar dacă am o relație, mă simt tot singură.

— Ar trebui să-mi pară rău pentru tine că înșeli? am întrebat.

— Nu mă iubește.

— Totuși, îmi dau seama cât îl iubești și tu, am spus în batjocură.

— Nu înțelegi, a spus ea defensiv. Mă controlează. I-a îndepărtat de mine pe toți cei la care țineam. Nu consumam niciodată, la fel ca tine acum. N-am consumat niciodată droguri până să dau de el. M-a prins în capcană și acum, când vine acasă, miroase a parfumul altei femei. Se urcă în pat și nu mă atinge nici măcar o dată.

Au început să-mi zboare prin cap propuneri despre care știam că sunt o idee proastă.

Stai cu mine în noaptea asta.

Stai cu mine dimineața.

Stai cu mine.

Singurătatea este vocea din cap care te face să iei decizii proaste doar din cauza inimii frânte.

— E ciudat să te întorci aici? a întrebat ea, schimbând subiectul.

Inteligentă manevră. Cu o întoarcere lentă a corpului, ne uitam din nou unul în ochii celuilalt. Obrajii i se înroșiseră ușor și jur că mi-a părut rău că se simte singură.

— Puțin.

— Te-ai întâlnit deja cu Kellan?

— Îl cunoști pe fratele meu?

— Cântă prin oraș la seri pentru amatori. E foarte bun, se pricepe!

Nu știam că se apucase iar de muzică. Și-a arcuit o sprânceană, curioasă:

— Voi doi sunteți apropiați?

— Stau în Iowa de cinci ani, iar el a fost aici, în Wisconsin, în tot acest timp.

A dat din cap înţelegătoare.

Mi-am dres glasul:

— Da, suntem apropiaţi.

— Cei mai buni prieteni?

— Doar prieteni.

— Sunt foarte şocată de faptul că prietenia ta cu Alyssa n-a ţinut. Credeam că o s-o laşi gravidă deja.

A fost o vreme când mă gândisem și eu la asta.

Nu mai vorbi despre Alyssa. Nu te mai gândi la Alyssa.

Poate că, dacă aş rămâne cu Sadie în noaptea asta, n-aş mai lăsa-o pe Alyssa să-mi umple mintea. Poate că, dacă aş adormi cu ea în braţe, nu m-aş mai gândi atâta că m-am întors în locul în care locuia singura fată pe care o iubisem vreodată. Apropiindu-mă de Sadie, mi-am trecut mâna peste bărbie.

— Uite, ai putea...

— Nu ar trebui, a oftat ea, întrerupându-mă. Era ciudată. Și-a ferit privirea, uitându-se în pământ, și a spus:

— Nu m-a înşelat niciodată. El este... Mă iubeşte.

Mărturisirea ei bruscă mi-a pus mintea în mişcare.

Era o mincinoasă, una care înșală.

Voia să plece.

— Doar rămâi, i-am cerut, iar vocea mea a sunat mai disperat decât mi-aş fi dorit. O să dorm pe canapea.

Nu era chiar o canapea, ci mai mult o saltea de burete stricat, care avea mai multe pete decât perne. Sincer să fiu, probabil că m-aş simţi mai confortabil pe podeaua murdară, acoperită cu mochetă. Sau aş fi putut să-l sun pe Kellan și să dorm la el.

Dar nu eram pregătit pentru asta.

În clipa în care aveam să văd pe cineva din trecutul meu – pe cineva de care să-mi amintesc efectiv – știam că voi cădea înapoi, în lumea veche. Lumea din care fugisem. Lumea care aproape m-a ucis. Nu eram pregătit. Cum ar putea cineva să fie pregătit să-și privească trecutul în ochi și să pretindă că au dispărut tot chinul și toată durerea?

Și-a tras rochia pe ea și mi-a aruncat o privire peste umărul stâng. În ochii ei am citit tristețea înțelegătoare.

— M-ajuți cu fermoarul?

Din trei pași eram în spatele ei, îi închideam fermoarul rochiei care i se mula pe fiecare formă a corpului. Mi-am lăsat mâinile să se odihnească pe talia ei, iar ea s-a rezemat de mine, rugându-mă:

— Poți să-mi chemi un taxi?

M-am conformat. Când a plecat, mi-a mulțumit și m-a asigurat că puteam rămâne la motel – plătise deja și era păcat de cameră. Am acceptat, dar nu eram sigur de ce îmi mulțumise. Nu făcusem nimic pentru ea, ba chiar o numisem una care-și înșală iubitul.

Nu.

O persoană infidelă pentru prima dată simțea probabil un fel de vinovăție.

Ea pur și simplu se simțea goală pe dinăuntru.

Speram să n-o mai văd niciodată, pentru că era extenuant să mă aflu în preajma altor persoane goale pe dinăuntru.

După ce a plecat, am patrulat timp de vreo oră prin camera de motel. Mai erau oare și alți oameni ca mine? Alte persoane care se simțeau atât de singure, încât ar prefera să petreacă nopți fără sens, cu oameni fără sens, doar ca să aibă câteva ore în care să privească în ochii altcuiva?

Uram să fiu singur, pentru că, atunci când eram singur, îmi aduceam aminte de toate lucrurile pe care le detestam la mine. Îmi aminteam toate greșelile pe care le făcusem în trecut, care mă aduseseră în punctul în care, în loc să trăiesc, doar existam. Dacă-mi trăiam viața cu adevărat, ajungeam să rănesc pe oricine se apropia de mine, iar eu nu mai voiam să fac asta. Asta însemna că trebuia să fiu singur.

În trecut, nu fusesem niciodată singur, când aveam drogurile – prietenii mei tăcuți, mortali și distructivi. Nu fusesem niciodată singur, când aveam cea mai mare euforie a mea.

Pe Alyssa...

Rahat!

Mintea îmi juca feste, mă mâncau palmele. Am încercat să mă uit la televizor, dar pe ecran erau doar știri despre mizeria realității. Am încercat să desenez o vreme, dar stiloul din cameră nu avea cerneală. Am încercat să-mi opresc creierul, dar mă tot gândeam la cea mai bună stare de euforie pe care o avusesem vreodată.

Când am s-o văd?

Oare am s-o mai văd vreodată?

Desigur. Sora ei se căsătorea cu fratele meu.

Voiam s-o văd?

Nu.

Doamne, ba da.

Voiam să o țin în brațe, dar în același timp să n-o mai ating niciodată.

Voiam s-o sărut, dar în același timp să nu îmi mai amintesc niciodată forma corpului ei.

Voiam să...

Taci, creier!

Am luat telefonul mobil și am apăsat pe tasta 2. Vocea era alta, dar salutul era același. Mi-au mulțumit că am sunat la linia de asistență pentru dependența de droguri și alcool. Mă încurajau să vorbesc într-un cadru confidențial despre zbaterile și tendințele mele actuale.

Am închis, ca de fiecare dată.

Pentru că indivizii ca mine, cu un trecut ca al meu, nu meritau ajutor, ci izolare.

Pașii m-au purtat pe balcon și am aprins o țigară, sprijinind-o pe un loc uscat de pe pământ. Ascultam răpăitul ploii care se abătuse asupra orașului True Falls și am închis ochii. Am inspirat adânc și m-am abandonat durerii sufletești pentru scurta perioadă în care a ars țigara.

M-am gândit la Alyssa. M-am gândit la mama. M-am gândit la toate drogurile.

Apoi ajungeam mereu să mă gândesc la copilul pe care l-aș fi putut ține în brațe, dacă n-ar fi fost demonii din mine.

Uneori, țigara ardea timp de opt minute. Alteori, zece.

Dar un lucru nu se schimba niciodată, indiferent cât de mult dura țigara, și anume, felul în care inima mea frântă mai găsea încă modalități de a se frânge în bucăți și mai mici.

CAPITOLUL 15

Alyssa

În fiecare zi, plecam cu maşina spre serviciu împreună cu vecina mea, o chelneriţă în vârstă de 70 de ani, pe nume Lori. Lucram amândouă în tura de dimineaţă la restaurantul lui Hungry Harry şi detestam fiecare clipă. Lori lucra pentru ei de 25 de ani şi îmi spusese că singura ei şansă să scape ar fi fost să se căsătorească cu unul dintre tipii ăia, pe nume Chris. Evans, Hemsworth sau Pratt, nu conta care. De fiecare dată, Lori se plângea că ajungem cu cinci minute mai devreme, declarând că locul cel mai rău unde puteai să ajungi devreme era locul tău de muncă. Avea dreptate.

Eram angajată la Hungry Harry's de cinci ani. Cel mai rău lucru la slujba asta era că zilnic veneam mirosind a parfum de trandafiri şi şampon cu aromă de piersici şi plecam mirosind a burgeri prăjiţi şi a crochete de cartofi. Zi de zi, în fiecare zi! Singurul lucru care mă motiva să continuu era convingerea că fiecare oră lucrată mă apropia de visul meu de a deschide un bar cu pian.

— Poţi să reuşeşti, domnişorico, a spus Lori, în timp ce ne apropiam de restaurant. Eşti degajată şi în pas cu moda. Ai destul timp să-ţi pui în aplicare viziunea. Soluţia este să nu asculţi zgomotul exterior al celor din jur. Oamenii îşi dau mereu cu părerea despre vieţi pe care nu le trăiesc - doar ţine-ţi capul sus şi evită să le asculţi prostiile.

— Bun sfat, am zâmbit, ştiind că vorbea doar ca să tragă de timp până intram în local, pentru pontaj.

— Ştii ce-mi spunea mama când eram necăjită de copii?

— Ce anume?

— Ia-o uşor, zi după zi. De atât este nevoie ca să treci peste orice. Nu te gândi prea mult la viitor şi nu-ţi ţine creierul în stare de alertă cu lucruri din trecut - rămâi doar în prezent. Fii aici şi acum. Ăsta-i cel mai bun mod să-ţi trăieşti viaţa. În momentul prezent. Fiecare zi, pe rând.

Cu paşi mici, zi după zi.

Îmi repetam în minte cuvintele alea atunci când un client nepoliticos ţipa la mine că omleta a fost prea aerată sau când un bebeluş dădea pe jos o farfurie cu mâncare, iar părinţii îmi găseau mie vină, ori când vreun beţivan îmi vomita pe pantofi.

Detestam industria serviciilor alimentare. Dar, pe de altă parte, era bine să văd dedesubturile unui astfel de loc, pentru că atunci când urma să am un bar cu pian, mare parte din el avea să fie despre administrarea bucătăriei.

Doar că trebuia s-o iau încet, zi după zi.

— Mereu îţi legăni şoldurile aşa după ce iei o comandă? s-a auzit o voce glumeaţă, făcându-mă să zâmbesc când mi-am dat seama cine este.

— Numai când ştiu c-or să dea bacşiş bun, am zâmbit, întorcându-mă spre Dan, care era în spatele meu, cu mâinile pline de dosare.

Arăta foarte chipeş în pantalonii lui bleumarin şi cămaşa bleu cu nasturi, cu mânecile suflecate. Avea faţa senină, ca de obicei, şi mă privea rânjind cu subînţeles. Mi-am îndesat în şorţ carneţelul şi pixul şi m-am apropiat de el:

— Cum de-ai venit aşa dimineaţă?

— Mă uitam la proprietatea despre care am tot vorbit.

— Da?

— Da. Îmi place, realmente. Însă are termite. Ai un minut să-ţi arăt nişte chestii? Am mai adus câteva planuri de la alte locuri la care ne putem uita.

M-am încruntat, aruncând o privire prin restaurant.

— Cred că şeful meu m-ar concedia dacă m-aş opri din muncit ca să mă uit la piano-baruri.

Dan era un prieten cu care mă găsisem acum câţiva ani la un bar cu pian. În prezent lucra pentru unul dintre cei mai buni agenţi imobiliari din stat şi, când i-am spus ideea mea despre deschiderea unui astfel de local, s-a oferit să mă ajute să caut proprietăţi – chiar dacă i-am spus că va dura mult până să prindă viaţă acea idee.

— Ah, nu, desigur. Eram doar prin zonă și m-am gândit să mă opresc să mănânc niște crochete de cartofi și să beau o cafea. Oricum, sunt în drum spre birou.

I-am zâmbit, iar el s-a înviorat mai tare.

— Putem să ne uităm peste schițe mâine seară, dacă e ok pentru tine, i-am propus.

— Da, da! a exclamat entuziasmat.

— Pot să vin cu planurile la tine. Putem să comandăm mâncare chinezească, iar eu aduc vin. Aș putea chiar să gătesc niște friptură sau altceva...

Vocea i s-a stins, pe măsură ce devenea puțin prea vesel. Și-a trecut mâinile prin păr, ridicând din umeri:

— Știi... sau orice altceva.

— Așa facem. Totuși, te avertizez, casa mea este încă în lucru. Și, de când a plouat, a intrat niște apă prin acoperiș.

— Rămâne valabilă oferta mea să stai la mine până îți renovezi casa. Știu că lucrurile asta pot fi o mare bătaie de cap.

— Mulțumesc, dar îmi place să trec prin aceste complicații de acasă.

— OK. Păi, atunci mă duc la serviciu, dar ne întâlnim mâine la tine, ca să trecem peste astea.

A scuturat dosarele în aer și mi-a făcut cu ochiul.

— Stai, parcă ziceai că ai venit pentru cafea și cartofi?

— Ah, da, dar tocmai mi-am dat seama..., s-a fâstâcit el, și nu m-am putut abține să nu zâmbesc. Ar trebui să ajung un pic mai devreme la serviciu, ca să mă uit la niște chestii pentru șeful meu.

— Atunci, rămâne pe mâine. Eu dau vinul, tu vii cu datele despre proprietăți.

Pe urmă a plecat. Am oftat. Dan îmi făcea ochi dulci de trei ani, practic de când ne cunoscusem, dar nu simțisem niciodată o astfel de legătură cu el. Însă era o persoană importantă în viața mea și speram că va fi de acord să fim doar prieteni.

— Fir-ar să fie, îți face rost de proprietăți, are o slujbă sigură, minte că vrea crochete de cartofi doar ca să te vadă, are acel zâmbet de nătăfleț căruia i s-au aprins călcâiele și se oferă să-ți gătească friptură. Iar tu nici măcar nu poți accepta oferta de a sta la el o vreme? a comentat Lori, ducând o tavă cu omletă, crochete de cartofi și cârnați.

Am râs.

— Casa mea este în regulă. Am făcut economii toți anii ăștia ca să-mi cumpăr casa de vis și acum, că o am, nu am de gând să renunț. Are nevoie doar de câteva retușuri, atâta tot.

— Scumpo, casa ta are nevoie de ceva mai mult decât niște retușuri, a zâmbit ea, punând farfuriile cu mâncare pe masa 5.

Apoi a revenit la mine, cu o mână în șold și cu o expresie dezinvoltă:

— Ziceam doar că, dacă mi-ar oferi mie Dan un pat, m-aș muta cu el și l-aș pune să-mi arate planurile de imobile pe fiecare centimetru al corpului meu, în fiecare centimetru al casei.

— Lori!

Am făcut-o să tacă, pentru că mi se încălzeau obrajii.

— Doar zic și eu. Muncești în trei locuri, ca să plătești o casă pe care oricum trebuie să o repari, ca să-ți dovedești că poți fi o femeie independentă. Ai putea să aranjezi casa *și* să locuiești cu Dan, în același timp, știi asta?

— Casa nu are chiar așa multe de reparat, am insistat.

— Aly! a protestat ea, lovindu-se peste față. Ultima dată când am venit să bem o sticlă de vin, am fost la baie și nu am închis ușa. Știi de ce? *Pentru că nu era ușă la baie.*

Am râs.

— Bine, am înțeles. Deci are nevoie de mai multe reparații. Dar îmi place provocarea.

— Hm. Cred că ești o partidă pe cinste în pat, dacă Dan se ține după tine așa.

— Poftim? Dan și cu mine nu ne-am culcat împreună.

— Serios? a exclamat ea. Adică îi curg balele după tine și voi doi încă nu ați trecut la fapte?

— Nu.

— Dar... Zâmbetul ăla!

Am chicotit.

— Ştiu. Dar este un bun prieten. Am o regulă importantă pentru relaţiile mele, iar asta include ca niciunul dintre prietenii mei să nu-mi devină iubit.

Fusesem cândva pe acel drum şi n-aveam de gând să-l mai parcurg vreodată. Chiar şi în prezent mă gândeam încă la Logan şi plângeam după prietenia pe care o adorasem şi o pierdusem.

Ar fi fost mai bine să nu ne fi îndrăgostit deloc.

— Ştii, eu şi Charles eram cei mai buni prieteni înainte să ne hotărâm să fim împreună. A fost dragostea vieţii mele şi nimeni nu s-a comparat cu el. Mă făcea să râd atât de tare, înainte să ştiu măcar ce este dragostea. Unele dintre cele mai bune lucruri din viaţă provin din cele mai puternice tipuri de prietenie, a explicat Lori.

A lăsat capul în jos şi a apucat medalionul de la colierul ei, care avea în interior fotografia lor de nuntă.

— Doamne, Doamne, ce dor nebun mi-e de el!

Nu vorbea mai deloc despre Charles, răposatul ei soţ. Dar, de câte ori o făcea, începeau să-i sclipească ochii, de parcă mintea i se întorcea la ziua când abia se îndrăgostea de el.

Şeful ne-a atenţionat să nu mai vorbim atât de mult şi să ne întoarcem la lucru, ceea ce am şi făcut. Eram mereu aglomeraţi dimineaţa, serveam mai multe persoane decât părea omeneşte posibil, dar cu cât eram mai ocupate, cu atât aveam mai puţin timp să mă gândesc la probleme.

— Mai doriţi cafea? am întrebat o femeie care stătea lângă fereastră.

Ţineam bine vasul de cafea şi treceam pe la toate mesele ca să umplu cănile clienţilor.

— Nu, sunt bine, mulţumesc.

Am zâmbit larg, iar când mi-am ridicat privirea pe fereastră, inima mi-a tresărit. Degetele mele s-au aşezat pe geam, încercând să întind mâna şi să ating silueta de peste drum. Când am mai clipit o dată, ceea ce credeam că am văzut a dispărut. M-a străbătut un fior pe șira spinării și mi-am îndreptat postura.

Lori mi-a aruncat o privire:

— Ești bine, Alyssa? Arăți de parcă ai văzut o...

— Fantomă? am spus, terminând fraza.

— Exact.

A venit și s-a uitat pe fereastră:

— Ce este?

O fantomă, am repetat în gând.

— Nimic. N-a fost nimic, am răspuns cu glas tare, mergând cu cana de cafea la masa de alături.

A fost doar imaginația mea.

Nici mai mult, nici mai puțin.

CAPITOLUL 16

Logan

Mă obişnuisem s-o fixez cu privirea pe Alyssa cum se mişca prin local, servind clienţii. Stăteam într-un colţ mai retras, unde nu mă putea vedea. *N-ar fi trebuit să mă aflu aici.* Îmi treceau prin minte tot felul de motive pentru care n-aveam ce căuta în restaurant în ziua aceea, dar simţeam că mă trage inima spre ea.

Zâmbea la fel cum ştiam, ceea ce mă bucura şi mă întrista, în acelaşi timp. Oare câte zâmbete de-ale ei ratasem? Pentru cine zâmbea oare în prezent?

— Poftim omleta, a zis chelneriţa care mă servea, aşezând farfuria în faţa mea.

Avea tenul palid, iar pe frunte i se adunaseră broboane de sudoare. Rămăsese pe loc, legănându-se înainte şi înapoi pe călcâie, străduindu-se să zâmbească.

— Vă mai aduc ceva? m-a întrebat ea.

— Nişte suc de portocale ar fi nemaipomenit.

A dat din cap şi s-a îndepărtat.

Am luat solniţa şi am început să presar peste omletă. Un hohot de râs s-a auzit în local şi am tras aer în piept. Râsul inconfundabil al Alyssei. Nu se schimbase niciun pic. Am închis ochii, simţind că mă înţeapă inima. M-au năpădit amintirile ca într-un vârtej, făcându-mă să revăd cu ochii minţii toate momentele în care, stând lungiţi unul lângă altul, îi auzisem râsul răsunând în sufletul meu.

— Trebuia să-mi spui dacă voiai o porţie de sare cu garnitură de omletă, m-a readus o voce în prezent.

Mi-a căzut privirea în farfurie la omleta peste care pusesem sare cu mintea absentă în ultimele cinci minute.

— Scuze, am murmurat, aşezând la loc solniţa.

— Nu e cazul să te scuzi. Fiecare cu gustul lui. Oricum, mi s-a spus să-ţi aduc sucul de portocale şi să preiau nota, lucrăm puţini azi, Jenny tocmai a plecat acasă, că are gripă.

M-am uitat la fata care vorbea. Avea niște buze pline, date cu ruj roz, și ochi albaștri, care îmi erau foarte cunoscuţi; erau singurul lucru minunat din acest oraș. Ochii aceia aveau talentul de a exprima zâmbete. Părul blond îi era coafat drept și cu breton până la sprâncene.

N-am mai spus nimic niciunul dintre noi.

Continua să mă privească fix.

Nici eu nu-mi luam ochii de la ea.

Alyssa.

Euforia.

Cea mai grozavă stare de euforie a mea.

Arăta bine, ceea ce nu mă surprindea. Nu-mi aminteam de vreo zi în care să nu-mi fi părut frumoasă. Chiar și în zilele când eram prea dus ca să mai pot deschide ochii, îmi aminteam frumuseţea cuvintelor pe care mi le șoptea, implorându-mă să-mi revin, să respir.

— Logan, a zis încet, punând paharul cu suc pe masă.

Când a pășit spre mine, m-am ridicat de pe scaun. La început, am crezut că o să mă îmbrăţișeze, că mă iartă pentru felul meu de a fi și că nu am sunat-o după ce m-a căutat. În realitate, nu avea de gând să facă asta. Ţinea palma desfăcută și am ghicit de când am văzut-o că urma să mă pălmuiască. *Tare.* Când Alyssa făcea ceva, era din plin, cu forţă, nu lăsa lucrurile doar pe jumătate.

Și-a înălţat braţul, a venit repede spre mine și eram pregătit să simt usturimea pe care o meritam. Am închis ochii, anticipând momentul, dar atingerea ei n-a mai venit. Doamne, cât îmi doream atingerea ei! Deschizând ochii, i-am văzut mâna tremurând în aer, la câţiva centimetri de obrazul meu. Ni s-au întâlnit privirile și am citit în străfundul ochilor ei confuzia, suferinţa din dragoste și cum se abţinea să nu plângă.

— Bună, Alyssa! am spus încet.

S-a strâns în ea ca arsă și a închis pleoapele. Mâna îi rămăsese în aer și i-am prins-o, lipindu-i degetele de obrazul meu. Când ne-am atins, i-a scăpat un mic vaiet de durere. Am tras-o mai aproape, îmbrăţișând-o și totul părea ca la început. Avea pielea rece, ca de obicei, pe când eu emanam căldură. Și-a luat degetele de pe obrazul meu, și-a înfășurat brațele pe după gâtul meu, lipindu-se de mine de parcă m-ar fi iertat pentru momentele de tăcere și toate apelurile ignorate.

Simțeam cum se agăța cu degetele de mine, apăsat, vrând cumva să se convingă că nu eram vreo vedenie care ar putea să dispară, pe care nu o putea păstra. N-o învinuiam - se mai întâmplase să dispar.

I-am inhalat mirosul din păr.

Parfum de piersici.

Doamne, până în clipa aceea nu-mi plăceau deloc piersicile.

Mirosea ca zilele de vară târzie. Suav, dulce, perfect.

Euforia mea, ca nimeni alta.

— Mi-a lipsit... mi-a spus ea încet la ureche.

— Știu, am răspuns.

— Ai plecat... a început ea.

— Știu.

— Cum ai putut să faci asta?

— Știu.

Corpul i s-a tensionat și s-a smuls de lângă mine. Nu mai avea tristețe în privire, doar furie.

Era îndreptățită.

— Știi? a tunat ea, îndreptându-și statura, deși părea tot mică.

Și-a încrucișat brațele la piept și și-a mușcat buza inferioară. I se formaseră mai multe riduri la colțurile ochilor și era evident că nu mai era fetișcana de acum câțiva ani. Acum era o femeie matură și avea un foc care îi ardea în adâncul sufletului.

— Te-am sunat.

— Știu.

S-a încruntat.

— Nu. Te-am sunat, Logan. Te-am sunat și ți-am lăsat mai bine de 500 de mesaje.

1090 de mesaje, mi-am spus în gând.

N-am vrut s-o corectez.

— Ai dispărut. M-ai părăsit. Pe noi, pe Kellan. Ne-ai părăsit pe toţi, a spus ea. Am înţeles că aveai nevoie să iei distanţă, dar m-ai abandonat. După toate prin câte am trecut împreună, după tot ce s-a întâmplat, m-ai lăsat singură să descurc totul.

— Eram pe cale să mă recuperez. Îmi aranjam situaţia cu mama, cu tine şi, da, eram varză, dar îmi trebuia doar timp.

— Te-am lăsat să iei distanţă şi tot departe ai rămas.

— M-ai sunat zilnic, Alyssa. Asta nu înseamnă că m-ai lăsat să iau distanţă.

— Eu şi Kellan ţi-am salvat viaţa şi am crezut c-o să te întorci. Te-am sunat în fiecare zi ca să-ţi spun că sunt aici, te aştept. Credeam c-o să vii la mine, la noi.

— Nu poţi salva vieţile oamenilor, Alyssa, şi nu te poţi aştepta ca ei să revină la tine. Ar fi trebuit să ştii asta, după ce s-a întâmplat cu...

Mi-am muşcat limba şi am tăcut, dar ştiam că nu-mi pot lua vorbele înapoi. Știa la ce mă referisem.

Ar fi trebuit să ştii asta după cele întâmplate cu tatăl tău, gândisem.

— Asta a fost o răutate din partea ta.

— N-am spus nimic.

A clătinat din cap înainte şi înapoi.

— Pentru cineva care n-a zis nimic, ai transmis multe, a spus, cu vocea frântă. Mai bine de 500 de mesaje şi niciun răspuns.

1090 de mesaje, mi-am spus în gând.

Nici acum n-am vrut s-o corectez.

— N-aveam ce să-ţi spun, am minţit.

Ridicam un zid pe care ştiam că trebuie să-l ridic ca să mă pot reintegra în oraş. Trebuia să-mi ţin în frâu emoţiile şi mintea limpede, ca să nu intru iar în viaţa Alyssei. Data trecută, aproape i-o distrusesem. Nu puteam să permit să se întâmple asta din nou. Aşa că trebuia să fiu rece, chiar dur.

Pentru că merita mai mult decât să aştepte lângă telefon pe cineva ca mine s-o sune înapoi.

— Nimic? s-a dat un pas în spate, uluită. Chiar niciun cuvânt? Nici măcar „bună"?

— Mereu am fost mai bun la „rămas-bun".

— Oau..., a făcut ea nervoasă.

Îmi reveneau mai puternice ca niciodată toate emoţiile pe care le simţisem pentru ea de-a lungul anilor. Eram furios pe mine că nu o sunasem, eram supărat, eram fericit, eram confuz, eram îndrăgostit. Eram tot ce mă făcuse Alyssa să simt la un moment dat.

Mai aveam un pic și îmi exploda creierul.

— Știi ceva? și-a dres ea glasul și mi-a zâmbit strâmb. Nu mai facem asta.

— Ce anume?

— Să ne certăm, să ne contrazicem. Pentru că, dacă facem asta, ştii ce înseamnă? Înseamnă că noi doi am avea vreun fel de relaţie, şi n-avem. Ai devenit un străin din clipa când ai dispărut în lanurile de porumb din Iowa.

Am căscat gura, dar n-am apucat să zic nimic, pentru că deja se întorsese cu spatele și plecase în grabă, ca să servească la altă masă. Vorbind cu clienţii, afişa un zâmbet fals. Se legăna uşor cu tot corpul înainte şi înapoi şi bătea ritmic cu pantoful în podeaua cu model de tablă de şah.

Discuta cu celelalte persoane, dar din când în când mă săgeta cu privirea.

— Păi, cred că vreau ouăle fierte moi și... bacon, a anunţat un client, dar a fost întrerupt la final de faptul că Alyssa s-a repezit spre mine:

— Kellan ştie că ai venit? Sau aveai de gând să-l iei prin surprindere şi pe el, la serviciu?

Își pusese mâinile în șolduri și ridicase o sprânceană.

M-am uitat la ea, înălţând şi eu o sprânceană.

— Da, el e motivul pentru care am venit. Pentru nuntă.

— Poftim? a întrebat ea fâstâcită.

— Nunta... Știi că frate-miu se însoară cu sora ta.

— Dar..., s-a oprit ea ceva mai domolită. Nunta este abia peste o lună. Ai venit cu o lună mai devreme ca să-l ajuţi?

— Kellan mi-a zis că este weekendul ăsta.

— Ei, asta ar fi o noutate pentru mine. Dar, ţinând cont de tot ceea ce se întâmplă, nu m-ar mira.

— Ce vrei să spui? Ce se întâmplă?

A deschis gura fără să zică nimic. A dat să spună iar ceva, mușcându-și buza inferioară:

— Consumi ceva, Logan?

— Poftim? am întrebat defensiv. Ce naiba înseamnă asta?

— Ştii bine ce înseamnă. Eu doar..., a început ea să tremure sub imperiul emoţiilor. Vreau doar să ştiu dacă te-ai dezintoxicat. Dacă mai consumi ceva.

— Asta nu e treaba ta. Tot ziceai mai devreme că, dacă îţi împărtăşesc orice chestie, ar însemna că avem un fel de relaţie...

— Lo, a șoptit ea.

Numele meu de alint rostit de ea m-a făcut să uit de enervare și de atitudinea mea defensivă.

M-am uitat la ochii ei, la buze.

Alyssa.

Euforia mea.

Cea mai grozavă stare de euforie a mea.

— Da? am îngânat în șoaptă.

— Consumi?

— Nu.

— Nici măcar marijuana?

— Doar marijuana, am răspuns.

A oftat greu.

— Ei, haide, Alyssa, scutește-mă! Marijuana e legală în unele state.

— Nu în Iowa.

După glas, părea îngrijorată, ceea ce însemna că încă îi păsa oarecum de mine, deci mai erau șanse. Dar ce-mi păsa mie de șanse? Înălţasem zidul s-o ţin la distanţă pe Alyssa și n-aveam de gând să-l dărâm prea curând. Dacă nu era vorba de acea nuntă, aș fi plecat de acolo cu primul tren.

— Deci, doar iarbă?

— Da.

— Pe cuvântul tău?

— Pe cuvântul meu.

S-a dat un pas în spate şi apoi a înaintat doi paşi. A ridicat spre mine degetul mic.

— Juri?

M-am uitat un timp la degetul ei mic, amintindu-mi de toate promisiunile pe care le făceam când eram mai tineri, înlănţuindu-ne degetele.

Mi-am prins degetul mic de al ei, simţind că mă împlineşte simpla atingere uşoară.

— Jur.

Când ne-am desprins unul de altul, a făcut doi paşi în spate şi unul în faţă. Şi-a desfăcut braţele spre mine şi, fără să mă gândesc, am prins-o de mâini. M-a tras în sus de pe scaun şi m-a îmbrăţişat. Felul strâns în care se ţinea mi-a transmis că ceva nu era în regulă.

— High, ce este?

M-a tras mai aproape şi n-aveam de gând să-i dau drumul din îmbrăţişare. I-am simţit buzele apăsate de urechea mea, răsuflarea caldă atingându-mi pielea.

— Nimic, nu-i nimic.

Când ne-am desprins, și-a lipit palmele între ele, ca pentru rugăciune, și le-a apropiat de buze, înclinând ușor din cap.

— Lo...

Mi-am trecut degetele prin păr și am dat din cap.

— High...

— Bine ai venit acasă! a zis.

— Nu e acasă. E doar un popas înainte să plec iar.

A ridicat din umeri.

— Acasă e mereu acasă, chiar și atunci când nu-ți mai dorești să fie. Și, Logan..., a spus, legănându-se ușor pe călcâie.

— Da?

N-a mai spus nimic, dar i-am auzit foarte clar gândul.

Și mie mi-a fost dor de tine, High.

CAPITOLUL 17

Logan

Mi-am lăsat sacul de voiaj din pânză pe veranda casei lui Kellan și a Erikăi înainte să bat la ușă. Mi se strângea stomacul de emoție, neștiind cum va fi să-i revăd, după atâta vreme. Oamenii se schimbă în timp și mă întrebam cât de schimbați erau ei. Am stat câteva secunde ca să-mi fac curaj să ciocăn.

Când s-a deschis ușa, am oftat adânc. Kellan mi-a zâmbit în felul acela al lui de frate mai mare și m-a tras să mă îmbrățișeze.

— Trebuia s-ajungi de ieri cu trenul. Te-ai rătăcit, frate?

Am râs.

— Am luat-o pe drumul mai lung.

— Bine, stai să mă uit la tine.

S-a dat în spate, și-a încrucișat brațele și a râs:

— Parcă ai mai pus ceva mușchi pe tine sau te-ai împlinit. Serios, ai plecat scobitoare și te-ai întors Spiderman.

— Știi doar că-s de speriat păianjenii ăia radioactivi din Iowa, am glumit eu, prefăcându-mă că îi dau un pumn în burtă. Ia te uită la tine, ești ca o alună! Poate acum am șanse să te înving eu pe tine la trântă.

— Ha, nu fi așa de sigur. Văd că încă folosești la greu balsam de păr, ca o femeie, a spus el, ciufulindu-mi tunsoarea perfectă.

— Invidia e unul dintre cele șapte păcate capitale, frate.

— O să țin cont, a zâmbit el.

Doamne, ce bine era să-l văd! Arăta la fel de bine ca întotdeauna. Nu-ți dai seama cât de mult îți lipește cineva până nu stai chiar în fața lui, după vreme îndelungată.

— Kellan, cine-i la ușă? a întrebat Erika, ieșind din baie și ștergându-și părul cu un prosop.

Când m-a văzut, a rămas șocată:

— Ce cauți aici?

— Și eu mă bucur să te văd, Erika! am salutat.

— Ce faci aici? a întrebat din nou.

Ochii îmi fugeau de la Kellan spre Erika și înapoi la Kellan.

— Încep să mă întreb același lucru. Ce se întâmplă, Kel? Adineauri am dat de Alyssa și...

— Te-ai întâlnit cu Alyssa?! a exclamat Erika.

Nu-mi lipsise deloc felul ei melodramatic de a reacționa la orice.

— Asta spuneam. În orice caz, mi-a zis că nunta nu e weekendul ăsta.

— Luna viitoare, m-a corectat ea. E peste o lună. De ce ai o geantă de voiaj?

— Hm, am înțeles că voi sta la voi? Ca să particip la nunta care se pare că nu are loc.

— Are loc luna viitoare! a repetat ea ca un papagal. Este luna viitoare. Nici nu știam că vii. Stai la noi?

I se înroșise gâtul de iritare și a început să se scarpine. Semăna mult cu sora ei, însă aveau personalități atât de diferite, încât erau ca doi străini.

— Iubitule, pot să vorbesc cu tine un minut, în dormitor?

Am făcut un pas în față și m-am luat după ea, ceea ce l-a făcut pe Kellan să râdă, atunci când Erika a mârâit enervată.

— Ah, scuze! Când ai zis iubitule, am presupus că vorbești cu mine, dar acum văd că te refereai la fratele meu. Greșeala mea.

Kellan a pufnit în râs:

— Nu fi tâmpit!

— Nu mă pot abține.

Cei doi s-au grăbit spre dormitor și au trântit ușa. M-am așezat pe canapea și nici n-am apucat să bag mâna în buzunar, că ușa dormitorului s-a deschis larg.

— Logan, a strigat Erika.

— Da.

— Nu atinge nimic!

Am ridicat mâinile de parcă mă predam, iar ea a intrat în dormitor din nou, trântind ușa.

— *Nu pot* să cred, Kellan, că nu mi-ai spus că vine!

Ecoul glasului ei răsuna în toată casa și îmi venea să râd. Habar n-aveam de ce revenisem în orașul care îmi crease atâtea probleme, dar eram obișnuit să o scot din sărite pe Erika.

Am scos din buzunar pachetul de țigări și mi-am aprins una cu bricheta. Privind de jur împrejur, mi-am amintit cât de disperată era Erika cu ordinea și curățenia și, pe moment, nu înțelegeam cum de o înghițea Kellan. Eram convins că îl toca mărunt în fiecare zi.

Când a început să mi se adune scrum la capătul țigării, m-am panicat, știind că Erika o să facă scandal dacă murdăresc măsuța ei scumpă de cafea. M-am grăbit spre masa mare, care era aranjată de parcă urma un mare dineu, și am luat o farfurioară s-o folosesc pe post de scrumieră. Am revenit la canapea ceva mai relaxat.

— Kellan, eu doar... Deja suntem foarte stresați. Tu ai atâtea probleme la serviciu. Eu lucrez la lucrarea de masterat. Și apoi, încercăm să punem totul la punct pentru nuntă. Crezi că-i o idee bună ca Logan să stea aici? auzeam prin pereții subțiri.

— E fratele meu.

— Ești... Noi... Nu știu dacă e o idee bună.

— E fratele meu.

— Dar știi cum face. O să te implice iar în viața lui nebună, ca de fiecare dată.

— Erika, s-a tratat. Nu mai consumă nimic de ani buni.

Sesizam iritarea din glasul lui Kellan și m-am simțit un pic dezamăgit. Era printre puținii care chiar credeau că m-am lăsat de tot. El și Alyssa. Restul mă considerau o cauză pierdută.

Și în tonul ei se simțea aceeași agresivitate:

— Așa susține el. Serios, de câte ori l-am auzit zicând asta? Simți nevoia să-l dădăcești pe el și pe mama ta.

Iubitule, nu tu le organizezi vieţile. Şi nu eşti tatăl lui Logan. Doamne, nici măcar nu ţi-e frate bun, e vitreg.

Am auzit o buşitură puternică şi mi s-a strâns stomacul. M-am ridicat de pe canapea și eram la un pas de a mă duce să văd ce se întâmplă. Îndreptându-mă spre dormitor, ţineam strâns farfuria plină cu scrum, dar m-am oprit, auzind vocea lui Kellan:

— Dacă mai spui vreodată așa ceva, plec de aici și nu mă mai uit înapoi. Da, Logan a greşit în trecut. A rupt legătura cu tine și cu alte zeci de persoane. Pentru mulţi, e de neiertat. Dar este fratele meu. Nicicum porcăria aia că e doar pe jumătate. Este sută la sută fratele meu. O să am grijă de el și n-o să-l abandonez niciodată. N-o să mă rup niciodată de el, Erika. Iar dacă asta te deranjează, ei bine, avem o problemă.

Au început să vorbească mai încet și a trebuit să ascult foarte atent ca s-o aud pe Erika cerându-și iertare, apoi și-au declarat reciproc dragostea și alte scuze.

Când s-a deschis ușa, am rămas pe loc cum eram, cu ţigara între buze. S-au uitat amândoi la mine, surprinși că eram atât de aproape de ușă.

— Ascultaţi..., am dat eu să vorbesc.

— Fumezi în casă? s-a îngrozit Erika, trăgându-mi ţigara dintre buze. Și pui scrumul pe farfuriile mele bune de porţelan fin?! a scâncit ea, smulgându-mi farfurioara din mână. Of, Doamne! Mama ajunge în câteva ore, iar casa miroase a fum!

Mama Erikăi. Singura persoană din lume care era mai teatrală și mai enervantă decât Erika. *Cum de era Alyssa rudă cu ele?*

S-a dus repede la chiuvetă, mi-a stins ţigara sub jet de apă și a aruncat-o la gunoi. În timp ce freca de zor farfurioara cu buretele, murmura în barbă.

S-a lăsat o tăcere incomodă în încăpere, timp în care eu și Kellan ne uitam fix la logodnica lui, care avea un comportament de nebună în ziua aceea.

— Așadar..., a început Kellan, legănându-se înainte și înapoi. Vrei să vedem cum e restaurantul lui Jacob?

— Dap, am fost de acord foarte repede.

Jacob era un vechi prieten, cu care nu mai vorbisem de când mă răstisem la el legat de colecția lui de filme porno. Nu știam cum va decurge reîntâlnirea, dar speram că va fi mai bine decât revederea cu Erika.

Am ieșit repede pe ușă amândoi, înainte ca ea să se enerveze mai tare.

— Crezi că mai ține supărarea de când era să dau foc la vechiul ei apartament? am întrebat, rânjind ironic.

— Ah, cu siguranță nu i-a trecut, a râs Kellan.

— Ei na, a fost o greșeală.

— Care a costat-o patru mii de dolari, da. O greșeală scumpă. Dar o să-i treacă, stai liniștit.

— Kellan, de ce sunt aici?

Până să răspundă, s-a deschis ușa de la intrare și am auzit-o pe Erika spunând:

— Poți să stai în una dintre camerele de oaspeți. Îți duc acolo geanta.

I-am surprins privirea și părea mult mai calmă acum. Poate că o liniștise efortul intens al spălării farfuriei.

— Mulțumesc, Erika, apreciez, i-am răspuns.

— Ne întoarcem la timp pentru masa de seară, a zis Kellan, pupând-o pe obraz.

— „Ne"? a întrebat ea îngrijorată.

— Noi, a zis el, arătând spre el și spre mine.

Erika s-a străduit să nu se arate nemulțumită, dar se vedea.

— A, minunat! O să întind friptura s-ajungă cumva pentru patru porții în loc de trei. Și mai pun un loc la masă.

Îi simțeam enervarea, dar a zâmbit, s-a dat puțin în spate și a închis ușa.

— Cred că suntem oficial cei mai buni prieteni, eu și ea, am râs.

— Clar, cei mai buni dintre cei mai buni prieteni, a confirmat el. Apropo... cum a fost să te vezi cu Alyssa?

— Bine, am minţit. Doar că am de gând s-o evit cât pot.

— Bun, a zis el, traversând veranda. Poate că e mai bine că acele sentimente din trecut s-au dus, nu? Poate că poţi să ierţi, să uiţi şi să mergeţi amândoi mai departe.

— Da. De fapt, n-am simţit nimic în apropierea ei. Aşa că e bine.

Spuneam adevărul, de fapt, cea mai urâtă minciună. Mi-am amintit vorbele de mai devreme ale Alyssei.

Acasă e mereu acasă, chiar dacă nu-ţi mai doreşti să fie.

După tot acest timp care trecuse, după toată distanţa care fusese între noi, Alyssa Marie Walters încă mi se părea că reprezintă tot sentimentul de „acasă".

Nu eram sigur cum să interpretez acel lucru, de aceea trebuia să iau repede un bilet doar dus, de plecare din localitatea True Falls, Wisconsin.

Repede.

CAPITOLUL 18

Alyssa

— Pe o scară de la 1 la 10, de când știai că Logan e în oraș până ți-a dat prin cap să mă suni? 1 însemnând că habar n-aveai, iar 10 că îți urăști sora în secret, am întrebat-o pe Erika la telefon, învârtind cheile în mână la intrarea în casă.

De când dădusem ochii cu Logan la restaurant, aveam nervii întinși la maximum. Nu puteam gândi limpede, mi-era greață, eram nervoasă, mă simțeam... ușurată?

Uneori, avusesem impresia că Logan nu mai e în viață, deși Kellan îmi mai transmitea vești despre el din când în când.

— Crede-mă. Habar n-aveam, a zis Erika. Presupun că l-a chemat Kellan să-l ajute. E aiurea. O să stea la noi o vreme.

Am reușit, în sfârșit, să deschid ușa și, peste câteva secunde, m-am trântit pe canapea.

— O vreme? am întrebat, ridicându-mă în capul oaselor. Cât înseamnă asta? E acolo acum?

Mă bătea gândul să dau o fugă până la ea, doar ca să-l văd, să mă asigur că Logan e real.

— Aly, termină! m-a mustrat ea, iar vocea ei aducea izbitor cu a mamei, când ne disciplina, în copilărie.

— Ce să termin?

— Nu începe iar. Logan Silverstone a ieșit din viața ta. Și cred că este cel mai indicat să rămână așa.

Cum să nu reintre în viața mea, când era la doi pași de mine, stând la sora mea acasă?

— Eram doar curioasă, Erika. Serios.

M-am oprit, ascultând zgomotul de la telefon. Soră-mea aranja prin casă, muta mobila, știam. De câte ori era nervoasă sau supărată, Erika mereu făcea ordine sau spărgea din greșeală obiecte, pe care le înlocuia repede de la magazin. Era o ciudățenie de-ale ei, dar la rândul meu, eu îi lăsasem mesaje unui tip zilnic, timp de aproape cinci ani – fiecare are ciudățeniile lui.

Am scos un tub de ruj şi, după ce m-am dat pe buze de câteva ori, am comentat:

— Oau, dar ştiu că te-a enervat, nu glumă! Te aud cum aranjezi lucrurile în jur.

— Şi nu-i normal? Apare ca fantoma Crăciunului trecut şi mă ia cu de ce sunt stresată. Păi vine el şi-mi agită treburile şi mai mult.

— Câte farfurii ai spart până acum?

— Doar una, din fericire, a oftat ea. Dar am în dulap luate în plus.

Bineînţeles, era mereu pregătită pentru eventuale incidente.

— Fuma şi punea scrumul pe farfurioară, Alyssa! Cine face aşa ceva?

Am mustăcit:

— Mai bine decât să cadă scrum pe măsuţa de cafea de 500 de dolari.

— Ţi se pare amuzant?

Un pic, mi-am spus în sinea mea.

— Nu, nu e amuzant. Scuze. Uite, sunt sigură că, după câteva zile, lucrurile vor reveni la normal. Nici nu o să-ţi mai dai seama că e Logan acolo.

— Crezi că mai consumă substanţe? a şoptit ea în telefon. Kellan neagă la modul absolut, dar nu ştiu. Cred că a fost o idee proastă. Momentul ales e cum nu se poate mai nepotrivit.

— Arăta bine, am zis eu.

În acelaşi timp, mergeam spre baie, unde am văzut în oglindă că aveam buzele rujate prea tare. Am luat un şerveţel umed şi am început să şterg nuanţa aprinsă de roşu, gândindu-mă la ochii lui Logan, care îmi aminteau aşa de mult de trecut.

— De fapt, arăta foarte bine, sănătos.

— Dar nu ţi-e teamă că se reapucă? N-are cum să-i fie bine să se întoarcă în locul unde au început toate necazurile pentru el.

— Consider că n-ar trebui să despicăm firul în patru. Luăm fiecare zi pe rând, cum vin. Câte o farfurie odată, Erika.

A râs și ea.

— Ești sigură că nu vrei să vii la noi la cină? O să fie și mama aici, ca să-l întâmpine pe Logan.

O, nu. Bietul Logan.

Mama nu-l înghițea deloc, iar ultima dată când o văzuse, Logan o făcuse monstru disprețuitor.

— Oricât de mult aș vrea să particip la acel dineu eșuat, spun pas.

Mă amețise revederea cu Logan. Nu eram sigură că fac față să îl văd iar. Chiar dacă îmi doream să mă asigur că e aievea.

— Oricum, distracție plăcută diseară și dă-mi mesaj cu toate detaliile dezastruoase.

— S-a făcut. Alyssa?

— Da?

— Să nu cazi iar pradă farmecului lui Logan. Nu iese nimic bun din asta.

— Nu o să cad. Erika?

— Da?

— Să nu spargi vreo afurisită de veioză.

— Bine.

***

Am scos cutia.

Cutia care ar fi trebuit distrusă cu ani în urmă. Era cutia de care Erika credea că mă descotorosisem, pentru că renunțasem la el, după un milion de mesaje vocale pe care i le lăsasem. Dar era ascunsă sub salteaua mea, cu toate amintirile noastre înăuntru.

Am dat capacul la o parte și m-am uitat prin toate pozele cu noi de când eram mai tineri. Margareta presată de la primul sărut. Ursulețul de pluș pe care îl furase de la parcul de distracții, pentru că individul de la stand mințise, ca să nu-mi dea premiul respectiv.

Cotoarele biletelor de film la care mersesem.

Felicitările de la zile de naştere, pe care le confecţiona mereu singur.

Bricheta lui.

— De ce a trebuit să-mi faci asta? am şoptit, ridicând hanoracul roşu, pe care mi-l dăduse la prima întâlnire.

L-am mirosit şi aproape că am simţit izul de fum de ţigară impregnat în el.

— De ce a trebuit să te întorci?

Pe fundul cutiei era o furculiţă argintie, înrămată. Am închis ochii şi am luat-o de acolo. Am stat o vreme înconjurată de amintiri, până am hotărât că trebuie să le strâng la loc, sub pat.

O să scap de ele într-o zi, eram sigură.

Doar că nu astăzi.

CAPITOLUL 19

Logan

Am fost uimit când am intrat în restaurantul lui Jacob, numit Bro's Bistro. Era grozav să vezi cum își aranjase viața Jacob. Când eram mai mici, fumam iarbă și glumeam, cum ne-am dori amândoi să ajungem maeștri bucătari și să avem restaurantele noastre. Era fain să vezi că visul lui prinsese viață.

— Măi să fie, ia uite ce a adus vântul pe seară! a exclamat Jacob dindărătul barului mare. Logan Silverstone. Nu credeam că o să te mai văd prin zona asta a orașului.

Era tuns periuță și avea bine-cunoscutul lui zâmbet larg, caraghios. Am zâmbit.

— Cu siguranță, a trecut mult timp de când nu te-am văzut, omule!

— Arăți bine, sănătos, s-a grăbit el să mă îmbrățișeze foarte strâns.

— Încerc, mă străduiesc. Locul ăsta e minunat, Jacob.

— Da, da. E încă devreme. Spre ora 19.00 sau 20.00 e mai multă agitație. Iar mâine este seară de amatori, are un moment pe scenă și fratele tău.

Am ridicat o sprânceană.

— Serios? Nu te-am mai auzit cântând la chitară sau cu voce de un car de ani, Kellan.

— Da. Încerc să reiau lucrurile care îmi plac, știi. Viața e prea scurtă să refuzăm ceea ce ne face fericiți.

— Așa este. Locul ăsta e chiar ca lumea, Jacob. Nu toți reușesc să-și pună în practică visul, am comentat, în timp ce mă plimba prin local, să mi-l arate. Tu ți-ai văzut visul cu ochii, bravo.

— Mă zbat, a râs el. Se pare că e foarte greu să ai grijă de propriul restaurant.

— Îmi închipui că e obositor.

— Am auzit că ți-ai luat diplomă pe studii culinare cât

ai fost în Iowa? s-a interesat el, conducându-ne pe mine şi pe Kellan la bar.

— Într-adevăr, nu mă credeam în stare, dar... am reuşit. În gândul meu am adăugat: *Alyssa a ştiut mereu că pot.*

A zâmbit larg.

— Doamne, e nemaipomenit, omule! Cine ar fi crezut că doi puşti distruşi ca noi vor reuşi la facultate? Ce să vă dau? Bere sau nişte martini, ca de fete? a întrebat Jacob, ştergând barul.

— Eu vreau apă, a zis Kellan.

Am râs.

— Frate, ai rămas acelaşi om rebel, petrecăreţ, cum te ştiam. Eu vreau un Bud Light, i-am zis lui Jacob.

Kellan a arcuit o sprânceană.

— Văd că şi tu eşti la fel de nebun ca mine.

Jacob a adus sticlele şi ni le-a aşezat în faţă, apoi s-a postat cu coatele pe bar. Şi-a împreunat degetele, sprijinindu-şi capul pe pumni.

— Deci, Iowa, da? Ce naiba e de făcut în Iowa?

— Cum te gândeai, absolut nimic. Muncă, somn, femei şi iarbă. Spălat, clătit şi de la capăt.

Kellan s-a strâmbat auzind de iarbă, la fel ca Alyssa.

— Scuteşte-mă, Kellan. Nu consum altceva. Puţină iarbă, ici şi colo.

— Nu vreau să cazi iar în patimă, atâta tot.

— Nu mi s-a întâmplat de ani buni, sunt ok, am spus, dregându-mi glasul. Apropo, mersi că m-ai ajutat cu chiria de luna trecută şi cu cea din luna anterioară. Și înainte... cuvintele mi s-au stins șoptit.

Deşi aveam diplomă de studii superioare, era greu să găsesc o slujbă adevărată.

— Oricând, a zâmbit el, dându-și seama că schimbam vorba, lucru cu care era de acord. Dar hai să ne asigurăm că nu-i spunem Erikăi asta, bine?

Jacob a râs.

— Cred că e ciudat, Kellan.

— Ce anume? a întrebat el.

— Să te țină o femeie așa strâns de bijuteriile de familie.

Am rânjit.

— Eu mă mir că le mai are întregi.

— Dați-vă dracului, băieți! Și ce dacă Erika e un pic..., a strâmbat Kellan din vârful nasului, căutând termenul potrivit.

— Maniacă în privința controlului? a sugerat Jacob.

— Dominatoare? am propus eu.

— Teatrală?

— Foarte teatrală!?

— Sufocantă?

— Disprețuitoare? am glumit.

— Stabilă, a intervenit Kellan, bând din apă. Erika este stabilă. Este tot ce-mi trebuie ca să mă mențin cu picioarele pe pământ. E dificilă, da, dar aș alege oricând s-o țin de mână, pentru că este puternică. Este ancora mea.

Eu și Jacob am amuțit, uimiți cumva.

— Oau, a oftat greu Jacob, cu ochii înlăcrimați. Câtă dulcegărie.

— Maximă! am râs.

— Parcă s-au amestecat esențele dulci și rezultatul a fost Kellan, a pufnit Jacob.

— Terminați cu bășcălia, a replicat el. Nu m-aștept de la doi șmecheri singuri să înțeleagă ceva despre cupluri. Așadar, îți place localul?

— Dacă-mi place? E minunat. Sunt convins că mâncarea e la fel de bună pe cât de bine arată. Dacă aș sta în oraș, zilnic aș veni aici.

Pe figura lui Kellan s-a văzut un zâmbet relaxat și, la scurt timp, aceeași expresie plăcută o avea și Jacob.

— E ciudat că zici asta, pentru că eu și Jacob tocmai vorbeam... Ca să rămâi în oraș, ți-ar trebui un serviciu. El caută un maestru bucătar, mi-a propus Kellan.

— Se plătește bine. Adică, șeful e un măgar, dar este un post bun, a adăugat Jacob.

Am râs, deoarece ideea era ridicolă. Însă m-am oprit, când i-am văzut atât de serioși.

— Nu te supăra, Kellan, dar cum nunta nu are loc prea curând, mă urc în primul tren spre Iowa.

— Zău? Îți permiți un bilet de tren? m-a întrebat Kellan.

Am ridicat din sprânceană.

— Poftim? Ai spus că-mi iei tu biletul.

— Nu-i adevărat. Ți-am spus că îți iau bilet de venire, nu și de plecare.

— Du-te naibii! am pufnit, uitându-mă la fratele meu derutat. Vorbești serios?

Apoi mi-am aruncat ochii și la Jacob:

— Nu glumește, așa-i?

— Păi, m-am gândit, frate. Aici e casa ta și ești mereu binevenit acasă.

— Mă ții ostatic, am spus confuz.

— Îți oferim o slujbă, a zis el. Ascultă, dacă tu chiar vrei un bilet de plecare spre Iowa, ți-l iau dimineață. Dar oferta rămâne valabilă.

Kellan chiar mă presa să stau și nu înțelegeam de ce. Nu mai consideram True Falls „acasă". Era doar trecutul meu cu probleme.

— Accept biletul de plecare. Nu te supăra, Kellan, te iubesc, realmente. Dar ce să fac în orașul ăsta? Nu pot să rămân aici și, în același timp, să fiu și zdravăn la cap. Chiar nu pot.

A dat din cap.

— Am înțeles. M-am gândit doar să-ți propun.

I-am mulțumit.

— Așadar, te-ai întâlnit cu Alyssa mai devreme? Ce plan de atac ai, dacă se mai întâmplă?

— Am de gând s-o ignor și s-o îndepărtez. Nu putem să revenim cum eram. Nu mai pot s-o iau iar pe drumul ăla, iar ei îi este mult mai bine fără mine, în mod evident. Dar mă bucur că nu mai consumi, Jacob, am zis, ca să schimb subiectul.

Acesta a mulțumit, dând din cap.

— De fapt, s-a întâmplat la scurt timp după ce ai plecat din oraș. Într-o zi m-am trezit și, pur și simplu, am simțit că nu mai pot continua așa. Nu m-am dus la dezintoxicare, dar am mers la biserică o vreme, iar asta m-a ajutat. Nu mai fusesem de ani buni, dar m-a influențat suficient de tare, încât am ajuns pastor.

Am pufnit.

— Nu cred!

El rânjea arogant, arătând cu degetele mari spre piept.

— Dacă ai de gând vreodată să te însori, să mă ai în vedere pentru oficiere.

Brusc, Jacob s-a aplecat spre mine și, devenind foarte grav, mi-a zis:

— Logan, serios vorbind, trebuie să te întreb ceva foarte important...

Am oftat, știind că nu pot evita întrebările pe care o mulțime de oameni le aveau probabil pentru mine. Mă gândeam că erau aceleași pe care mi le adresase Sadie la motel. *Cum a fost dezintoxicarea? Ai recidivat? Te mai gândești să consumi?*

— Da, Jacob.

— Cum mama mă-sii îți menții părul așa de bine? E mai lucios ca orice și e des. La naiba! Eu am un început nesuferit de chelie și a trebuit să-l tund periuță ca să arăt cât de cât onorabil.

— O, Doamne! a gemut Kellan, dând ochii peste cap. Să nu-l aud că începe să vorbească de păr.

— Ți-am zis, Kel, invidia e un păcat, am rânjit. O dată pe lună aplic o mască din gălbenuș și avocado.

— Zău?

— Da. Însă când îl clătești, după 45 de minute, nu folosi apă fierbinte. Altfel, te alegi cu omletă în păr și nu scapi de resturi vreo săptămână. Și apoi, jetul de apă rece e bun pentru foliculii firului de păr, îl ajută să se regenereze. Dacă vrei, pot să-ți dau o listă de produse pe care le folosesc.

— Pe bune? Ai face asta pentru mine?

— Sigur, nu-i mare scofală.

— Nu pot să cred că aveți acest dialog, a oftat Kellan, strâmbându-se atât de tare, că am crezut că o să-i rămână ochii dați peste cap.

Poate că avusese un trai mai bun când eram copii, dar în prezent nu prea se mai bucura așa tare - deoarece părul meu arăta nemaipomenit, pe când el nu mai avea deloc.

Am mai zăbovit un timp la restaurant, fără să mai vorbim de trecut sau viitor, doar bucurându-ne de clipa de față.

Apoi Kellan a zis:

— Îmi pare rău că sparg gașca, dar ar fi cazul să mergem acasă, s-o ajutăm pe Erika să pună masa.

M-am ridicat de pe scaun și i-am întins mâna lui Jacob.

— Mă bucur că te-am văzut, Jacob.

— Și eu la fel, Logan. Arăți foarte bine, omule.

— Și tu. Și... hm, n-am apucat să-ți spun până acum, dar îmi pare rău de ce ți-am spus cu mult timp în urmă, legat de adicția ta față de pornografie și comentariul cu furculița.

A râs.

— Te iert, amice. Deși nu era vorba despre o furculiță, ci de o lingură ținută la rece. Și, hei, să nu uiți să-mi dai lista cu produse de păr!

Cumva firescul situației mă făcea să nu mi se mai pară ciudat că mă simțeam bine să văd fețe cunoscute în jur.

CAPITOLUL 20

Logan

— Aţi întârziat! s-a tânguit Erika, în momentul când am intrat în casă.

Totul arăta complet altfel decât mai devreme. Mobila fusese repoziţionată, inclusiv masa, canapelele şi televizorul. Mă simţeam ca în „Zona crepusculară"[6].

— Mama trebuie să ajungă imediat.

— Mă duc să fac un duş înainte de masă, am zis eu.

— Bine. Ţi-am lăsat în camera de oaspeţi un set de prosoape și alte produse de folosit, mi-a spus Erika, apoi, către Kellan: Hai să guşti cum mi-a ieşit piureul de cartofi.

— Stai, pauză! Erika a gătit? am întrebat cu teamă în glas.

Am simţit iar un ghiont în coaste din partea lui Kellan, dar de data asta n-am mai tăcut: Ultima oară când am mâncat ce gătise ea, găina încă mai cotcodăcea!

— Frate, du-te la duş!

M-am îndreptat spre camera mea şi am rânjit, auzind-o pe Erika în urma mea spunând că abia se abţine să nu mă strângă de gât. Pe pat erau o cutie în care am găsit prosoape curate, o periuţă de dinţi, aţă dentară, beţişoare de urechi, ace de siguranţă, loţiune de duş, deodorant şi tot ce ar mai fi fost necesar pentru o persoană.

Ştiam că nu fusese la magazin, deci avusese în casă toate aceste obiecte. Uneori era de folos să fii puţin nebun.

La duş, apa fierbinte pe corp mi-a dat o senzaţie plăcută. Mi-am dat cu şampon şi balsam de păr şi am retrăit în gând momentele întâlnirii cu Alyssa. Parfumul ei, atingerile, zâmbetul, încruntarea.

Mi-a trecut prin minte ideea de a rămâne în oraş doar cu

6 *The Twilight Zone*, serial de televiziune american din 1959, creat de Rod Sterling, încadrat la genul ştiinţifico-fantastic, dar având şi elemente de film de groază, thriller psihologic (n. tr.).

scopul să mai dau de ea din întâmplare. Dar se schimbaseră multe în cinci ani, mai ales după toate acele apeluri ratate de la ea.

Ar fi trebuit s-o sun sau să răspund la telefon.

După câteva minute, am fost smuls din starea de visare contemplativă de un ciocănit la ușa de la intrare. Am oprit dușul, m-am șters cu prosopul și am tras pe mine repede o pereche de blugi și un tricou alb.

— A fumat aici cineva? a comentat cu voce răsunătoare Lauren, mama Erikăi.

— Ce? Nu. Intră, mamă.

— Miroase a fum, a repetat Lauren dezamăgită.

Din cealaltă cameră am auzit-o apoi reacționând șocată la aflarea veștii că am revenit în oraș. Am inspirat adânc și am tras nervos de brățara de la mână. *Nu contează ce crede lumea despre mine. Nu mai sunt cel de la plecare.* Părerile lor nu mă defineau.

Sfatul ăsta mi se păruse o prostie când l-am primit de doctorul Khan, la clinica de dezintoxicare, însă în clipa aceea, recomandarea mi-a dat puterea să ies din baie și să înfrunt alte persoane din trecutul meu.

Chiar când ieșeam de după colț, Lauren a întrebat cu glas tare:

— Mai ia droguri?

— Azi nu, am răspuns, afișând un zâmbet larg, fals.

Prefă-te până trece primejdia, Lo. Doar masa asta, și în tren înapoi spre Iowa.

— Lauren, mă bucur să te văd.

I-am întins mâna în semn de salut, dar m-a refuzat, strângându-și poșeta lângă corp.

— Credeam că vom fi doar noi la cină, a zis Lauren, puțin enervată. Și că ieșim la restaurant! a punctat ea, mai mult încruntată decât zâmbind și, deși semăna cu Alyssa la ochi, nu avea firea ei bună.

— Ne-am gândit că ar fi mai plăcut să avem o cină restrânsă, fără tot zgomotul de la restaurant. Hai, intră. Sticlele de vin sunt deja desfăcute pe masă, iar Erika ne-a pregătit ceva bun, a intervenit Kellan, tot un zâmbet.

Mă întrebam dacă și zâmbetul lui era la fel de fals ca al meu.

N-am apucat să ne așezăm bine la masă, că s-a auzit alt ciocănit la ușă. Când Erika a deschis ușa, mi s-a strâns stomacul văzând-o pe Alyssa în prag, ținând în brațe două sticle de vin.

De câte ori apărea undeva, simțeam că mă topesc.

Ține garda sus, Logan!

— Mai aveți loc de un musafir? s-a interesat ea, zâmbind.

— Da, bineînțeles, facem loc! s-a grăbit Erika să-i aducă un tacâm.

Lauren s-a ofuscat.

— Este extrem de nepoliticos să apari undeva și să te autoinviți la masă.

— Și eu mă bucur să te văd, mamă! i-a râs în nas Alyssa.

Privirea mi s-a abătut asupra Alyssei și ochii mei i-au întâlnit pe ai ei. Mi-a zâmbit firav și a trebuit să mă uit în altă direcție ca să nu mă pierd în gânduri. Îmi venea foarte greu să mă aflu din nou aici, aproape de ea.

Și depășisem multe chestii grele în viață.

Ne-am așezat cu toții la masă. Eu stăteam lângă Lauren, care nu părea deloc în largul ei. Kellan a turnat vin la toți și m-am grăbit să apuc paharul și să iau o înghițitură zdravănă.

— E indicat să bei? a întrebat Lauren.

— Nu, probabil că nu, am comentat, terminând primul pahar și umplându-mi altul.

Am început să mâncăm cu toții preparatele fade ale Erikăi, pe care a trebuit să le mestec de cinci ori mai mult ca de obicei ca să pot înghiți, dar nu m-am plâns.

— Cum ești tratat la firma de avocatură, Kellan? a început Lauren.

Mama fetelor era avocat și unul dintre lucrurile care-i plăceau cel mai mult la Kellan era acela că studiase Dreptul și își găsise un post bun, plătit bine, dar pe care el îl detesta.

Kellan și-a dres glasul și s-a șters la gură cu un șervet.

— De fapt, mi-am dat demisia de mai bine de o lună.

Am ridicat o sprânceană, mirat:

— Pe bune?

— Poftim? a făcut Lauren surprinsă.

S-a întors spre Erika:

— Nu mi-ai zis. De ce nu m-ai anunțat?

— Nu era cazul să mă bag, mamă.

— Dar de ce? De ce ai demisionat? l-a chestionat ea.

— Cred că nu simțeam că e pentru mine – a spus Kellan, strângând mâna Erikăi.

Și-au zâmbit și, pentru o clipă, am zărit dragostea dintre ei, pe care Kellan spunea că o simțise mereu. Chiar se iubeau.

— Plecarea de la firmă îmi dă posibilitatea să-mi urmez celelalte pasiuni.

— Cum ar fi? s-a interesat Lauren.

— Cum ar fi muzica, să cânt la chitară.

— Ăsta-i un hobby, nu o slujbă, s-a încruntat Lauren.

Se pricepea să le taie elanul tuturor.

— Mamă, știi că îmi câștig existența într-un bar cu interpretări la pian, da? a comentat Alyssa.

— Ah, scumpo, s-a încruntat Lauren. Tu lucrezi într-un local cu mâncare, la un depozit de mobilă și cânți noaptea la pian în baruri deocheate. Nu e ceva cu care să te lauzi ca fiind vreo mare realizare.

Văd că a rămas la fel de afurisită, m-am gândit.

— Cred că muzica este foarte importantă, a intervenit Kellan. E amuzant, spectacolele pe care le fac îmi aduc bani frumoși. E ceva ce-mi place la nebunie, iar viața e prea scurtă să nu facem ce ne place.

— Așa-i, hai noroc! am toastat ironic, sorbind iar. De asta beau eu așa mult vin, am rânjit, făcându-i cu ochiul lui Lauren, pentru că îmi plăcea s-o văd stingheră.

— O să vezi spectacolul de mâine. Prietenul meu m-a invitat să cânt la restaurantul lui.

— Poftim? Ai zis că mergeţi la teatru mâine, i-a cerut Lauren socoteală Erikăi.

— Nu... am zis că mergem la un spectacol, a răspuns fiica ei.

Cele două semănau așa bine, că era greu de apreciat unde își avea locul Alyssa în grupul lor.

— Nu-ţi face griji, serios. O să fie distractiv. În plus, după spectacol, putem trece pe la sala de evenimente ca să ne interesăm pentru nunta de luna viitoare, a explicat Kellan.

— Poftim? a făcut Lauren.

Erika a tușit tare, încercând să-și dreagă glasul.

— Mai vrea cineva vin?

— Cum adică nunta este luna viitoare?

— Nu i-ai spus? a întrebat-o Kellan pe logodnica lui, încruntându-se.

— Ce să-mi spună? a repetat Lauren.

— Am uitat, a răspuns Erika.

Mă simţeam ca și cum urmăream pe viu un serial prost de comedie.

— Am mutat nunta luna viitoare. Dar nu te îngrijora! N-ai nimic de făcut, doar să vii.

— Nu. Nunta este anul viitor. Credeam că aştepţi să-ţi închei mai întâi masteratul, Erika. Și apoi, eu plătesc nunta. Nu crezi că aveam dreptul să ştiu? Am dat deja avansul pentru sala de recepţie și acum îmi spui că aţi schimbat locaţia?

— O să-ţi restituim avansul. A fost o schimbare de ultim moment.

— Schimbare de ultim moment? Dă-mi un motiv. Un singur motiv bun, pentru care a trebuit graba asta. Mai sunt atâtea lucruri de stabilit. Florile, tortul, meniul. Rochiile, invitaţiile, totul. Nu e suficient timp, a continuat să se tânguiască Lauren.

— Nu ne trebuie toate chestiile alea, mamă. O să fie totul simplu.

Din când în când, o surprindeam pe Alyssa uitându-se spre mine, dar își ferea repede privirea. Sau ea mă surprindea cu privirea spre ea, și atunci mă uitam în altă parte. Nu mă interesa deloc să urmăresc ce se discuta la masă. Eram mai preocupat să urmăresc cum eu și Alyssa încercam să ne evităm.

— Îți planifici nunta visurilor de când aveai 5 ani, Erika Rose. Iar acum nu-ți mai pasă de detalii? Nu, aveam un plan. Și o să ne ținem de el. Și apoi, Kellan nici nu mai are serviciu acum!

— Are un angajament diseară, m-am băgat în vorbă vesel.

Alyssa a râs, iar pe mine m-a topit sunetul. De ce trebuia să fie așa frumoasă? Chiar mă așteptam să revin în oraș și s-o văd arătând și mirosind ca un sconcs.

Dar nicio șansă.

— Pur și simplu, nu înțeleg graba. Ar trebui să fie la anul, așa cum am stabilit, a insistat mama ei. Să ne ținem de plan.

— Planurile se mai schimbă, mamă. E în regulă.

— Spune-mi de ce. De ce acum? Este o schimbare așa de radicală. Nu crezi că ar trebui să te concentrezi pe faptul că în prezent Kellan e șomer? Cum o să vă mai descurcați cu locuința asta? Hm? V-ați gândit la asta? Taxele pentru o casă de dimensiunea acesteia, în cartierul ăsta, sigur sunt mari. V-am spus să nu luați o casă așa mare, dar nu m-ați ascultat. Ce aveți de gând?

Tirul de întrebări al mamei nu contenea. Îmi părea rău pentru Erika. Se înroșise la față și avea nervii zdruncinați.

— Îl iubesc. Îl iubesc, mamă! Ce mai contează dacă ne căsătorim azi sau peste câțiva ani? Vreau să fiu cu el.

— Nu are sens. Vorbești ca sora ta, Erika.

Alyssa a oftat ușor.

— Sunt chiar aici, mamă.

— Păi, e adevărat. Tu ai fost mereu focul sălbatic pe care n-am putut să-l sting. Ai fost mereu rebelă și încă ești,

Alyssa. Erika, tu ești cea docilă, cea cu capul pe umeri. Dar acum te porți fără nicio logică.

Am văzut că Alyssei i se umplu ochii de lacrimi, dar și-a mușcat limba. Impulsul meu a fost să mă iau de Lauren că îi vorbise așa, dar m-am reținut când am văzut că Alyssa scutură ușor din cap spre mine, să mă abțin.

Ce-mi păsa? Nu era treaba mea să mă războiesc în locul ei.

Erika a vrut să deschidă gura să spună ceva, însă s-au auzit mai repede cuvintele lui Kellan, amuțind încăperea.

— Am cancer.

Stai!

Poftim?

Nu.

Am simțit că mi se frânge inima și gura mi s-a umplut de un gust amar, auzindu-l.

— Am aflat de ceva timp și nu știam cum să vă spunem. Am făcut deja operația de îndepărtare a tumorii și o să încep în curând prima parte din tratamentul de chimioterapie, dar...

L-am întrerupt.

— Scuză-mă, ia-o încet. Spune de la început. Poftim?

Fierbea sângele în mine și eram în pragul unei crize de nervi. Am început să tremur și mi-am înfipt degetele adânc în brațele scaunului. Despre ce naiba vorbea? Kellan nu avea cancer. Kellan era sănătos. Mereu fusese sănătos. Era singurul din familie care nu fusese distrus. Nu putea să fie bolnav.

— Îți bați joc de mine?

Nu.

Nu.

Alyssa avea ochii triști la aflarea veștii și aproape că se întinsese să mă ia de mână, dar am scuturat din cap să nu facă asta. Kellan a vrut să mai spună ceva, dar m-am ridicat în picioare, nu mai contau explicațiile. Nu mai voiam să zică nimic, cuvintele lui erau toxice și îmi otrăveau sufletul. Aveam nevoie de aer, mult aer. M-am dus spre terasa din spate şi am ieşit. Aerul rece mi-a răcorit obrajii înfierbântaţi şi am răsuflat chinuit. M-am prins cu mâinile de balustradă şi, privind în gol în aerul nopţii, am inspirat adânc de câteva ori, încercând din răsputeri să n-o iau razna.

Am închis ochii şi am tras o dată de brăţara de la mână.

Nu e adevărat...

Nu voiam să mai deschid ochii.

Era bine, sănătos.

Am tras a doua oară de brăţară.

Nu-i adevărat, nu e...

Am auzit uşa culisantă a balconului şi zgomot de paşi apropiindu-se. Kellan s-a aplecat peste balustradă, lângă mine.

— Mi-ai întins o cursă, i-am spus.

— Nu voiam să afli aşa. Nu ştiam cum să-ţi zic.

— De care e?

— De colon.

La naiba.

— Eu..., am început, dar glasul mi s-a stins.

Simţeam că ar trebui să spun ceva, dar nu-mi găseam cuvintele. Ce ar fi fost potrivit pentru o asemenea situaţie?

Am strâns mai tare balustrada.

— Trebuie să mergem la TJ. Nu cred până nu îşi dă şi el cu părerea.

TJ era doctorul la care mergeam amândoi când eram copii. Era prieten bun cu tatăl lui Kellan, aşa încât, chiar dacă nu aveam bani sau asigurare medicală să merg la vreun cabinet medical, TJ mă consulta mereu gratuit. Era un tip ciudat, dar cumsecade şi singurul medic în care aveam încredere să-mi prezinte adevărul legat de diagnosticul fratelui meu.

— Logan, a şoptit Kellan. Am vorbit deja cu TJ. Şi apoi, el nu e oncolog.

— Am încredere în el, am rostit, cu dinţii încleştaţi. Am încredere în el, Kellan, şi doar în el.

Mi-a pus o mână la ceafă.

— OK. Mergem mâine la TJ, dacă asta te face să te simți mai bine.

— Da, mi-am dres eu glasul. Până atunci, spune-mi tot ce știi. Ce stadiu e? Se poate vindeca, nu? Cum scăpăm de el? Ce pot eu să fac, cum să te ajut? Cum îndreptăm situația?

Cum pot să te repar? am gândit.

— E stadiul trei.

Nu. Nu sună bine.

— Deocamdată așteptăm. Cum spuneam, am îndepărtat tumoarea și doi noduli limfatici. Peste o săptămână încep chimioterapia și trebuie lăsat timp să vedem dacă a avut efect. Chimioterapia inhibă dezvoltarea altor celule care s-ar putea răspândi prin organism în altă parte.

— Ce se întâmplă dacă se răspândesc în altă parte?

A tăcut.

Nu.

Nu.

Nu.

Mi-am mușcat limba, apoi am zis:

— Ar fi trebuit să-mi spui.

— Știu.

Ne-am uitat spre casă. Erika țipa la mama ei, care la rândul ei se răstea la ea. Alyssa se străduia cât putea să neutralizeze situația, dar nu reușea deloc.

— Nu poți să te căsătorești cu cineva care are cancer, Erika. N-are sens! Gândești cu inima, în loc să gândești cu mintea.

Cum să spui un lucru așa de îngrozitor cuiva?

— Doamne, mama lor e nebună. Uitasem cum face. Prin comparație, Erika e... normală.

— E o tipă dificilă, cu siguranță, a zis Kellan, lăsând capul în jos, apoi a continuat: Dar cam are dreptate aici.

— Ce?

— Erika e în stare de panică. Se grăbește să se mărite cu mine, în caz că se întâmplă ceva. Dacă lucrurile o iau razna. Nu mă înțelege greșit. Vreau să fiu soțul ei, dar...

A lăsat propoziția neterminată și s-a uitat înapoi, spre casă, care părea în pragul unei explozii. Mi-aș fi dorit să aprofundeze ce părere avea despre căsătoria cu Erika, dar după postura luată, mi-am dat seama că nu era în dispoziție pentru destăinuiri.

Probabil că discuția din casă atinsese apogeul, pentru că Lauren a plecat ca o furtună. Erika s-a apucat să strângă repede masa, spărgând farfuriile în chiuvetă și rearanjând scaunele prin cameră, în vreme ce Alyssa stătea retrasă și se uita.

— Hm, oare să mergem s-o ajutăm? am întrebat.

Kellan a scuturat din cap.

— Face parte din procesarea emoțiilor ei. Las-o.

Am tras de brățară ca să mă calmez, o dată sau de două ori. Poate de 15 ori chiar.

— Știi ce-i ciudat? Eu fumez și tu faci cancer.

— Ce-i al tău e și al meu...

— Și ce-i al meu e și al tău, am răspuns.

— Dacă te consolează cu ceva, nu faci cancer de colon de la fumat. Dar ar trebui să nu mai fumezi.

Am pufnit la tonul lui părintesc, însă avea dreptate.

— Bunicul a avut cancer de colon, am zis, și mi s-a frânt vocea.

De aceea murise.

— Da, știu, a confirmat Kellan din cap.

Singura persoană din viața mea care m-a iubit așa cum mă iubea fratele meu a fost bunicul. Cel mai greu mi-a fost să asist la stingerea lui treptată. Mai dificil a fost însă rapiditatea cu care s-a întâmplat. Azi era în viață, iar câteva luni mai târziu nu mai era. Nici n-am putut să-mi iau la revedere, pentru că locuia foarte departe.

— Auzi, poate că ar trebui să mă instalez aici, un timp. Chiar nu am la ce să mă întorc în Iowa.

— Da? a întrebat, trăgându-și nasul, cu mâinile la ceafă.

— Da, nu-i mare lucru. S-ar putea să mă duc în curând s-o văd și pe mama. Să văd ce mai face.

— Nu e bine, mi-a zis. Urma să ajung spre sfârșitul săptămânii la ea cu niște bonuri de masă și alimente.

— I le duc eu mâine.

A făcut o grimasă.

— Nu știu dacă e o idee bună, Logan. Știi... mai ales că tu te-ai dezintoxicat. Și ai mai aflat și bomba asta. Nu vreau să te întorci în lumea aia.

— E în regulă, l-am asigurat. Mă descurc.

— Ești sigur?

Am râs și l-am îmbrâncit în joacă.

— Frate, tu ai cancer și stai să te îngrijorezi de mine? Gata. Ai avut grijă de mine și de mama de când mă știu. E rândul meu, ok?

Mi s-au înmuiat picioarele doar când am pronunțat cuvântul „cancer".

— Bine, a oftat, încrucișându-și brațele. Am niște lucruri de făcut mâine, după ce mergem la TJ, dar poate să te ducă Erika cu mașina.

— Face ea asta?

— Dacă o rog, da. Dar fii pregătit să vă mai opriți pe traseu.

Am ridicat din umărul stâng, iar el, din cel drept.

Apoi am urmărit-o pe Erika demontând casa, doar ca să aibă ce pune la loc, și mi-a trecut prin gând că poate nu eram așa de puternic încât să dau iar piept cu trecutul meu. Nu știam cum va fi să o înfrunt din nou pe mama.

Nu știam cât de puternic sunt.

CAPITOLUL 21

Alyssa

— Logan? am şoptit, ciocănind la uşa dormitorului lui. Era în camera lui de o jumătate de oră şi îmi închipuiam ce gânduri avea după ce aflase despre cancerul lui Kellan. L-am auzit mişcându-se prin dormitor, apoi mi-a deschis. Şi-a tras puţin nasul şi şi-a trecut mâna peste faţă înainte de a mă privi cu ochi mijiţi.

— Da?

Avea ochii roşii şi pleoapele uşor umflate. Am vrut să întind mâinile, să-l îmbrăţişez, să-l trag aproape de mine, să-mi cer iertare pentru cât suferise şi ce îndurase.

Plângeai.

— Am vrut să văd cum eşti şi ce faci, am şoptit.

— Sunt bine.

Am înaintat puţin spre prag, ca să vin lângă el, ştiind că nu era deloc bine. Kellan reprezenta toată lumea lui Logan. Când a plecat în Iowa, doar cu el a păstrat legătura. Când îmi ignora apelurile, lui Kellan îi răspundea de fiecare dată.

— Nu eşti bine.

— Ba da, a dat el din cap, cu o căutătură rece. Nu clachez, Alyssa. Lumea se îmbolnăveşte de cancer în fiecare zi. Iar unii reuşesc să învingă cancerul. El e bine, eu sunt bine, totul este în regulă.

Oricare altă persoană nu ar fi sesizat, însă mie nu mi-a scăpat tremuratul uşor al buzei lui inferioare. Am înţeles din asta zbaterea şi durerea pe care le avea atunci în suflet.

— Lo, haide, zău. Sunt eu. Poţi discuta cu mine.

— Şi ce eşti tu pentru mine, mai exact? a şuierat el cu amărăciune. De când ştii că era bolnav?

Am dat să răspund, dar a continuat:

— Deci ştiai? 1090 de mesaje, Alyssa. Atâtea mi-ai lăsat. M-ai sunat de 1090 de ori, dar în niciun mesaj nu m-ai anunţat că fratele meu are acelaşi cancer care l-a răpus pe bunicul! a spus el gâtuit, apoi a apucat mânerul rotund al ușii și mi-a trântit-o în față.

Nu m-am mirat. Era dur ce spusese, dar era adevărat. Aflasem de ceva timp de boala lui Kellan, dar nu era treaba mea să-i spun eu. Kellan mă pusese să jur. Mi-au alunecat degetele pe cadrul ușii și am închis ochii.

— Locuiesc în ultima casă de la intersecția străzii Cherry cu bulevardul Wicker. Este o casă galbenă, cu un ghiveci de flori în formă de pian pe verandă, la intrare. Poți să treci pe la mine, dacă simți nevoia, Logan. Dacă vrei să vorbești cu cineva. Poți veni oricând, indiferent de moment.

Ușa s-a deschis și m-am înfiorat puțin, văzându-l cum înaintează. Avea o expresie dură, iar dacă adineauri avea ochii roșii de plâns, acum avea o privire plină de mânie.

— Ce naiba nu pricepi? a șuierat el.

M-am dat înapoi, el a venit spre mine. Am continuat așa până am ajuns cu spatele lipit de peretele holului, iar el la câțiva centimetri în fața mea. Gurile ne erau atât de apropiate, încât dacă m-aș fi aplecat doar puțin în față, i-aș fi simțit buzele care voiam mereu să mă sărute. Cuvintele pe care mi le-a adresat silabisit, însă, m-au săgetat drept în inimă:

— N-am nevoie de tine, Alyssa. Nu. Am. Nevoie. De. Tine. Așa că fii bună, te rog, și nu te mai preface ca și când am fi prieteni. Pentru că nu suntem. N-o să mai fim niciodată. N-am nevoie de tine. Și nici de umărul tău pe care să plâng.

S-a întors în camera lui și a închis ușa. Am tras aer în piept de câteva ori, ca să-mi revin din afront. Cu inima bătându-mi încă puternic în piept, m-am îndreptat spre living, de unde mi-am luat jacheta și mi-am încălțat în grabă tenișii.

Cine era individul ăsta?

Nu era același băiat pe care îl cunoșteam cu mulți ani în urmă. Nu mai era prietenul meu cel mai bun.

Mi se părea un străin.

— Ești bine? m-a întrebat Erika, puțin încruntată.

Am ridicat din umeri.

— Să ai răbdare cu el, Erika, bine?

— Serios? a pufnit nervoasă. Tocmai s-a răstit la tine, efectiv. Și tu îmi ceri să îl iau mai ușor? Mai am puțin și îl dau pe ușă afară.

— Nu, i-am zis repede, scuturând din cap. Nu, te rog. Trece prin multe. Adică, nici nu-mi pot imagina... cum ar fi ca tu...

Mi-au pierit cuvintele. Nu știu dacă aș fi fost în stare să accept vestea că sora mea are cancer.

Am încheiat simplu:

— Lasă-l în pace.

Postura ei s-a destins.

— Bine.

M-a îmbrățișat și a șoptit:

— Aly, e ok să te ții la distanță de el. Știi asta, da? Sunt convinsă că te-a durut să-l revezi.

— E în regulă, m-am foit și am ridicat din umeri: Sunt ok cu asta.

— Da, dar poate că ar fi mai indicat să stai la distanță. De dragul inimilor voastre.

Eram de acord. Și apoi, nu-l vedeam căutându-mă prea curând.

CAPITOLUL 22

Logan

Am stat cu spatele lipit de ușă până am auzit-o pe Alyssa plecând. Avea să-mi fie greu s-o țin la distanță pe Alyssa dacă rămâneam în oraș, pentru că o parte din mine simțea nevoia s-o tragă mai aproape.

Am rămas în dormitor și m-am apucat să caut pe telefon informații despre cancerul de colon. Îmi fugeau ochii pe paginile cu date, panicându-mă la limita suportabilității. O vreme, am citit povești cu supraviețuitori ai bolii, apoi însă am ajuns la lumea întunecată a internetului unde se aflau statisticile cu decese rapide de cancer de colon.

Am găsit remedii naturiste. Am dat de minciunile obișnuite. Am rămas treaz până în zori, când mi-a intrat lumina pe geam.

Când pleoapele mi s-au îngreunat, la fel de tare ca inima, am închis telefonul.

Singurul lucru pe care îl aflasem în noaptea aceea era că „doctorul online" era Satana, iar Kellan avea șanse mici să supraviețuiască până a doua zi chiar.

Mi-am scos o țigară și am aprins-o cu bricheta. Am deschis fereastra, am pus țigara pe pervaz și, pentru câteva clipe, m-am lăsat pradă durerii.

CAPITOLUL 23

Logan

Cabinetul doctorului James Petterson era rece, mai rece decât ar fi trebuit. Sigur, afară erau 32 de grade - ceea ce însemna vreme toridă pentru Wisconsin -, dar nu era cazul să te simţi ca în congelator în cabinetul lui. James - poreclit Toothpick[7] Jimmy (sau TJ), cum îl ştia toată lumea din oraş, datorită faptului că era înalt şi deşirat - era singurul medic pe care îl cunoşteam şi în care aveam încredere. Însă nu părea să fie un doctor normal. De multe ori mă întrebam dacă era medic în realitate sau dacă nu cumva îşi luase un stetoscop şi îmbrăcase un halat alb într-o seară de sâmbătă, pentru că se plictisea, şi nu-l mai dăduse jos. Locuia într-un apartament chiar deasupra cabinetului.

Până şi cabinetul arăta neobişnuit. Pe o poliţă în spatele biroului trona un cap uriaş de cerb, pe care se jura că îl împuşcase cu ochii închişi, cu ani în urmă. Lângă acesta părea a fi o blană de urs negru, dar, de fapt, era doar o carpetă găsită probabil la vreun magazin Walmart, la lichidări de stoc. Exagera, povestind că omorâse ursul având puşca într-o mână şi o cutie de bere în cealaltă.

Pe colţul drept al biroului ţinea un borcan cu jeleuri şi lemn dulce.

Mi se părea nostim ca un doctor să ofere bomboane pacienţilor, însă în cazul lui TJ părea de înţeles, mai ales că soţia lui, Effie, fiind unul dintre puţinii dentişti ai oraşului, era mereu în căutare de noi pacienţi.

Însă el şi soţia lui ar fi trebuit să analizeze mai mult ce gen de dulciuri alegeau, pentru că nimeni în toate minţile nu ar fi mâncat lemn dulce.

Mi-am strâns braţele la piept, încercând să mă încălzesc. *Pe naiba*, muream de frig. Mi-am îndreptat privirea spre scaunul de alături, unde stătea Kellan.

---

7 „Scobitoare" în limba engleză în original (n. tr.).

Când am ridicat ochii la TJ, l-am văzut că dă din buze repede, explicând situaţia în mod repetat. Cel puţin, asta credeam că face, însă nu ştiu sigur, pentru că nu mai ascultam.

Nu reţin exact momentul de când nu i-am mai auzit cuvintele, dar de vreo cinci-zece minute, pur şi simplu îi urmăream gura mişcându-se, ca la un film mut. De pe buze îi zburau sunete fără sens pentru mine.

M-am apucat bine de marginile scaunului.

Cel mai rău fusese şocul, neştiind cum să reacţionez, dacă să râd sau să plâng în privinţa diagnosticului. Nu ştiam dacă să mă enervez sau să lovesc în perete. Nu ştiam cât timp mai aveam cu fratele meu. Senzaţia copleşitoare de izolare îmi tăia răsuflarea. Simţeam că-mi sare inima din piept de panică, ceea ce mă înspăimânta, dar era o senzaţie cunoscută. Teama amestecată cu furia făcea fiecare clipă de nesuportat.

— Logan, a zis TJ, readucându-mă în prezent. Asta nu înseamnă sfârşitul pentru fratele tău. A apelat la cei mai buni doctori din stat, primeşte cel mai bun tratament.

Kellan și-a trecut degetele peste gât și a confirmat din cap.

— Nu e sfârșitul pentru mine, Logan. E doar un hop.

M-a derutat faptul că dădea afirmativ din cap și mai alesese și aceste cuvinte. Dacă nu însemna sfârșitul, nu ar fi trebuit să scuture din cap a negaţie, în loc să dea din cap afirmativ?

Mi-am șters obrazul cu palma dreaptă și am tușit.

— Ne trebuie o a doua opinie.

Am început să patrulez de colo-colo prin micul balcon, trecându-mi mâinile prin păr, în disperare. Am reluat: După care vom cere a treia opinie și a patra.

Asta face lumea, nu? Caută un răspuns care să sune mai plăcut? Mai promiţător?

Ne trebuia un răspuns mai bun.

— Logan..., s-a strâmbat TJ. Obţinerea de alte opinii medicale nu ar face decât să ne încetinească. Atacăm deja direct problema şi sperăm...

Şi din nou nu-l mai ascultam.

Restul întâlnirii a continuat, dar eu n-am mai spus nimic. Nu mai era nimic de zis.

Eu şi Kellan ne-am întors cu maşina, păstrând tăcerea până acasă, însă mintea mea forfeca aceleaşi gânduri, întorcând diagnosticul pe toate părţile.

Fratele, eroul şi prietenul meu cel mai bun avea cancer.

Iar eu simţeam că nu mai pot să repir.

***

Când Kellan îmi spusese că Erika va dori să se mai oprească undeva înainte să mă ducă cu maşina la mama, nu mi-aş fi închipuit că vom sta într-un magazin, printre rafturi, la un raion, vreo 20 de minute. Avusesem o zi plină de când îmi dăduse Logan vestea despre sănătatea lui şi, în fiecare minut, nu mă gândeam decât la consumul de droguri ca să rezist - ceea ce era mai bine decât să mă gândesc în fiecare secundă. Însă Erika avea alt gen de dependenţă care o ajuta să facă faţă stresului, şi anume obiectele de decor de la Pottery Barn.

— Cât mai stăm aici? am întrebat-o, văzând-o că zăboveşte în faţa unor farfurii la preţ piperat.

Ne aflam acolo de cel puţin 20 de minute, pentru ca ea să analizeze ce set nou să aleagă, din moment ce spărgea cam toată vesela din casă.

— Vrei să taci? mi-a cerut, încrucişându-şi braţele, cu ochii mijiţi şi mintea dusă, în mod clar. Îmi ia timp.

— N-ar trebui, am spus eu, arătând cu mâna: Uite farfurii. A... şi mai multe farfurii. Doamne, ce avem noi aici, Erika? Păi, farfurii.

— De ce trebuie să fii atât de dificil tot timpul? Chiar speram că în ăştia cinci ani te-ai maturizat puţin.

— Îmi pare rău să te dezamăgesc, dar, serios, putem pleca?

Iar s-a uitat urât la mine.

— Oricum, de ce te grăbești așa să mergi la maică-ta? Cinci ani ai fost plecat și l-ai lăsat pe Kellan să se ocupe de tot. A trebuit să îi fie alături când a avut crize, iar tu nici măcar nu te interesai să vezi ce face. Nici măcar n-ai sunat-o, așa că, de ce acum?

— Pentru că fratele meu are cancer, maică-mea e dependentă și mă simt ca un fiu și frate de rahat că am dispărut așa. Asta vrei să auzi, Erika? Am înțeles, am făcut-o de oaie. Dar, dacă te-ai putea opri din a-mi reproșa la fiecare două secunde asta, ar fi tare drăguț.

A pufnit o dată, legănându-se înainte și înapoi pe călcâie. S-a uitat fix la mine, apoi la farfuriile din fața noastră și am tăcut amândoi. Cinci minute. Zece, 15 afurisite de minute.

— Ăla, a arătat ea cu degetul spre un model. Aleg acel model. Ia două seturi, Logan.

S-a întors brusc și a pornit-o spre casa de marcat, lăsându-mă ca aiurit.

— De ce să iau eu două seturi?! am strigat.

Nu s-a deranjat să-mi răspundă, doar a grăbit pasul.

Am luat în brațe cele două cutii și m-am poticnit, așezându-le în fața casierei. Am tăcut și eu, și Erika, până am auzit prețul final.

— 108 dolari și 23 de cenți.

— Cred că-ți bați joc de mine, m-am înecat de mirare. Dai peste 100 de dolari pe farfurii?

— Nu-i treaba ta ce fac cu banii mei.

— Totuși, Erika. Ai putea lua foarte simplu farfurii de la un magazin cu preț fix până într-un dolar sau ceva de genul, mai ales că oricum probabil le spargi mâine.

— Eu nu comentez pe ce dă Kellan banii, sau ar trebui să spun *pe fundul cui* îi cheltuie. Așa că aș prefera să nu-mi pui nici tu mie la îndoială alegerile financiare.

—Știai că îmi dă bani?

— Bineînțeles că știam, Logan. Kellan nu poate să mintă. Nu-mi pasă că îți dă bani, a oftat ea și m-a privit cu blândețe.

Pentru prima dată de când revenisem o vedeam învinsă de situaţie.

— Nu-l dezamăgi, Logan. E obosit. Nu arată, dar este. Este epuizat. Îl face fericit venirea ta. Îi prinde bine că eşti lângă el. Fii cuminte, bine? Nu-l dezamăgi, te rog.

— Jur că nu consum substanţe, Erika. Nu vorbesc prostii de dragul de a vă linişti, chiar m-am lăsat.

Am apucat fiecare câte o cutie şi am mers la maşină, le-am pus în portbagaj şi am pornit spre apartamentul mamei.

Erika a dat din cap.

— Te cred, dar mergem s-o vedem pe mama ta şi ştiu cât de tare te va afecta.

— Nu mai sunt puşti, cum eram.

— Da, ştiu, dar crede-mă, maică-ta e la fel ca atunci. Am impresia că uneori oamenii nu se schimbă deloc.

— Ba da, am replicat. Dacă li se dă o șansă, se schimbă.

A înghiţit în sec.

— Sper să ai dreptate.

În clipa în care am ajuns la mama, am întrebat-o pe Erika dacă vrea să urce şi ea, dar m-a refuzat.

— Rămân aici.

— E mai sigur înăuntru.

— Nu, e în regulă. Nu-mi prieşte să văd... stilul ăla de viaţă.

Nu-i găseam nicio vină în asta.

— Cobor în câteva minute.

Am verificat din priviri străzile întunecate şi am remarcat nişte indivizi pe la colţuri, ca atunci când eram copil. Poate că Erika avea oarecum dreptate. Poate că unele persoane, locuri şi obiecte nu se schimbă niciodată.

Dar trebuia să sper că unii se pot îndrepta, altfel ce se alegea de mine?

— Să nu stai prea mult, bine? Spectacolul lui Kellan începe în 45 de minute, a mai zis Erika.

— Cred că n-ar fi trebuit să stăm două ore în faţa unor farfurii, nu?

Mi-a făcut semn cu mâna să dispar. Sunt sigur că mi-a zis ceva „drăguț" în gând.

— Vin repede, ești bine aici?

— Da, sunt bine, dar grăbește-te, te rog.

Coborând din mașină, i-am mai spus:

— Hei, Erika?

— Da?

— Încuie portierele.

***

Nu știam ce-o să găsesc sus. Îmi imaginam că e rău, dar nu puteam să-mi dau seama cât de rău era mama. Kellan vorbea mereu puțin, îmi spunea doar că mai bine să am grijă de mine decât să mă preocupe starea mamei.

Acum era rândul lui să procedeze la fel.

Dar asta însemna că trebuia să vină cineva și să vadă ce face, adică eu. Nu puteam să-l dezamăgesc pe Kellan când avea mai multă nevoie de mine.

Ușa de la intrare era descuiată, ceea ce m-a îngrijorat suficient cât să mi se pună un nod în stomac. Apartamentul era într-o dezordine generală, erau cutii de bere, sticle de votcă, flacoane goale de medicamente și haine murdare aruncate peste tot.

— Iisuse, mamă... am murmurat oarecum șocat.

Aceeași canapea ruptă avea în față aceeași măsuță de cafea cu aspect dezgustător. Aș minți dac-aș spune că n-am remarcat punguța de cocaină de pe masă.

Am tras nervos de brățara mea terapeutică și mi-am controlat respirația.

— Dă-te jos! am auzit tare vocea temătoare a mamei, țipând din bucătărie.

Am simțit cum mi se taie picioarele și am avut impresia că am revenit în iad. M-am grăbit spre ea, pregătit să-l îndepărtez pe tata, știind că, ori de câte ori țipa, se confrunta cu pumnii lui.

Dar am descoperit-o singură, într-un atac de panică. Se scărpina agresiv, înroșindu-și pielea.

Repeta, strigând tot mai tare:

— Dă-te jos, pleacă! Dă-te jos de pe mine!

Am ridicat mâinile în faţă ca într-un gest de predare şi am păşit spre ea.

— Mamă, ce faci?

— Umblă pe mine, sunt plină! urla.

— Ce anume?

— Gândacii! Sunt peste tot, mişună. Ajută-mă, Kellan. Dă-i jos de pe mine.

— Sunt eu, mamă. Logan.

A ridicat privirea stinsă spre mine şi, pentru o fracţiune de secundă, mi-a amintit de mama când nu se droga.

Apoi a reînceput să se scarpine.

— Bine, bine, haide. Hai să faci un duş, ok?

După ceva chin, am reuşit s-o aşez în cadă şi am lăsat duşul să curgă pe ea. Continua să-şi zdrelească pielea, în timp ce eu stăteam deoparte, pe vasul de toaletă închis cu capac.

— Kellan mi-a spus că intenţionai să mai reduci consumul, mamă.

— Da, a dat repede din cap. Categoric, sigur. Kellan s-a oferit să mă trimită la o clinică de dezintoxicare, dar nu ştiu ce să zic. Pot să mă las şi singură. Și apoi, internarea costă o groază de bani.

Mi-a prins privirea şi a zâmbit, întinzând braţele spre mine.

— Te-ai întors acasă. Ştiam eu c-o să vii. Taică-tu a zis că nu mai vii, dar eu ştiam. Îmi mai vinde uneori „marfă".

A lăsat ochii în jos şi a început să se spele pe tălpi. Vânătăile de pe spate şi picioare m-au lăsat cu gura căscată. Știam că sunt de la nenorocitul de taică-meu. Iar faptul că n-am fost de faţă să intervin între ei mă făcea să mă simt la fel de rău ca el.

Am auzit-o şoptind:

— Ţi se pare că-s frumoasă?

Îi curgeau lacrimi pe obraji, dar cred că nici nu conştientiza că plânge.

— Ești frumoasă, mamă.

— Taică-tu m-a făcut „târfă urâtă".

Mi-am strâns mâinile în pumni și am inspirat de câteva ori.

— Dă-l încolo, ți-e mai bine fără el.

— Da, cu siguranță, categoric, a dat repede din cap. Doar că aș fi vrut să mă iubească, asta-i tot.

De ce oare vrem mereu dragoste de la cei care sunt incapabili de așa ceva?

— Îmi șamponezi părul? a întrebat ea.

Am fost de acord. I-am atins ușor vânătăile de pe piele și n-a avut nicio reacție. Am stat așa o vreme, ascultând zgomotul apei. Nu știam cum să comunic cu ea. Nici nu știam dacă vreau, însă la un moment dat n-am mai suportat tăcerea.

— Mă duc mâine la magazin să-ți fac cumpărături, mamă. Vrei să-mi dai cardul tău de alimente?

A închis ochii și și-a împreunat palmele.

— Fir-ar! Ah, la naiba! Cred că l-am lăsat zilele trecute la prietena mea acasă. Locuiește vizavi. Pot să mă duc să-l iau.

A dat să se ridice, dar am oprit-o.

— Ai încă spumă în păr. Clătește-l, șterge-te cu prosopul și vino în living, te aștept acolo. Stabilim în altă zi cum facem cu mâncarea.

M-am ridicat și am plecat. Întors în sufragerie, mi-au căzut ochii pe cocaina de pe masă.

— Futu-i... am șoptit, trăgând de brățară.

Concentrează-te. Asta nu e viața ta. Asta nu e povestea ta.

Doctorul Khan îmi spusese că, după ce voi pleca de la dezintoxicare, o să am momente în care o să simt că repet acțiuni din trecut, ca un hamster pe rotița lui, dar că nu mai e povestea mea.

Îmi transpiraseră palmele și m-am așezat pe canapea. Nu știu cum s-a întâmplat, dar m-am trezit cu pliculețul de cocaină în mână. Am închis ochii, am inspirat adânc de câteva ori. Îmi fugeau gândurile, mă ardea în piept. Mă copleşea revenirea în oraş, dar nu puteam să-l las pe Kellan.

Oare cum voi supravieţui?

— Uite ce e, o să întârziem... a dat Erika buzna în apartament şi s-a oprit, surprinzându-mă cu drogul în mână. Era de aşteptat! a oftat ea.

Mi-am plimbat privirea repede de la praf la Erika.

S-a întors şi a ieşit în grabă. *La naiba!* M-am dus după ea imediat, am strigat-o, dar nu mi-a dat atenţie până n-a ajuns la maşină. Am urcat amândoi, a ambalat motorul şi am pornit. Au trecut câteva minute fără să vorbim.

— Ascultă-mă, ce-ai văzut... am început eu, dar ea a scuturat din cap.

— Nu spune nimic.

— Erika, nu este ce crezi.

— Nu pot să fac asta, Logan. Nu pot. Nu pot să fiu eu cea care te duce cu maşina în diverse locuri ca să ai episoade de adrenalină. Nu pot să te văd cum îl dezamăgeşti pe fratele tău.

— Nu consum droguri.

— Minţi!

Capitulând, am ridicat braţele în sus, oftând amar.

— N-am nici cea mai vagă idee cum pot să vorbesc cu tine.

— Atunci nu vorbi.

— Foarte bine, n-o să vorbesc.

Erika a apucat mai strâns volanul, iar eu mă uitam doar la odorizantul legănându-se la oglinda retrovizoare.

— Este bolnav şi încearcă să nu vă îngrijoreze pe tine şi pe mama voastră, dar este îngrozit. Cred că trebuie să privim realist lucrurile, iar realitatea e că tocmai te-am văzut cu droguri în mână. Numai de un stres în plus nu are nevoie Kellan acum.

— Ce-ţi trece prin cap? Inventezi tot felul de poveşti nebuneşti şi judeci oamenii pentru chestii care nu s-au întâmplat. Aici semeni cu nebuna de maică-ta, ştii?

A parcat în faţa restaurantului. S-a întors spre mine şi, pe un ton aspru, mi-a reproşat:

— Iar tu eşti leit maică-ta.

CAPITOLUL 24

Logan

— *Nu-s deloc ca mama!* am șuierat șoptit, intrând după Erika în restaurantul lui Jacob.

— *Te-am văzut!* mi-a răspuns la fel, împungându-mă cu degetul în piept. *Te-am văzut, Logan!*

— *Crezi că ai văzut ceva, dar n-ai văzut nimic. Nu aveam de gând să-l consum.*

— *Nu mă minți, nesimțitule! Cum ai putut?! Ai promis! Așa ai spus!*

Până să răspund, s-a apropiat Kellan.

— Ce-ați stat atât? s-a interesat.

Erika avea o mutră încruntată, dar s-a forțat să-și schimbe expresia, văzând îngrijorarea din ochii logodnicului ei.

— A trebuit să mă opresc pe traseu, a zis ea, pupându-l pe obraz. Dar am ajuns! Și abia aștept să te văd cântând!

Kellan și-a îndreptat atenția spre mine, cu aceeași îngrijorare. Am ridicat ușor din umeri, incapabil să-l mint vreodată pe fratele meu.

Și-a lăsat în jos sprâncenele, a înțelegere. A dat din cap spre ușa de la intrare.

— Mergi puțin la aer cu mine, Lo? Partea mea începe abia peste 15 minute.

— Da, sigur - am acceptat.

Îmi țineam îndesate mâinile în buzunarele de la blugi, încă strânse în pumni pentru felul în care îmi vorbise Erika în mașină, cu câteva minute mai devreme. Totuși, nici măcar nu puteam să mă supăr pe ea din cauza asta. Mă știa doar așa cum eram cu ani în urmă, înainte să plec din oraș. În ochii ei, eram nenorocitul dependent de droguri care le-a stricat viața și i-a frânt inima surorii ei, când nu am răspuns la telefon. Eram și nemernicul care aproape îi omorâse pe Kellan și pe Alyssa în noaptea în care, drogat fiind, am tras de volan. Din cauza mea a pierdut Alyssa sarcina. În ochii

Erikăi, eram piatra de moară a Alyssei și a lui Kellan, de care meritau să se elibereze amândoi.

Ea mă știa doar așa cum mă străduiam să nu mai fiu vreodată.

Am ieșit afară cu Kellan, iar răcoarea nopții de toamnă ne-a lovit în față. S-a rezemat de peretele de cărămidă al barului, ținând piciorul stâng sprijinit de pietre și cu ochii închiși, ridicând fruntea spre cer. Am băgat mâna în buzunar după o țigară și m-am oprit.

La naiba.

Fumatul interzis.

M-am rezemat de perete lângă el și, jucându-mă nervos cu bricheta, l-am întrebat:

— Cum reziști?

— Sincer?

— Da.

A deschis ochii și l-am văzut cum se zbătea să-și rețină lacrimile.

— Exersam la chitară și a început să-mi tremure mâna. Zilele trecute s-a întâmplat la fel, nu mi se mai opreau mâinile din tremurat. Cred că este totul în capul meu, pentru că mi-e frică de chimioterapie. Am citit multe online despre cum afectează creierul. Se cam pierd unele funcții cognitive. Așa că s-ar putea să nu mai pot cânta la chitară, nici să scriu versuri. Adică...

Și-a mușcat buza inferioară și a inspirat adânc. Fratele meu dur, mereu puternic, ceda încet. Iar eu nu puteam să fac nimic în privința asta.

— Adică... muzica... ăsta sunt eu. Asta este viața mea. Am pierdut atât de mult timp fugind de ea, iar acum, dacă nu mai pot să cânt la chitară...

— O să-ți cânt eu, i-am spus, și vorbeam serios.

A pufnit în râs.

— N-ai pic de ureche muzicală, Logan.

— Pot să învăț. Mai știi când ai învățat să gătești după ce mi-a rupt tata mâna?

— Când am făcut curcanul de Ziua Recunoștinței, în acel an?

Am chicotit.

— Și, în timp ce încercai să-l tai, țipai: de unde să știu că un afurisit de curcan trebuie să fie decongelat mai mult de patru ore?!

— Da, chiar! Cine să știe asta?

— Hm, oricine cu capul pe umeri. Oricum, trebuie să recunosc, n-am mai văzut niciodată curcan complet ars pe dinafară și crud la interior. Îți trebuie talent să-ți iasă așa. Cum a zis mama? am întrebat și simțeam că-mi veneau în minte puținele amintiri plăcute pe care le aveam amândoi.

Am vorbit la unison:

— Ce fel de bazaconie este asta?! Dacă voiai să mă omori, mai bine foloseai satârul. Ar fi fost mai puțin dureros decât panarama asta de curcan.

Și am izbucnit în râs amândoi. Nici măcar nu era așa de amuzant, dar râdeam atât de tare împreună, că au început să ne doară coastele și îmi dăduseră lacrimile.

Când ne-am oprit, s-a lăsat o liniște rece între noi, dar, fiind cu fratele meu, nu mă simțeam singur.

— Cum era azi? a întrebat Kellan despre mama.

— Nu este problema ta, Kel. Serios. Am revenit acasă, așa că o să mă ocup eu de ea. Ai o grămadă de probleme pe cap. E rândul meu să ajut.

Și-a înclinat capul spre mine.

— Da, dar tu ce faci? Cum reziști?

Am oftat.

Nu puteam să-i spun cât de aproape fusesem să iau.

Nici cât de dezamăgit am fost să o văd pe mama în starea în care era.

Nu puteam să clachez când avea cea mai mare nevoie de mine.

Trebuia să fiu puternic pentru el, pentru că mă salvase toată viața. Nu eram vreun erou, niciun salvator, dar eram fratele lui – și speram că e suficient.

— Sunt bine, Kellan, am spus. Nu m-a crezut. Serios, sunt bine.

Știa că este o minciună, dar nu a insistat.

— Sunt foarte îngrijorat pentru mama. Și nu știu cum să o ajut... Iar dacă dispar...

S-a întrerupt pentru că îi scăpase fără să vrea teama care îl chinuia.

M-am desprins de zid și m-am postat în fața lui.

— Nu. Nu. Nu poți să spui așa ceva, bine? Uite, ești aici. Faci chimioterapie. O să aibă efect. OK?

Am citit îndoiala din privirea lui.

L-am împins ușor în umăr.

— N-ai să mori, Kellan. Bine?

— Bine.

Îi tremura bărbia și a aprobat ușor din cap.

— Nu, spune-o cu convingere, am ridicat glasul. N-o să mori!

— N-o să mor.

— Iarăși!

— N-o să mor! a rostit în aerul rece.

— Din nou.

— *N-o să mor, fir-ar să fie!*

Ultima oară a strigat, înălțând brațele a victorie, cu zâmbetul pe buze.

L-am îmbrățișat strâns și l-am ținut aproape de mine. Mi-am ferit lacrimile, care începuseră să-mi curgă pe față și, dând ușor din cap, am șoptit:

— N-o să mori.

Ne-am întors în restaurant și i-am urmărit interpretarea, cu mâini mai tremurătoare decât mi-aș fi dorit să observ, însă muzica era mult mai bună decât i-o știam. Erika îl privea topită. Îl iubea. Motiv suficient ca să țin și eu la ea. Chiar dacă mă detesta, mare parte din mine ținea la ea, pentru că îl iubea mult pe fratele meu.

— Trebuie să merg să termin de notat lucrările, a spus Erika după spectacol. Restul am rămas la bar, cu băuturi în mână, și am râs împreună cu Jacob, uitând o vreme de realitatea zilelor viitoare.

— Merg cu tine, i-a zis Kellan.

A scos din buzunar cheia de la mașină și mi-a aruncat-o, spunând:

— Poți să vii tu acasă cu mașina mea, Logan.

Pentru oricine altcineva poate nu însemnau mare lucru acele cuvinte, dar pentru mine erau dovada că avea încredere în mine.

Mereu fusese așa - chiar și când nu eram de încredere.

— Ne vedem la mașină, Erika. Mă duc să-mi iau chitara.

Ea a dat din cap și a plecat. Cum s-a îndepărtat, Kellan s-a întors spre Jacob, cu o privire foarte sinceră, și i-a spus:

— Hei, amice, vreau să te rog ceva. În caz că mi se întâmplă ceva - s-a oprit să rânjească spre mine - ceea ce nu va fi cazul, pentru că n-o să mor. Dar dacă ar fi să mi se întâmple, aș fi de acord să ai grijă de Erika, știi? Pentru mine, ar fi în regulă.

Jacob și-a pus coatele pe bar și, venind mai aproape de el, a zis încet:

— Iar ăsta e momentul în care te înjur că ai putut gândi așa ceva.

Kellan a pufnit în râs.

— Nu, serios. Ai avea grijă de ea?

— Nu vorbim despre asta, a răspuns Jacob.

— Da, Kel. Nu mai dramatiza, am punctat și eu.

— Omule, am cancer.

— Nu mă lua cu asta, a rânjit Jacob, aruncând cu o cârpă spre el. Nu-mi pasă, a dat-o el pe glumă.

— Dar promiți să ai grijă de ea? a întrebat pentru ultima oară.

Jacob a oftat:

— Chiar dacă n-o să ți se întâmple NIMIC, dacă te face să te simți mai liniștit, o să am grijă de Erika, promit.

Kellan părea vizibil ușurat, cu umerii relaxați, și ne-a salutat din cap înainte de a pleca după logodnica lui.

Când mi-am luat haina să plec, l-am chemat pe Jacob. L-am înșfăcat de gulerul tricoului alb și, privindu-l în ochi, i-am zis:

— Dacă te prind vreodată că te uiți măcar în vreun fel la Erika, jur că-ți smulg boașele și te fac să ți le mănânci!

L-a pufnit un râs zgomotos, până mi-a văzut privirea gravă.

— Frate, Erika mi-e ca o soră. N-am niciun gând. În schimb, Alyssa... a rânjit și a dat golănește din sprâncene.

— Ești îngrozitor, am zis sec.

A râs.

— Glumeam, zău. E haios. Crede-mă pe cuvânt, știu că fetele Walters sunt teritoriu interzis.

— Bun, voiam doar să mă asigur că suntem pe aceeași lungime de undă.

— Da. Și-apoi, Kellan n-o să moară.

Am confirmat din cap.

Pentru că Kellan n-o să moară.

CAPITOLUL 25

Logan

Mi-am vârât mâinile în buzunare şi am început să mă legăn pe loc, pe veranda Alyssei. Nu ştiu cum ajunsesem acolo. Nici nu ştiam dacă o să-mi vorbească, după ce-o să vadă că sunt eu, dar n-aveam unde să mă duc şi la cine să apelez.

A deschis uşa, iar ochii mei au pornit să evalueze ceea ce vedeau, adică tocmai corpul ei, îmbrăcat în blugi strâmţi albaştri şi un maiou alb. Când i-am întâlnit privirea, aproape am izbucnit în lacrimi, deoarece chiar şi numai faptul că mă aflam aproape de ea mă făcea să nu mă mai simt singur.

Şi-a încrucişat braţele la piept şi a ridicat o sprânceană.

— Ce doreşti, Logan? Vrei să mai ţipi la mine? Să mă faci să mă simt aiurea? Pentru că e aproape ora unu noaptea şi chiar nu vreau să mai aud.

M-a amuzat postura bătăioasă pe care o luase, dar când am dat să deschid gura a râs, m-am înecat cu aer.

Am văzut din privire că s-a mai înduioşat. A păşit afară pe verandă.

— Ce e? m-a întrebat ea îngrijorată.

Am dat din cap agitat, simţind că mi se strânge stomacul, şi mi-am dres glasul.

— El e... mi-am dres glasul.

Mi-am îndesat mâinile şi mai mult în buzunare. Am lăsat apoi privirea în jos, la scândurile roase.

— El e...

— Lo, vorbeşte cu mine, a spus ea, punând o mână pe pieptul meu, chiar în dreptul inimii.

Am început să mă gândesc la asta şi am simţit că inima mi-o ia la goană din cauza atingerii ei.

— Ce s-a întâmplat?

Am dat să răspund, dar m-am înecat cu aer şi am început să tremur din tot corpul.

— Când aveam 11 ani, tata m-a dat afară într-o ploaie torențială doar pentru că m-am uitat urât la el. Am stat afară pe un bax de lapte din carton timp de patru ore, iar el mă urmărea de la geam să nu mă mișc. Și, hm... Kellan a venit să ne aducă niște lucruri. Avea doar 15 ani, dar știa că mama traversa atunci una dintre perioadele ei cele mai rele, așa că venea în fiecare zi ca să vadă cum sunt. Să-mi aducă mâncare, haine care îi rămăseseră mici. Când a venit și m-a găsit stând acolo, ud până la piele, s-a făcut roșu la față și mâna dreaptă i s-a încleștat în pumn. I-am spus că sunt bine, dar n-a dat atenție. M-a tras după el în apartament și a început să strige la tata, făcându-l în toate felurile, ceea ce e o nebunie, pentru că, da, știi cum e taică-meu. Nu îndrăznește să-l insulte nimeni, lumea nici nu-l privește în față. Dar Kellan l-a înfruntat. Și-a scos pieptul în față, l-a privit pe nenorocit drept în ochi și i-a zis că dacă mai dă în mine sau mă mai chinuie, cum a fost să mă țină în ploaie, îl omoară. Nu vorbea serios, doar știi. Kellan n-ar omorî o muscă, dar a înfruntat cel mai mare coșmar al meu. Mi-a luat apărarea când eram vulnerabil. Iar tata l-a lovit.

Am expirat din adâncul sufletului, amintindu-mi, și am reluat:

— L-a lovit tare, dar Kellan a fost de partea mea și m-a apărat din nou și din nou. Mereu mi-a luat apărarea. A avut mereu grijă de mine, știi? Este fratele meu mai mare. Este...

Mi se clătina capul și-mi simțeam stomacul ca pe-un ghem chinuit. Mi-am dres glasul și mi-am îndesat mâinile și mai adânc în buzunare. Privirea mi-a căzut pe șireturile uzate.

— E... pe moarte!

Am dat din cap și mi-am dat seama că, odată rostite, aceste vorbe devin adevărate. Fratele meu, eroul meu, toată lumea mea era pe moarte.

— Kellan e bolnav. E pe moarte, High. Se stinge.

Tremuram incontrolabil, străduindu-mă să-mi rețin lacrimile îndărătul pleoapelor. Voiam să tac, să nu mai spun nimic, dar mi se repetau în minte cele mai înfricoşătoare scenarii posibile. Am repetat:

— Moare, e în pragul morţii. Kellan e pe moarte.

— Of, Logan...

— De când ştii? De cât timp ştiai că e bolnav? De ce nu m-ai sunat? De ce... E pe moarte, suspinam.

Doamne, eram vraişte. Mai aveam puţin şi clacam. Dar chiar atunci s-a întins spre mine. M-a luat în braţe. M-a învăluit aşa şi n-a zis nimic. Doar m-a ţinut strâns, ca să nu mă pierd cu totul în noaptea aceea de vară, pe veranda ei.

În momentul acela, redeveniserăm noi. În acel moment, ea era din nou focul care îmi încălzea inima noaptea. Pe moment, era salvatoarea mea, era raiul meu. Frumoasa şi senina mea High.

Dar după suişuri, vin mereu coborâşurile.

— Ce se întâmplă? a comentat o voce groasă, venind dinspre casă, din spatele Alyssei.

Am ridicat privirea atunci când acesta a întrebat:

— Cine e el?

Era un tip cu cămaşă cu nasturi şi mâneci suflecate până la coate, pantaloni de costum şi pantofi scumpi. A ieşit pe verandă şi m-am îndepărtat de Alyssa confuz.

— Dan, el e Logan... a ezitat ea în prezentare, neştiind cum să mă încadreze.

Adevărul e că nu eram nimic unul pentru celălalt, doar amintiri trecătoare a ceva din trecut, nici mai mult, nici mai puţin.

— E un vechi prieten.

Un vechi prieten?

Te-am iubit.

Un vechi prieten?

M-ai transformat.

Un vechi prieten?

Îmi lipseşti al naibii de mult.

— E totul în regulă? a întrebat tipul.

Dan s-a apropiat de Alyssa cu ochi mijiţi. I-a pus mâna pe umăr protector şi, pentru o fracţiune de secundă, mi-a venit să-l calc în picioare pentru că o atinsese, că pusese mâna pe prietena mea, dar apoi mi-am amintit.

Nu era a mea, nu mai fusese de ani buni.

Alyssa și-a scuturat umărul de sub mâna lui, iar eu mi-am mutat privirea.

— O să plec, am râs, deși nu era nimic amuzant.

Am tras de brățara de la mână, coborând treptele, și am auzit-o pe Alyssa strigându-mă, dar am ignorat-o.

Am ignorat și arsura pe care o simțeam în inimă.

Viața nu-mi promisese niciodată nimic, dar eram sigur că mereu voi sfârși dezamăgit.

***

M-am dus la locul cu panoul publicitar ca să mă uit la cerul înstelat. Pleoapele îmi erau grele, dar nu puteam să merg acasă la Kellan. Încă nu puteam da ochii cu el. Trebuia să dorm și chiar am luat în calcul să trag un pui de somn acolo, până la răsărit. Dar de câte ori închideam ochii, îmi aminteam cum, cu câteva ore în urmă, TJ confirmase cea mai rea veste din viața mea.

Mă durea sufletul mai mult decât oricând.

E fratele meu...

Nici nu-mi puteam imagina viața fără el. Și m-am urât în acel moment. M-am urât pentru că mare parte din mine ar fi vrut să fug atunci și să caut droguri. Mare parte din mine și-ar fi dorit să scot telefonul și să-i sun pe cei cu care n-ar fi trebuit să mă mai văd niciodată, ca să-mi procure ceva. Mare parte din mine voia să mă abandonez pe calea pierzaniei, să nu mai simt nimic. Când erai ca în transă, durerea realității nu te mai afecta.

Mi-am strâns genunchii la piept.

Nu m-am rugat. Nu credeam în Dumnezeu. Dar în acel moment mi-a trecut prin cap să fiu ipocrit odată și să încep să mă rog.

Am închis ochii și am ridicat fruntea spre cer.

La început, am auzit pași ușori. Apoi scara de metal a început să se clatine, urca o persoană.

Avea la ea o pungă de plastic, era în aceiaşi blugi strâmţi, cu maioul alb și privirea îngrijorată.

A ridicat puţin din umeri, fără să ne spunem nimic, dar am înţeles că cerea voie să mi se alăture. I-am confirmat tot printr-o ridicare din umeri. Când s-a apropiat, am simţit că mă înțeapă ochii și-mi bate inima să-mi sară din piept. S-a așezat în stânga mea, cu genunchii îndoiţi, pe care și i-a înfăşurat cu braţele, la fel ca mine. Ne-am întors capetele unul spre altul şi ni s-au întâlnit privirile.

A desfăcut punga de cumpărături şi a scos un pachet de biscuiţi Oreo, o cutie cu zmeură, un bidon de lapte cu 2% grăsime și două pahare roşii, din plastic.

Am ascultat foşnetul ambalajului când a desfăcut biscuiţii, retrăind o mică parte din trecutul nostru.

Am luat laptele şi am turnat în două pahare.

Ea a desfăcut un biscuit dublu, a pus o zmeură în dreptul cremei și, lipind biscuiţii la loc, mi-a dat acel sandvici.

Nici nu mai ţineam minte de când nu mai mâncasem un Oreo cu zmeură.

Mi-a zâmbit firav şi a dat o dată din cap, i-am răspuns la fel.

— Eşti bine, Logan Francis Silverstone, a spus.

— Sunt bine, Alyssa Marie Walters, am răspuns.

Ne-am îndreptat privirile spre cerul înstelat, am mâncat două rânduri de biscuiţi din cutie, cu zmeură.

Când i s-a făcut frig, i-am dat hanoracul meu.

Când am simţit că mi se frânge inima, m-a ţinut de mână.

CAPITOLUL 26

Alyssa

— Hei, trezeşte-te!

Am simţit o mică împunsătură în coastă şi m-am frecat la ochi. Am deschis uşor ochii, iar lumina puternică a soarelui m-a orbit. Logan era în picioare, alături, şi mă îndemna:

— Hai, ridică-te!

— Doamne... cât e ceasul? am întrebat căscând.

Nu intenţionasem să adorm în seara aceea. Aveam de gând să mă întorc acasă, să mă bag în patul meu călduros şi să mă prefac că Logan nu există, dar mi se păruse atât de trist.

— E timpul să pleci, m-a pus la punct.

M-am ridicat în capul oaselor puţin derutată de atitudinea lui. A aruncat în grabă în punga de plastic toate lucrurile pe care le adusesem şi a azvârlit-o spre mine:

— Să nu mai vii aici, bine?

— De ce eşti aşa bădăran?

— Pentru că nu vreau să vii aici. Şi dă-mi înapoi hanoracul.

— Bine, am mormăit, ridicându-mă în picioare şi scoţând hanoracul ca să i-l dau.

Am dat să cobor scara, iar inima îmi bătea cu putere. M-am întors spre Logan:

— N-am făcut nimic rău. Tu ai venit la mine azi-noapte, nu invers.

— Nu te-am chemat aici. Nu ţi-am zis să aduci biscuiţi şi alte rahaturi, ca pe vremuri. Te anunţ că nu mai suntem ca atunci. Doamne! Iubitul tău ştie unde ai fost azi-noapte?

Am zâmbit sarcastic, şocată:

— Deci asta-i despre faptul că am un iubit? Logan, Dan nu este...

Şi-a dat ochii peste cap.

— Mă doare în cot că ai avea un iubit. Dar cred că asta spune multe despre tine, că eşti atât de liniştită să petreci noaptea cu un alt bărbat. Măcar ştie unde eşti acum? Adică, Doamne, Alyssa. Parc-ai fi o adevărată cu...

L-am întrerupt, m-am proptit în faţa lui, am dus mâna la gura lui ca să nu mai spună nimic şi i-am zis:

— Înţeleg că suferi, că eşti speriat şi te răzbuni pe mine, pentru că sunt o ţintă uşoară. E în regulă. Pot să fiu ţinta ta. Descarcă-ţi toată ura pe mine. Spune-mi să nu mai vin pe aici, singurul loc care îmi aminteşte de tine. Alungă-mă. Dar nu poţi să-mi vorbeşti aşa, Logan Francis Silverstone. Nu sunt fata pe care s-o denigrezi pentru că am încercat să te sprijin. Nu ai dreptul să mă faci curvă!

I-a căzut faţa puţin și i-am citit vinovăţie în privire, dar apoi a pufnit enervat:

— O să stau o vreme în oraş, ok? Am putea să facem tot posibilul să ne evităm? Eu sunt de vină că am venit la tine acasă, dar gata. Chiar nu avem de ce să comunicăm. Clar nu mai avem ce să ne spunem.

— Îmi cer scuze dacă ţi-am îngreunat cumva situaţia. Nu o să-ţi mai stau în cale. Dar dacă ai nevoie de mine, o să-ţi fiu alături. Bine? Doar să-mi spui. Și, ca idee, Dan nu este iubitul meu. N-a fost niciodată, nici nu va fi. Este doar un prieten care mă ajută să-mi găsesc o casă. A băut prea mult și a adormit pe canapea. Nu am nicio relaţie. Nu am avut de foarte mult timp. Niciuna dintre fostele mele relaţii nu a fost cea potrivită. Și acum înţeleg de ce nu au mers.

Am inspirat adânc și, închizând ochii, am spus:

— Deoarece, în tot acest timp, l-am așteptat pe băiatul despre care am crezut că m-a iubit cândva.

— Fir-ar să fie, Alyssa! Nu-mi pasă. Nu mă interesează ce ţi s-a întâmplat și ce e cu viaţa ta. Și trebuie să înţelegi ceva: tu și cu mine nu ne împăcăm. Nu suntem un final fericit.

Cuvintele lui m-au rănit adânc, când s-a întors cu spatele la mine.

— Te gândești vreodată la noi? Te mai gândești la mine?

am şoptit, trecându-mi degetele pe gât. Îţi mai aminteşti de copil?

Nu s-a întors spre mine, în schimb i-au căzut umerii. Nu s-a clintit un centimetru.

Spune ceva, orice!

— Pleacă, Alyssa! Și nu te mai întoarce!

Am înghiţit nodul din gât.

Spune orice, numai asta nu.

CAPITOLUL 27

Logan

Trecuseră câteva săptămâni de când venisem acasă să stau lângă Kellan. Făcuse două serii de chimioterapie şi părea să fie în regulă, deşi puţin indispus. Îl cam irita felul în care îl ajuta Erika să-şi ia medicamentele şi îl verifica în orice moment, zi de zi, în ce stare e. Îi stătea mult pe cap şi, să fiu sincer, îi eram recunoscător pentru asta. Ştiu că îl enerva cicăleala ei constantă, dar îmi dădea un fel de linişte să ştiu că e îngrijit aşa bine.

Nunta ar fi trebuit să aibă loc weekendul trecut, dar au mai amânat o lună. Mă întrebam de câte ori fusese schimbată data şi reprogramată. Ştiam că se tot amâna din cauza lui Kellan, care avea temeri legate de boală.

Joi mi-a dat bani să-i iau alimente mamei. Când m-am dus la ea, am luat cu mine şi produse de curăţenie. Apartamentul era o mizerie. Mama zăcea inconştientă pe canapea, nici nu m-am obosit s-o trezesc. Câtă vreme dormea, măcar nu lua droguri.

Era ciudat s-o vezi ce faţă de înger avea în timpul somnului. Ca şi când demonii minţii ei se odihneau şi ieşea la iveală sinele ei adevărat. Am umplut până la refuz frigiderul şi dulapurile din bucătărie cu alimente care nu se alterau prea repede. Nu eram sigur cât mănâncă, dar voiam să nu se strice prea repede.

I-am gătit şi o lasagna. Una dintre amintirile mele preferate cu ea era când s-a hotărât să se lase şi mi-a cerut să fac o masă festivă, înainte de a se interna la dezintoxicare. Ne-am amuzat, am mâncat şi am avut un moment amândoi de cum ar fi putut fi vieţile noastre, dacă n-am mai fi consumat droguri.

Când a plecat de acasă, a dat de tata, iar dezintoxicarea a devenit doar o amintire pentru ea.

Am făcut locuinţa lună, am curăţat până şi covorul, stând în genunchi. I-am dus toate hainele la curăţătoria automată și, în timp ce se spălau, m-am întors la apartament să mai curăț ce îmi mai rămăsese.

S-a trezit abia când m-am apucat să-i împăturesc hainele curate, așezat pe jos. A căscat și s-a ridicat.

— Am crezut că am visat că ai fost aici zilele trecute.

I-am zâmbit firav și ea la fel, începând să-și frece brațele subțiri.

— Ai făcut curat?

— Da. Am luat niște mâncare și ți-am spălat hainele.

I s-au umplut ochii de lacrimi și continua să zâmbească.

— Arăți bine, băiete, a dat ea din cap, iar lacrimile îi șiroiau pe obraji.

Nu le-a șters, lăsându-le să-i ajungă pe bărbie.

— Arăți așa bine.

A cuprins-o vina, continuând să-și scarpine pielea.

— Știam că poți s-o faci, Logan. Știam că o să te lași. Uneori mi-aș dori... a dat ea să spună, dar i s-au stins cuvintele.

— Nu-i prea târziu, mamă. Te putem înscrie într-un program. Poți să te lași și tu.

Nu credeam că mai am scânteia aceea de speranță pentru ea, dar o păstrasem mereu. Voiam să scape de lumea în care era. Încă era o fărâmă în inima mea care-și dorea să ne luăm amândoi o casă, departe de locul care ne crease atâtea clipe de groază. Pe moment, mi s-a părut că ia în calcul ideea, dar apoi a clipit și s-a apucat iar să se frece pe brațe.

— Sunt bătrână, Logan. Bătrână. Vino încoace.

M-am dus și m-am așezat pe canapea lângă ea. Mi-a cuprins mâinile într-ale ei și a zâmbit:

— Sunt așa mândră de tine!

— Mersi, mamă. Ți-e foame?

— Da, a răspuns.

Am fost destul de surprins.

Am pus lasagna la cuptor și, când a fost gata, ne-am așezat la masă, mâncând direct din tavă. Aș fi vrut să-mi întipăresc acel moment în inimă, ca să-l păstrez pentru totdeauna.

În timp ce mânca, îi curgeau lacrimi pe față.

— Plângi, am remarcat.

— Da? a făcut și s-a șters pe obraji.

Mi-a zâmbit, dar era un zâmbet frânt.

— Cum e Kellan? a întrebat ea.

— Ai aflat de...

Mi-a confirmat, dând din cap.

— E bine. M-a rugat să-l însoțesc la o ședință de terapie, săptămâna viitoare. O să învingă boala, să știi. E puternic.

— Da, a murmurat ea, mâncând mai mult decât o văzusem în ultima perioadă. Da, e puternic. Este!

Iar au început să-i curgă lacrimi pe față și i le-am șters ușor.

— Dar e vina mea, să știi. De asta s-a îmbolnăvit. Am fost o mamă de rahat. Nu v-am fost de ajutor.

— Mamă, haide, zău.

Nu știam ce să-i spun să nu mai plângă.

— E adevărat. Am distrus totul. E vina mea.

— Nu i-ai dat tu cancer.

— Dar nu v-am ușurat viețile. Tu ai fost la dezintoxicare, Logan. La dezintoxicare. Am stat unul lângă altul, când tu împlineai 16 ani, și am tras pe nas amândoi liniuțe de cocaină. Ți-am întreținut adicția... Îmi pare atât de rău. Atât de rău! scutură din cap.

Era distrusă, pierdută. Adevărul e că umbla dintotdeauna cu mintea pierdută. De atât timp eram furios pe ea. Adunasem în mine multă amărăciune pentru alegerile pe care le făcuse, dar nu era vina ei. Ea doar alerga în jurul cozii, asemenea unui hamster pe o rotiță, incapabilă să oprească greșelile pe care le tot repeta.

— O să fim bine cu toții, mamă. Nu te îngrijora.

Am luat-o de mână și am ținut-o strâns.

Exact atunci s-a deschis ușa de la intrare și Ricky a dat buzna înăuntru.

Era uimitor ce multă ură simțeam încă în mine față de el din clipa în care l-am văzut.

— Julie, ce dracului? a șuierat.

Însă arăta foarte schimbat, comparativ cu acum cinci ani. Consumat? Bătrân, obosit. Nu mai purta ținute elegante, ci era în pantaloni de trening și tricou. Nu mai avea nici pantofi extravaganți, ci tenişi. Iar brațele cândva vânjoase nu mai erau puternice și musculoase.

Mă întrebam dacă se apucase să folosească prafurile pe care le vindea.

— Îmi datorezi 50 de dolari, a urlat el, dar s-a oprit când m-a văzut.

A înclinat capul spre stânga, nevenindu-i să creadă.

— Oare am în fața ochilor o fantomă?

Am simțit cum mi se pune un nod în gât, ca de fiecare dată când îl întâlneam. A durat doar o secundă până i s-a schimbat expresia din confuzie într-un rânjet sinistru. Părea mulțumit de revenirea mea, ca și când știa că o să mă întorc.

— Știi, a început el pornind spre mine, cu pieptul în față. Umbla zvonul că ai venit, dar credeam că-s baliverne. Acum, că ești aici, poți să mi te alături în afacerea familiei.

— N-o să fac niciodată asta. N-o mai iau la vale pe drumul ăla niciodată.

A mijit ochii și m-am uitat la el cum inspiră și expiră de câteva ori. Apoi a râs:

— Îmi place la nebunie asta. Îmi place că tu ai impresia că ești suficient de puternic să rămâi neconsumator.

Mi s-a vârât în față, însă, în loc să dau înapoi, l-am înfruntat semeț. Nu-mi mai era teamă de el. Nici n-ar fi fost posibil. A încercat să mă împingă cu coșul pieptului, ca să cedez, reluând vorba:

— Te cunosc, Logan. În ochii tăi văd aceeași umbră de nevolnic care e și în maică-ta. În niciun caz n-o să poți să te ții deoparte!

Am văzut lacrimile adunându-se în ochii mamei, când a zis asta. Probabil că a fost ca un cuțit în inima ei, pentru că toată viața îl iubise. Pierduse atâția ani iubind un bărbat care doar o domina și-o umilea.

— Nu vorbi despre mama, am spus, luându-i apărarea, pentru că ea habar n-avea s-o facă singură.

A rânjit.

— O iubesc pe mama ta. Julie, nu te iubesc eu? E singura mea iubită, unica. Ea e totul pentru mine.

Mama a schițat un fel de zâmbet, pentru că îl credea.

N-am înțeles niciodată asta.

El îmi făcea greață.

— N-o iubești. Îți place s-o controlezi, pentru că în felul ăsta ascunzi că nu ești altceva decât un șobolan nenorocit.

Am tresărit când i-am simțit pumnul în arcada ochiului.

— Șobolanul ăsta nenorocit încă poate să te bată măr, băiețaș. Dar n-am de gând să mai pierd timp cu tine. Julie, dă-mi banii.

Vocea ei tremura de teamă.

— Ricky, nu-i am acum, dar fac rost. Trebuie doar să...

S-a dus s-o lovească, dar m-am postat în fața lui, blocându-i lovitura.

— Și ce, ai fost la cine știe ce clinică de fițe și te-ai întors crezând că poți să te reintegrezi, Logan? a întrebat enervat. Crede-mă, nu mă vrei de dușman.

Am băgat mâna în buzunar și am scos portofelul, din care am numărat 50 de dolari.

— Poftim, ia-i și pleacă.

A ridicat o sprânceană.

— Am zis 50? Voiam să spun 70.

Nemernicule.

Am mai scos o hârtie de 20 și i-am aruncat-o în ochi. A primit bucuros banii și i-a pus în buzunar. S-a aplecat peste lasagna.

— Tu ai gătit asta, fiule? a întrebat, știind că o să mă enervez dacă îmi zice „fiule". A luat o lingură de mâncare, apoi a scuipat-o la loc în tavă, spurcând tot.

— Are gust de fund.

— Ricky, l-a apostrofat mama, vrând să-mi ia apărarea, dar el a pus-o la punct dintr-o privire.

O redusese la tăcere cu mulți ani în urmă, iar ea nu mai știa cum să-și regăsească glasul.

— Te porți de parcă n-am grijă de tine, Julie. Asta e chiar jignitor. Nu uita cine ți-a fost aproape când băietanul ăsta a plecat și te-a lăsat. Și te mai miri de ce mi-e așa greu să te iubesc. Mă trădezi la fiecare secundă.

Mama a lăsat capul jos.

— Și astea? Că aduce cumpărături și mâncare? Asta nu înseamnă că ține la tine, Julie.

A deschis dulapurile și frigiderul, trăgând de toate produsele pe care le luasem pentru mama, rupând pungile și vărsând conținutul într-o grămadă pe jos. Am vrut să-l opresc, dar mama mi-a zis să stau cuminte. L-am văzut desfăcând o cutie de fulgi de cereale, s-a uitat ostentativ la mine și a răsturnat-o încet peste tot ce era devastat, turnând deasupra și un bidon de lapte.

Apoi a pășit prin mizerie și s-a dus spre ușă, anunțând:

— Am ceva treabă, a rânjit. Și, Julie?

— Da? a șoptit ea, tremurând din tot corpul.

— Să faci curat aici până mă întorc!

Când s-a auzit ușa trântită, mi-au revenit la normal bătăile inimii.

— Ești bine, mamă?

Era tensionată și nu s-a uitat la mine.

— Tu ai făcut asta.

— Poftim?

— Are dreptate. Tu m-ai lăsat, iar el mi-a fost alături. Din cauza ta a făcut el mizerie. Tu nu mi-ai stat aproape. El a avut grijă de mine.

— Mamă...

— Ieși afară! a strigat, cu lacrimi pe obraji.

A venit spre mine și a început să dea în mine, exact ca atunci când eram mic. Dând vina pe mine pentru că dracul ăla de om n-o iubea.

— Pleacă! Ieşi! E numai vina ta. Din cauza ta nu mă iubeşte. Din cauza ta e mizeria asta aici. Din cauza ta Kellan e pe moarte. Ne-ai abandonat, ai plecat. Ne-ai lăsat. Aşa că pleacă, Logan. Du-te. Ieşi. Pleacă!

Urla isteric, lovindu-mă cu pumnii în piept, vorbele ei rănindu-mă şi derutându-mă, totodată. Făcea o criză de isterie, aşa cum mi-o aminteam pe vechea mama, pe care o detestam. Vorbele ei îmi răsunau în minte.

E vina ta. Din cauza ta e mizeria asta aici. Din cauza ta Kellan e pe moarte. Ne-ai abandonat, ai plecat. Ne-ai lăsat. Kellan e pe moarte...

Simţeam o arsură în piept şi am clipit de mai multe ori, încercând să nu clachez. Cum de ajunsesem iar aici? Cum de mă aflam în aceeaşi situaţie ca în urmă cu cinci ani? Cum de revenisem pe rotiţa de hamster de care fugisem atât?

Nu contenea să mă lovească şi să mă acuze, aşa că mi-am luat lucrurile şi am plecat.

***

Logan, la 11 ani

— Ia te uită ce comod stai! a intrat tata împleticit în living, unde mă uitam la desene pe Cartoon Network, atând pe jos.

M-am străduit cât am putut să-l ignor şi am continuat să mănânc fulgi de cereale dintr-un castron. Fuma şi rânjea că încercam să mă prefac că nu ar fi de faţă.

Era doar ora patru după-amiaza şi el deja se clătina de beat.

— Eşti surd, băiete?

A venit spre mine şi mi-a tras un dos de palmă peste creştet, iar apoi m-a plesnit mai tare. Am tremurat la atingerea lui, dar am continuat să-l ignor. Kellan ştia cât de urât poate să facă tata, aşa încât îmi spusese că era mai bine să nu răspund. Ce norocos era Kellan că avea alt tată. Mi-aş fi dorit şi eu asta.

Abia așteptam să ajungă mama acasă. Era plecată de câteva zile, dar când mă sunase weekendul trecut a zis că vine în curând. Îmi doream să plece tata și să nu se mai întoarcă niciodată.

Când mi-a atins în treacăt umărul, am tresărit iar și am răsturnat castronul pe care îl țineam. A râs răutăcios, mulțumit de neliniștea mea. A înălțat brațul și m-a pocnit peste ureche.

— Strânge mizeria asta. Și ce naiba te-a apucat să mănânci cereale în toiul după-amiezii?

Mi-era foame și doar asta aveam, dar nu i-am putut spune. Nu puteam să-i spun nimic.

M-am ridicat și, tremurând, m-am apucat să pun înapoi în castron fulgii căzuți pe jos. Tata a început să fluiere o melodie din desenele animate de pe ecran, iar mie îmi bubuia inima de frică.

— Grăbește-te dracului, puștiule. Adună tot. Faci mizerie în casa mea de parcă n-ai deloc bun-simț!

Mi s-au umplut ochii de lacrimi și uram în sinea mea că mă afecta purtarea lui. Ar fi trebuit să fiu mai rezistent la 11 ani, mă simțeam slab.

— Strânge. A-du-nă!

N-am mai putut să îndur furia lui de om beat și nemulțumirea pe care o avea permanent față de mine. Am luat castronul și l-am aruncat spre el. I-a trecut pe lângă cap și s-a lovit de perete, spărgându-se în zeci de bucăți.

— Te urăsc! i-am urlat printre dinți, cu lacrimi fierbinți șiroindu-mi pe obraji. Vreau să vină mama. Te urăsc!

A făcut ochii mari și m-am panicat, regretând izbucnirea avută. Kellan ar fi fost așa dezamăgit. N-ar fi trebuit să ripostez, nici să reacționez în vreun fel. Ar fi trebuit să mă închid în dormitor, ca de obicei.

Dar de acolo nu puteam urmări desenele animate.

Voiam doar să fiu copil, măcar pentru o zi.

Tata a venit spre mine și m-a înșfăcat de braț.

— Faci pe deșteptu', da?

M-a smucit spre mijlocul camerei, făcându-mă să mă împiedic de propriile picioare.

— Vrei să spargi chestii?!

M-a târât prin bucătărie, unde a deschis dulapul de sub chiuvetă.

— Nu, îmi pare rău, tată! Îmi cer scuze! plângeam, vrând să scap din mâna lui.

A rânjit și m-a împins înăuntru. A luat cutia de cereale și mi-a golit-o deasupra capului, spunând:

— Uite-ți afurisitele de cereale!

Când a închis ușa dulapului, m-am străduit cât am putut să o deschid, dar n-am reușit. Pusese ceva greu în ea ca s-o blocheze.

— Te rog, tată, îmi pare rău. Nu mă lăsa, te rog, am plâns eu.

Îmi pare rău, îmi spuneam în gând.

Dar nu mă asculta și, după un timp, n-am mai auzit nici zgomot de pași.

Nu știu cât a trecut de când eram închis, dar am adormit în două rânduri și m-am scăpat pe mine. Când m-a găsit mama, părea drogată și, scuturând din cap, s-a arătat dezamăgită de mine.

— Of, Logan, a oftat, și-a trecut mâna prin păr și și-a aprins o țigară. Ce-ai mai făcut de data asta?

CAPITOLUL 28

Alyssa

— Ai idee cât de tare mă derutezi, Logan? am întrebat cu brațele încrucișate la piept, dând cu ochii de el pe verandă, îmbrăcat în blugi închiși la culoare și un tricou negru.

M-a luat frigul de la aerul răcoros care a suflat spre mine, mai ales că eram într-un tricou larg și niște șosete până la genunchi. Stătea cu spatele la mine, s-a dus spre capătul verandei și s-a prins cu mâna de balustradă. Privea în gol. Avea brațele musculoase și îi vedeam fiecare fibră, așa încordat cum stătea. Când eram mai tineri, era frumos, dar nu solid. Acum arăta ca un zeu grec, lucru care îmi dădea fiori de plăcere doar privindu-l.

— Știu, doar că... nu știam unde să mă duc.

S-a întors spre mine și m-am înfiorat văzându-i ochiul învinețit. M-am dus repede la el și i-am atins încet rana, făcându-l să se strâmbe.

— Taică-tu?

Am confirmat din cap.

Dacă apar așa la Kellan, o să se enerveze.

Of, Lo... am zis în sinea mea.

— Ești bine? Mama ta e bine? am întrebat și apoi am tăcut.

Parcă mă întorsesem în timp, retrăind aceleași întâmplări. Aș fi vrut să nu avem o astfel de amintire, și încă atât de clar în minte.

— Nu e în regulă, dar este bine.

Déjà-vu.

— Vino înăuntru, l-am poftit, luându-l de mână.

A scuturat din cap și s-a desprins de mine.

— M-ai întrebat ceva ultima oară când am vorbit și nu ți-am răspuns.

— Ce?

— M-ai întrebat dacă mă gândesc la copil.

S-a frecat la ceafă și a continuat:

— Mă gândesc cum, la finalul verii, el sau ea ar fi început grădiniţa. Mă gândesc că poate ar fi avut râsul şi ochii tăi. Mă gândesc cum aş vedea copilul mestecându-şi probabil gulerul de la tricou şi sughiţând când are emoţii. Sau cum i-ar bate inima. Cum te-ar iubi. Cum ar merge, ar vorbi, ar zâmbi, s-ar încrunta. Mă gândesc la copil, fie că era băiat, fie fată, mai mult decât aş vrea. După care...

Şi-a dres glasul şi a adăugat:

— Apoi mă gândesc la tine. La zâmbetul tău. Cum şi tu îţi rozi gulerul tricoului când eşti nervoasă sau intimidată. Cum sughiţi de trei ori, dacă ai emoţii, şi că de fiecare dată când te apostrofează maică-ta, mă deranjează. Mă gândesc ce faci când e furtună noaptea şi dacă uneori, oricât de puţin, te mai gândeşti la mine.

— Lo - am oftat. Vino înăuntru.

— Nu mă chema înăuntru, a murmurat ca pentru sine.

— Poftim?

— Am zis, nu mă invita să intru.

— Nu vrei să vorbim?

— Nu.

Mi-a prins privirea şi a continuat:

— Nu, nu vreau *să vorbim*. Vreau să uit. Vreau să-mi conving mintea să nu-şi mai amintească toate tâmpeniile. Vreau să... High...

A rămas fără aer şi cuvintele i s-au stins. Tremuratul din glas ar fi trecut neobservat de cineva care nu îl cunoştea pe Logan. Însă eu l-am auzit, îl ştiam, iar îi rătăcea mintea în zonele acelea întunecate. S-a apropiat de mine şi am rămas nemişcată. Îl voiam mai aproape. Îmi era dor să-l ştiu aşa apropiat de mine. Şi-a lipit mâna de obrazul meu şi am închis ochii la atingerea lui blândă.

— Vreau să vorbesc cu tine, dar nu pot. Pentru că ne-am întoarce la cum eram cu ani în urmă şi nu pot, Alyssa. Nu pot să mă îndrăgostesc iar de tine. Nu pot să te rănesc iar.

Mi-a tresărit inima.

— De asta erai aşa răutăcios cu mine?

A aprobat lent din cap.

— Logan, putem fi doar prieteni. Nu trebuie să fim într-o relaţie. Hai înăuntru să vorbim.

— Nu pot să fiu doar prieten cu tine. Nu vreau să vorbim, pentru că, dacă vorbesc, sufăr. Și nu mai vreau să sufăr. Dar... nici nu pot sta departe de tine. Încerc, dar nu pot. Te vreau, High.

Vorbele lui mi-au făcut pielea ca de găină și mi-au încețoșat mintea.

— Vreau să-mi trec mâinile prin părul tău, a șoptit, dându-mi părul pe după ureche. Vreau să-mi trec limba peste gâtul tău. Vreau să te simt.

Mi-a trecut mâna peste obraz și a zis:

— Vreau să te gust.

Mi-a lins ușor curba gâtului și a reluat:

— Vreau să-ţi sug pielea.

Buzele lui mi-au cuprins lobul urechii și a început să mi-l sugă ușor.

A oftat, trăgându-mă mai aproape:

— Vreau să... Te vreau, Alyssa. Te vreau mult. Te doresc așa de tare și de intens, încât nu mă mai gândesc la altceva. Așa că, te rog, pentru a evita alte confuzii între noi, nu mă invita înăuntru, a murmurat în urechea mea, atingând din nou lobul urechii cu limba ușor.

Inima îmi bătea nebunește și m-am dat câţiva pași în spate până m-am lipit de zidul casei. El s-a apropiat mai mult, încadrându-mă cu braţele de o parte și de alta. Când mi-a prins privirea, i s-au dilatat pupilele, a lui exprimând nevoie, dorinţă, speranţă? Sau poate era propria mea speranţă, pentru care mă rugasem s-o mai recunosc în ochii lui. Îmi fremătau coapsele, mintea îmi era vraiște. O parte din mine se întreba dacă nu cumva visez, în vreme ce unei părţi mai mari din mine nu-i păsa. Voiam acest vis. Îmi era dor de acest vis. De cinci ani tânjeam după acest vis. Voiam să-i simt corpul lipit de al meu. Să simt cât de mult îi lipsisem. Voiam să mă întind spre el și să-l sărut.

Voiam să-l ating...

Să-l gust...

Să-i sug pielea.

Lo...

— Logan, am murmurat, neputând să-mi iau privirea de la gura lui care aproape îmi atingea buzele.

Și-a apropiat corpul superb de mine și mi-a ridicat bărbia, astfel încât să ne uităm fiecare în ochii celuilalt. Buzele lui îmi aminteau de vara în care ne sărutam întruna. Îmi aminteau că fusese primul băiat pe care îl iubisem, primul și singurul care reușise să-mi frângă inima.

— Ești trist în seara asta.

Mi-am lăsat capul într-o parte și l-am studiat în amănunt: părul, gura, linia maxilarului, sufletul, umbrele întunecate care i se ghiceau mereu în adâncul privirii. Răsufla greu și neregulat, ca și mine.

— Sunt trist în seara asta, a confirmat. Sunt trist în fiecare seară, Alyssa, n-am vrut să te rănesc atunci când nu ți-am răspuns la telefon.

— Nu mai contează, a fost demult, eram copii.

— Nu mai sunt băiatul de atunci, Alyssa. Îţi jur că m-am schimbat.

Am aprobat din cap.

— Știu, nici eu nu mai sunt fata de atunci.

Dar ceva din sufletul meu își mai amintea de noi, cei de pe vremuri. O fărâmă din sufletul meu încă simţea focul pe care eu și Logan începusem să-l înteţim cu mulţi ani în urmă. Și uneori, în momentele liniştite din amurg, zău că încă îi simţeam căldura.

— De aceea vreau să vii înăuntru în seara asta. Pentru că și eu sunt tristă. Fără obligaţii, fără promisiuni. Doar câteva momente de uitare împreună.

Degetele lui au început să-mi ridice tricoul și mi s-au închis ochii de la plăcerea pe care mi-a dat-o acel simplu gest. Am oftat ușor când și-a trecut degetul mare peste materialul lenjeriei mele intime, apoi a apăsat mai tare, trecându-l în sus și în jos. Limba îi dansa pe lobul urechii mele, apoi mi-a sărutat urechea. M-a apucat cu mâna dreaptă de fesieri, iar cu stânga mi-a dat într-o parte chilotul, făcându-și loc să-și strecoare adânc un deget în interior.

Un deget.

Două degete.

Trei degete...

Gâfâitul meu a devenit mai profund, nevoia, mai puternică. Șoldurile mi s-au arcuit înspre el, dorind să-i simt duritatea în mine. Mă frecam de degetele lui, parcă implorând după atingerea care îmi lipsise așa mult.

— Hai înăuntru, am zis, gemând în surdină, trăgându-l spre mine, vrându-l mai aproape.

— Nu mă invita înăuntru.

Degetele lui și-au adâncit căutarea, iar mie mi s-a accelerat ritmul inimii. Simțeam totul în acele momente, toate temerile, toate dorințele, toate nevoile.

Să simt.

Să gust.

Să sug.

Oh, Doamne, Logan...

— Hai înăuntru, i-am ordonat, înfășurându-i talia cu un picior.

— Nu, High.

— Ba da, Lo.

— Dacă vin înăuntru, n-o să fiu blând, a spus convins. Dacă intru, nu vorbim despre nimic. Nu pomenim despre trecut, nu discutăm prezentul și nu vorbim despre zilele de mâine. Dacă vin în casă, ți-o trag. Ți-o dau tare, sălbatic, ca să-mi blochez gândurile, iar tu, la rândul tău, ca să ți le amuțești pe ale tale. După care plec.

— Logan.

— Alyssa.

— Lo...

— High...

Am clipit o singură dată și, când am redeschis ochii, mi-am promis în sinea mea că nu-mi voi mai lua niciodată privirea de la el.

— Hai înăuntru!

***

N-am reușit să înaintăm mai mult de pianul din living. Când mi-a găsit gura, m-a sărutat cum nu mai fusesem sărutată până atunci. Dur, tare, urât şi trist. *Atât de al naibii de trist!* Focul din pieptul meu ardea şi mai tare când i-am răspuns mai aprins la sărut, dorindu-l mai mult decât m-ar fi putut dori el vreodată pe mine. Ne-am smuls hainele, fiecare celuilalt, ştiind că era un moment de respiro al vieţii. Era şansa noastră să ne amuţim vuietul minţilor şi să ne anulăm unul altuia tristeţea făcând sex. M-a cuprins în braţe şi m-a ridicat, lipindu-mi spatele de pian.

Mi-a luat mâna şi a trecut-o peste profilul lui dur din pantaloni. L-am mângâiat în timp ce mă pătrundea cu degetul, privindu-ne ochi în ochi.

Să simt.

Să gust.

Să sug.

Da...

A scos un prezervativ din buzunar şi l-a pus, după care mi-a desfăcut mai mult genunchii. Când m-a pătruns, am strigat de extaz, de plăcere în cele mai profunde forme de durere. Îşi vâra degetele în pielea mea, pe măsură ce ale mele se încleştau în spinarea lui. Îl ţineam tot mai strâns îmbrăţişat cu fiecare împingere a lui în mine, făcându-mi corpul să tremure sub greutatea corpului său. Ne legănam pe clapele de pian, care scotea nişte sunete în armonie cu nevoile, dorinţele, confuzia şi temerile noastre. La fiecare mişcare de du-te-vino, îl imploram să nu se oprească. Eram terminaţi, atât de stresaţi de existenţele pe care le duceam. Însă în seara asta am făcut dragoste cu cioburile noastre.

A fost intens, sacru şi sfâşietor.

Am avut momente de suişuri şi coborâşuri.

Ah, Doamne! Părea aşa de greşit şi totuşi mereu aşa de potrivit.

Îi dusesem dorul.

Îmi fusese dor de noi. Îmi fusese așa tare dor de noi.
Când a plecat, n-a spus niciun cuvânt.
Când a plecat, am sperat că va reveni a doua zi.

CAPITOLUL 29

Logan

Găteam de la vârsta de cinci ani. Mama mă lăsa de multe ori acasă doar cu o supă la conservă, așa încât a trebuit să învăț singur să folosesc un desfăcător de conserve și să aprind aragazul, ca s-o încălzesc. Când am făcut nouă ani, îmi făceam pizza de dimensiuni mici, de o persoană ca mine, cu aluat de casă, folosind ketchup și acoperindu-l cu felii de brânză Kraft. Deja la 13 ani știam să pregătesc pui întreg, umplut sau prăjit.

Așa încât era derutant faptul că Jacob stătea în fața mea încruntat. Ne așezaserăm într-un separeu la localul lui Bro's Bar & Grill și îi adusesem o porție de risotto cu cârnați și ciuperci. Restaurantul era încă închis și era a doua oară când îmi cerea să-i servesc un antreu.

— Hmm, a murmurat, luând o îmbucătură mare de risotto cu lingura.

L-am urmărit cum mestecă încet, fără să trădeze vreo emoție, în timp ce analiza decizia dacă felul meu de a găti se potrivea cu restaurantul lui.

— Nu, a comentat sec: Nu-i ceea ce caut.

— Glumești? am ripostat uimit și insultat. Cu preparatul ăsta am absolvit institutul culinar. A fost testarea finală.

— Păi, atunci profesorii te-au menajat. Nu știu cum se procedează în Iowa, dar aici, în Wisconsin, ne place să aibă gust bun mâncarea.

— Du-te naibii, Jacob.

A zâmbit:

— Mai pregătește-mi altceva săptămâna viitoare. Vedem cum merge.

— N-am de gând să-ți mai aduc nimic dacă doar le respingi. E ridicol. Pot să pregătesc ce e în meniu, doar angajează-mă.

— Logan, te iubesc. Serios! Dar nu. Am nevoie să gătești din inimă.

— Gătesc cu mâinile!

— Dar n-ai pus deloc suflet. Revino când te regăsești.

Am făcut un gest din degete în aer, ca să-l pun la punct.

El a râs iar și a adăugat:

— Și nu uita să-mi dai rețeta pentru masca de păr.

***

— Cum ți-a fost până acum în oraș? m-a întrebat Kellan la clinică, unde venise să facă a treia serie de chimioterapie.

Detestam locul, pentru că îmi amintea cât de reală e boala lui, dar încercam să-mi ascund temerile. Avea nevoie să fiu fratele care îl susține, nu o fire slabă, cum mi se părea că încep să fiu.

Îmi era greu să văd cum asistentele îi băgau tot felul de perfuzii. Simțeam că mor când îl vedeam strâmbându-se de durere uneori, dar încercam să mă comport normal.

— E în regulă, dar Jacob este un nesimțit. A zis că trebuie să perfecționez trei preparate înainte de a mă angaja la restaurant.

— Mi se pare corect, a spus Kellan.

A dat ochii peste cap.

— Sunt un bucătar grozav, știi doar!

— Da, dar Jacob nu știe. Mai fă de probă acasă câteva mâncăruri, nu-i mare lucru.

Avea dreptate, nu era ceva exagerat, dar tot mă deranja să știu că Jacob îmi oferise slujba când abia ajunsesem, dar acum îmi punea limite.

— Cum a fost s-o vezi pe Alyssa? a întrebat închizând ochii. Sigur a fost ciudat.

— Te referi, s-o văd îmbrăcată sau dezbrăcată?

A deschis ochii șocat.

— Nu! *Te culci cu Alyssa?* a comentat, jumătate în șoaptă, jumătate răstit.

Am strâns din dinți și am ridicat din umeri.

— Definește „te culci".

— Logan!

— Ce?!

— De ce? De ce te culci cu Alyssa? E o idee îngrozitoare. Este o idee oribilă, cu totul ieşită din comun. Parcă plănuisem să o eviţi pe cât posibil, ca să nu repeţi trecutul. Doamne! Serios, te-ai culcat cu ea? Cum s-a întâmplat aşa ceva?

— Păi, când două persoane se dezbracă... am început să rânjesc.

— Taci! Făceam sex încă de pe vremea când tu mai purtai chiloţi cu desene cu supereroi. Cum s-a petrecut între voi?

Nu puteam să-i spun că m-am dus la ea când eram distrus emoţional, pentru că s-ar fi simţit rău că nu sunt rezistent. Dar nici nu voiam să mint, aşa că i-am spus adevărul.

— Mereu îmi dă senzaţia de acasă.

A rânjit romantic.

— După atât timp, după câte au fost între voi, tot mai rămâne sentimentul, nu?

— E doar sex, Kellan. Şi a fost doar o dată, fără obligaţii sau promisiuni. Doar ca să ne destindem.

— Nu. Între voi doi n-a fost niciodată „doar sex". Ca să fie clar, mi-aţi plăcut mereu împreună. Erikăi nu-i convenea, dar eu vă adoram.

— Că veni vorba de Erika, hai să nu-i spunem. S-ar enerva.

— Să mă enervez în legătură cu ce? am auzit-o pe Erika, intrând în salonul de spital cu o cafea într-o mână şi un manual în cealaltă.

Avea cursuri de seară la masterat şi, când nu avea grijă de Kellan, stătea cu nasul în cărţi. Uneori, chiar şi în timp ce făcea treburile casnice.

— Am spart fără să vreau o farfurioară la tine acasă, am minţit.

A ridicat privirea din carte.

— Poftim?!

— Am greşit.

A început să mă întrebe de fiecare amănunt al incidentului care, de fapt, nu avusese loc, iar Kellan a rânjit la mine, apoi a închis ochii, aşteptând să se termine tratamentul.

***

La 32 de ore după ce făcuse chimioterapie, Kellan era hotărât să cânte la bar. Eu şi Erika am încercat să-l facem să se răzgândească, dar a refuzat, spunându-ne că nu îşi poate abandona visul. De acum purta în permanenţă o şapcă neagră, pentru că nu voia să se vadă că-i căzuse părul, dar ştiam, chiar dacă nu vorbeam deloc despre asta.

Mergând din casă până la maşină, gâfâia aşa greu, doar câţiva paşi erau foarte obositori pentru el. Asta m-a îngrijorat foarte tare.

— Vedeţi? a inspirat adânc, apoi a expirat. Sunt bine.

Erika l-a ajutat să se instaleze pe scaunul de lângă şofer. Apoi s-a strâmbat puţin, înainte de a-i zâmbi forţat.

— Te descurci nemaipomenit. Abia aştept să-şi facă efectul chimioterapia în câteva săptămâni, pentru că ştiu că aşa va fi, aşa simt. Şi îmi place că ne ducem vieţile normal, că încă mai cânţi la chitară. Rutina e importantă, au spus doctorii. E în regulă, e bine.

Erika repeta întruna aceste vorbe şi am întins o mână de susţinere pe locul lui Kellan.

L-am văzut în oglinda retrovizoare zâmbind firav.

Am parcurs doar câteva străzi până a trebuit să tragem pe dreapta. Kellan aproape a sărit din scaun dându-se jos să verse, la marginea drumului. Eu şi Erika ne-am grăbit să-l ţinem ca să nu cadă.

Cancerul devenea tot mai real cu fiecare zi.

Uram asta.

Uram tot ce era legat de acest diagnostic dezgustător. Cum îi afecta pe unii dintre cei mai puternici oameni din lume şi-i forţa să devină slabi. Cum nu doar că-i îmbolnăvea pe cei dragi nouă, dar le sugea viaţa din ei.

Dac-ar exista o pastilă magică în stare să-i ia toată durerea şi să mi-o transfere mie, aş lua-o în fiecare zi.

Fratele meu nu merita să treacă prin chinul ăsta.

Nicio ființă umană, de fapt.

Nici celui mai mare dușman de-al meu nu i-aș fi dorit să se îmbolnăvească de cancer.

L-am urcat în mașină și am mers direct acasă, știind că în starea în care era nu avea cum să mai urce pe scenă. Ajunși acasă, eu și Erika l-am ajutat să meargă până în dormitor.

— Sunt bine, a zis el extenuat. Vreau doar să dorm puțin. Ar fi trebuit să programez concertul mai târziu după tratament, am greșit prostește.

— Dacă ai nevoie de ceva, sunt în living, mă apuc să învăț. Bine, iubitule? i-a spus Erika, ajutându-l să se întindă și învelindu-l.

L-a sărutat pe vârful nasului, iar el a închis ochii.

— Bine.

A plecat din dormitor, iar eu am mai rămas, urmărindu-i ritmul respirației. Arăta așa slăbit la corp, că mi se făcea rău.

Cum să te vindec? Ce pot face să îndrept situația?

De parcă mi-ar fi citit gândurile, a spus:

— Sunt ok, Logan.

— Știu... Doar că mă îngrijorezi, asta-i tot.

— Nu mai pierde vremea. Pentru că sunt bine.

Am ridicat din umărul stâng. *Te iubesc, frate.*

Iar el a făcut la fel din umărul drept, ca și când m-ar fi văzut chiar și cu ochii închiși.

— Ies puțin la aer. Pune-o pe Erika să mă sune, dacă ai nevoie de ceva.

— Te duci după prăjiturici? Sau puțin zgâlțâit? Pentru niște activități de adult, cu o fată pe nume Alyssa? m-a tachinat el.

— Kellan, taci din gură, am râs.

Dar, da, exact acolo mă duceam.

CAPITOLUL 30

Alyssa

Prima dată când s-a prezentat pe veranda mea, și-a trecut mâna prin păr și mi-a zis să nu-l chem înăuntru. Apoi a venit a doua zi... și următoarea. Voiam să știu ce fel de gânduri îi treceau prin cap zilnic. La ce visa cu ochii deschiși și cum arătau coșmarurile lui. Dar, din moment ce nu vorbeam, trebuia să folosesc limbajul corporal, ca să îmi dau seama. Când era nervos pe părinții lui, era dur. Când suferea legat de starea lui Kellan, lâncezea mai mult în brațele mele.

M-am dat în stânga ușii, iar el a intrat în casă.

De data asta, n-am reușit să trecem de vestibul. Mi-a smuls hainele și eu am tras de ale lui. M-a ridicat, rezemându-mă de ușa închisă, trăgându-mă de păr, în timp ce mâinile mi se încleștau în părul lui. I-am înlănțuit ușor talia cu picioarele și nu m-a avertizat când m-a pătruns. Șocul mi-a dat fiori prin tot corpul, făcându-mă să-i spun numele printre gemete, în timp ce mă penetra, mai tare de la o împingere la următoarea. Mă ținea cu o mână de spate, în timp ce cu cealaltă îmi strângea sânii, continuând ritmul sacadat.

Să simt.

Să gust.

Să sug.

Să ne-o tragem...

Deveniserăm treptat dependenți ca el să vină la mine și să-l poftesc în casă. Pasiunea era drogul nostru și eram dependenți de euforia pe care ne-o dădea. Îi strigam tare numele, în timp ce el îl icnea pe al meu. Împingeam și gâfâiam, ne încleștam și suspinam. Ne-a revenit la normal suflul când m-a lăsat cu tălpile pe pământ, însă de data asta, în loc să plece, s-a îndreptat spre living.

— Ce faci? am întrebat, văzându-l că se duce spre dormitorul meu.

— Îmbracă-te.
— Cum? De ce?
— Ca să-ţi scot iar hainele de pe tine.

CAPITOLUL 31

Logan

High a mea minunată...
Cea mai puternică euforie a mea...

CAPITOLUL 32

Alyssa

Lo al meu...
Cea mai dureroasă slăbiciune a mea...

CAPITOLUL 33

Logan

— Nu-i acasă, mi-a spus o voce blândă.

Eram acolo de câteva minute, băteam la ușă și așteptam să mă bage în casă, dar nu răspundea nimeni.

— În seara asta lucrează la Red's, e un piano bar. Cântă acolo toată săptămâna.

— Ah, bine, mulțumesc.

Vocea era a unei femei de vreo 70 de ani, cu păr lung, gri-argintiu. Stătea pe un balansoar pe veranda vecină, citind un roman, în timp ce fredona încet o melodie doar de ea știută. Când am coborât treptele din fața casei Alyssei, femeia mi-a vorbit din nou.

— Și ce treabă aveai cu Aly, mă rog?

— Poftim?

— Vino aici, mi-a cerut ea, făcându-mi semn să mă apropii și închizând cartea.

M-am îndreptat spre veranda ei și m-am așezat pe un scaun de alături.

— Mă numesc Lori și o știu de mulți ani pe fata care locuiește lângă mine. Am servit împreună mai multe clătite decât cu oricine altcineva cu care am mai lucrat. Este curtată zilnic de mulți tipi, dar nici nu se uită la ei. Dar apoi apare în oraș un băiat misterios și-și pierde mințile. Care-i treaba cu tine?

— Am fost cândva foarte apropiați. Acum cinci ani.

— Ah, tu ești Logan, a murmurat ea. Băiatul din cutie.

— Cum?

— Sub patul ei este o cutie. Numai tu ești acolo, amintiri, suveniruri. Singurul băiat de care nu se poate dezbăra, se pare.

Și-a dus mâna la pandantivul de la gât și a mai spus:

— Știu cum e.

— Sunt convins că i-a trecut ce-am avut cu ani în urmă. Așa mi-a zis.

Lori a ridicat o sprânceană și a lăsat capul într-o parte.

— Bărbații sunt proști.

Am râs.

— E un tip, Dan. Tare chipeș. De câțiva ani vine săptămânal la local, încercând s-o convingă să iasă cu el în oraș și am văzut-o refuzându-l azi în mod public. Știu că a făcut-o din cauza sentimentelor pentru tine.

Nu știam cum să răspund, așa că am tăcut, iar Lori a continuat:

— Ca să clarific situația, ea nu e un drog. Nu e drogul *tău*, tinere.

Am ridicat o sprânceană și mi-a apărut un mic zâmbet pe buze.

— Crezi că dacă ai dispărut ani întregi, Alyssa n-a mai pomenit de tine din când în când? Mi-a spus despre trecutul tău cu droguri și cum te-ai dezintoxicat, ceea ce e foarte bine. Însă, dragule, nu poți să te întorci și s-o folosești în felul ăsta. Nu e ceva cu care îți umpli simțurile ca să uiți de ce ai în jur. Este o fată dulce, iubitoare, care e încă înnebunită după un băiat. Iar ce faci tu este egoist. Și ce face ea e egoist. Știi, n-o să te oprești din consumat, iar ea din oferit. Sunteți amândoi dependenți. Amândoi vă aprindeți unul pe altul, de parcă nu simțiți arsura. Dacă îți pasă de ea, oprește-te în acest moment. Dacă ții cât de cât la inima ei, o să te abții să nu i-o mai frângi. Ce faceți s-ar putea să vă pară doar joacă și distracție, dar pentru ea e mai mult. Este tot ce a visat în ultimii ani. Dacă ajungi să-i frângi inima prietenei mele, o să-ți rup degetele unul câte unul.

M-a pufnit iar râsul, dar de data asta, privirea severă a lui Lori m-a făcut să mă opresc. Am simțit că mi se pune un nod în gât.

— OK.

— Deocamdată ar trebui să te duci acasă, a punctat ea, deschizând cartea din nou. S-a anunțat o furtună mare în zona noastră peste câteva ore.

M-am uitat în sus, pe cer nişte nori întunecaţi acopereau luna. M-am ridicat în picioare, cu mâinile băgate iar în buzunare, i-am mulţumit lui Lori pentru discuţie.

***

A doua zi, Kellan mi-a cerut să merg cu el și cu Erika la programarea cu terapeutul și nu aveam cum să refuz. Aş fi făcut orice mi-ar fi cerut. Singurul terapeut cu care mai vorbisem vreodată era cel de la Clinica de Reabilitare și Sănătate St. Michael, unde fusesem. Aveam şedinţe individuale și de grup, unde ne puneau să colorăm sau aveam alte activităţi. La început nu mi-a plăcut, dar după o vreme am văzut că îmi face bine. Apoi, uneori, din nou nu mi-a plăcut.

Stăteam în cabinetul dr. Yang cu fratele meu și cu logodnica lui și simţeam cum se adună tensiune. Înainte să plecăm de acasă, Kellan și Erika se ciondăniseră despre niște chestii minore - tubul de pastă de dinţi lăsat pe etajera de la baie, cafeaua nebăută, cărţile de școală ale Erikăi împrăștiate pe masa din living. Nu-i mai văzusem certându-se până atunci, așa că era puţin ciudat.

— Îţi mulţumesc că ni te-ai alăturat azi, Logan. Știu că înseamnă mult pentru fratele tău prezenţa ta aici.

— Da, desigur, l-am bătut ușor pe picior pe Kellan, care mi-a zâmbit forţat. Fac orice pentru el.

Dr. Yang a aprobat din cap, încântat.

— Cred că este important să verificăm din când în când cum stau lucrurile. Știu că mi-a pomenit Erika despre mutarea ta la ei, ceea ce mi se pare grozav pentru Kellan. Mereu ajută să ai familia prin preajmă. Așadar, hai să trecem în revistă cum vă simţiţi fiecare. Kellan, începe tu.

— Sunt bine.

— A început să-și piardă puţin pofta de mâncare, a intervenit Erika. Și pare cam nervos în ultima vreme.

— E normal, ţinând cont de situaţie, a asigurat-o dr. Yang.

— Nu sunt nervos, a izbucnit Kellan.

Erika s-a încruntat:

— Te-ai răstit la mine ieri, Kellan.

— Pentru că îmi luai temperatura la ora trei dimineaţa, în timp ce dormeam.

— Mi s-a părut că eşti rece, a şoptit ea.

— Tu cum eşti, Erika? Ştiu că am vorbit despre felul în care gestionezi stresul spărgând uneori obiecte...

— Da, dar sunt mult mai bine.

Kellan a râs.

— Scuze? E ceva de râs? s-a uitat Erika la el, ridicând o sprânceană.

— Avem şapte veioze noi în dulap pentru că s-a spart una. Îţi pierzi minţile!

Oau, asta a sunat dur, m-am gândit.

Am văzut cum i se înroşesc obrajii Erikăi de jenă, în timp ce lăsa privirea în jos, spre pantofi.

Dr. Yang şi-a notat ceva în carnet, apoi s-a întors spre mine.

— Dar tu cum eşti, Logan? Crezi că Erika gestionează în cel mai bun mod posibil boala lui Kellan?

Erika a pufnit.

— Sigur! Ca şi când un dependent de droguri m-ar putea judeca pe mine!

Şi asta a fost dur, mi-a trecut prin gând.

Mi-am îndreptat spatele, uitându-mă la Kellan şi la Erika, înainte de a răspunde. Amândoi păreau epuizaţi, la fel ca mama. Kellan strângea cu degetele marginile scaunului, iar Erika abia se abţinea să nu plângă.

Mi-am dres glasul:

— Dacă mi se pare ciudat că Erika are mici crize când sparge obiecte şi cumpără altele noi? Da, aşa mi se pare. Dacă sunt de părere că judecă oamenii pentru că nu sunt sau nu gândesc exact ca ea? Absolut, aşa face!

Simţeam cum mă săgeta din priviri, dar am continuat să vorbesc:

— Însă îl iubește. Face curat după mine. Țipă legat de asta, dar face. Pentru că se străduiește din răsputeri să-l facă să se simtă confortabil. Poate că nu reacționează cum aș vrea eu sau Kellan, poate că nici varianta ei nu-i cea mai bună soluție. Dar face tot ce poate. Se trezește în fiecare dimineață și își dă silința. Nu știu dacă eu am făcut tot posibilul vreodată...

M-am uitat în treacăt la brățara de la mână și am reluat:

— Dar mă străduiesc. Pentru ei doi, mă străduiesc cât pot. Asta e singura variantă pe care o avem. Când am fost la clinica de reabilitare din Iowa, fiecare încăpere avea pe pereți citate din Ram Dass. În holul de la intrare era unul care spunea: „Ne conducem cu toții unul pe altul spre casă". Nu i-am înțeles realmente sensul până acum. Pentru că, în fond, toți rătăcim. Toți avem fisuri, cicatrici, suntem defecți. Cu toții încercăm efectiv să înțelegem chestia asta numită viață, nu? Uneori ne simțim atât de singuri, dar apoi îți amintești de esența tribului tău. Cei care te urăsc uneori, dar nu încetează să te iubească. Sunt cei care te susțin, indiferent de câte ori ai ratat și i-ai îndepărtat. Sunt tribul tău. Ei și chinurile lor sunt tribul meu. Așa că, da, o cam luăm razna, dar rămânem împreună. Ne ridicăm împreună. După care, când se va încheia toată treaba, toată suferința și lacrimile, o luăm ușor de la capăt. O să răsuflăm încet și o să ne conducem fiecare acasă.

***

După întâlnirea cu terapeutul, Kellan și Erika s-au dus acasă ca să se odihnească, iar eu am rămas în oraș să mă plimb toată ziua, până s-a făcut seară și m-am trezit în fața localului Red's cu piano bar. La intrare, afară, era o tablă pe care stătea scris cu cretă numele Alyssei, ca fiind interpreta din acea seară și m-a cuprins un val de mândrie. *Chiar face asta! Și-a văzut visul, face ce-i place.*

M-am așezat în spate, ca să nu mă vadă. Era la pian, degetele ei parcurgeau clapele, umplând barul cu o melodie frumoasă, la care asistau prea puţine persoane. Am ascultat atent fiecare cântec, amintindu-mi cât de talentată era Alyssa.

Când a ajuns la ultimul cântec, s-a ridicat în picioare lângă suportul microfonului şi a vorbit încet.

— Închei fiecare spectacol cu acest cântec, deoarece înseamnă mult pentru mine. Versurile redau mult din sufletul meu şi îmi amintesc mereu de vremea când am iubit cândva un băiat... Şi, preţ de câteva răsuflări, câteva şoapte şi câteva clipe, cred că m-a iubit şi el. Urmează „Life support" al lui Sam Smith.

Mi s-a strâns inima şi m-am aşezat mai bine în scaun.

Degetele ei se mişcau ca într-un dans pe clape şi i-am urmărit corpul devenind una cu pianul. Era ca o operă de artă. Era uimitoare, desăvârşită şi mă uluia, nu credeam că poate atinge un nivel mai presus de atât.

Apoi s-a apucat să cânte cu vocea.

Versurile îi zburau cu atâta uşurinţă de pe buze. Cânta cu ochii închişi; se pierdea în cuvinte, în sunete, în ea însăşi şi în amintiri.

Era o onoare să asist la un aşa moment. Îi curgeau lacrimi din ochii închişi şi umerii i se legănau înainte şi înapoi în ritmul sunetelor pe care le interpreta. Artiştii au ceva aparte. Parcă simt altfel lucrurile, mai *intens.* Ei văd lumea în culori, pe când alţii o văd doar în alb şi negru.

Până să o cunosc pe Alyssa, şi lumea mea fusese în alb şi negru.

Paşii m-au purtat aproape de scenă, unde am rămas în picioare, ascultând cuvintele pe care obişnuiam să i le şoptesc la ureche când eram mai tineri. Era atât de frumoasă, de liberă când cânta. Se lăsa pradă acelui moment şi îi făcea şi pe cei din jur să se simtă liberi. Cât a cântat, am simţit o clipă că parcă pierdusem limitările vieţii. Eram liber alături de ea.

Ştiam că Lori era o amică bună, care încerca s-o protejeze pe Alyssa prin ceea ce-mi spusese, dar ce nu ştia ea era că pentru mine, Alyssa era perechea ideală. Era fata din inima mea. Chiar dacă mare parte din mine încerca să-și nege sentimentele pe care le avea față de ea, restul se chinuia în continuare disperat cu dorința, nevoia, dragostea pe care doar ea reușise să le creeze în sufletul meu.

Alyssa a încheiat cântecul, le-a mulțumit ascultătorilor, apoi s-a întors spre audiență. Nu mă mișcasem. Ochii ei frumoși mi-au prins privirea. A inspirat adânc și a tremurat puțin la expirare. A făcut câțiva pași timizi spre mine. Postați unul în fața celuilalt, întâi am zâmbit, apoi ne-am încruntat, oarecum.

— Bună, a zis ea.

— Hei, am răspuns.

Ne-am încruntat și am zâmbit.

— Pot să te conduc acasă? am întrebat.

— OK, a răspuns.

Încă ploua când am ieșit din local. Până acasă, am împărțit umbrela ei cu buline.

— Ai fost minunată, Alyssa. Mai bine ca orice altă reprezentație de-ale tale la care am asistat. De fapt, mai bine decât orice altă interpretare pe care am ascultat-o vreodată.

N-a spus nimic, însă colțurile buzelor i s-au ridicat într-un zâmbet.

Când am ajuns la verandă, a dat să mă invite înăuntru, dar am scuturat din cap.

— Nu mai pot.

I-am văzut expresia de dezamăgire în ochii albaștri, apoi jena i-a îmbujorat obrajii.

— A, da, nu-i mare lucru.

Mi-am dat seama că o răniseră vorbele mele simple.

Eram atât de obosit.

Fusese o zi lungă.

O viață lungă.

O viață lungă și istovitoare.

— Am recidivat, Alyssa.

Îmi frecam fruntea cu degetele. Privirea ei a căpătat brusc o notă de îngrijorare.

— Poftim? Ce s-a întâmplat? Cum? Cu ce?

Am coborât vocea și am ridicat din umeri.

— Cu tine.

— Poftim?

— M-am întors și lumea mea a fost iar zdruncinată. Am revenit în trecut, doar că de data asta e mai rău, pentru că fratele meu e bolnav și am apelat direct la cel mai tare drog, la cea mai mare stare de euforie ca să mă ajute să uit o vreme. Am recurs la tine. Ai fost mereu limanul meu de pace, High. Zona mea de evadare din toate rahaturile care mă înconjoară. Dar nu-i corect nici pentru tine, nici pentru mine. Vreau să mă vindec. Să pot fi în stare să fiu pe picioarele mele și să nu trebuiască să simt nevoia să uit, adică n-am voie să recidivez și nu mai putem continua așa. Nu putem continua să ne culcăm împreună, dar am nevoie de *tine*.

— Lo...

— Stai. Lasă-mă să spun asta, pentru că mi se învârte în minte de prea mult timp. Știu că nu mai sunt același băiat de atunci, dar mai am bucăți din el. Și știu că am zis că sexul nu înseamnă nimic, dar cred că știm amândoi că a însemnat foarte mult, de aceea nu o mai putem face. Dar am nevoie de tine. Am nevoie să îmi fii prietenă. Tot ce a fost în viața mea a fost greu. Totul m-a făcut să fiu dur, mai puțin tu și Kellan. Și știu că este egoist din partea mea să-ți cer asta acum. Este egoist, pentru că am nevoie să mă ridice cineva, în timp ce eu încerc să îl mențin pe fratele meu pe linia de plutire, dar am nevoie de tine. Am nevoie să îmi fii iar prietenă, dar atât, pentru că nu vreau să te rănesc iar. Nu pot să fiu cu tine, dar am nevoie de tine. *Am nevoie de tine.* Nu vom vorbi despre trecut. Nu ne vom face griji despre viitor. Vom fi doar noi, prieteni. Acum și aici, în momentul prezent. Ești ok cu asta? Pentru că îmi e dor să râd și cu tine am râs mereu. Îmi e dor să vorbim, iar cu tine puteam vorbi mereu. Îmi e dor de tine. Așadar, mă întreb, putem să fim iar prieteni?

S-a lipit de cadrul ușii, cumva căzută pe gânduri, apoi i-a fluturat un zâmbet pe buze:

— N-am încetat niciodată să fim prieteni, Logan. Suntem doar într-o pauză ciudată.

CAPITOLUL 34

Alyssa

Pe măsură ce tensiunile dintre mine şi Logan s-au liniştit în sfârşit şi am găsit o cale de mijloc spre o nouă prietenie, au început să apară probleme între Kellan şi Erika. Într-o noapte târziu, după o programare urâtă la doctor, cei doi s-au întors acasă certându-se. Eram pe canapea, pregăteam medicamentul lui Kellan pe care Erika mă rugase să-l iau de la farmacie. Eram la ei de câteva zile, doar ca să-i ajut cu nişte treburi. De fapt, îmi făceam griji pentru Kellan mai mult de cât arăţam.

— Nu m-asculţi! a strigat Kellan forţându-şi vocea.

— Ba da, te ascult. Îmi spui că nu vrei să te însori cu mine.

— Bineînţeles că vreau să mă însor cu tine, Erika. Dar nu are sens acum. Dacă mor, rămâi cu toate greutăţile, facturi şi toate alea...

— Nu-mi pasă!

— Mie, da.

— De ce te porţi aşa? a întrebat, apoi s-a întors spre mine: Alyssa, îi spui tu lui Kellan, te rog, cât de nerezonabil se poartă?

Am dat să zic ceva, dar a intervenit Kellan.

— Nu o băga pe soră-ta în asta!

Am tăcut. M-aş fi dus acasă, dar stăteau chiar în dreptul holului, blocându-mi calea. Aşa că m-am lăsat pe canapea, încercând să par invizibilă. Soră-mea a oftat tare.

— Hai să nu mai vorbim despre asta acum. Hai să ne calmăm. Mâine ai programare la chimioterapie, deci trebuie să ne odihnim înainte.

— Tu nu vii! a zis.

— Ce?

— Am spus că nu vii. Ai picat ultimul examen. N-ai mai învăţat la fel de mult ca înainte şi nu poţi să continui să rămâi în urmă. Merge Logan cu mine.

— De ce mă îndepărtezi?

Erika s-a răsucit iar spre mine, repetând:

— De ce mă îndepărtează?!

Din nou am dat să zic ceva și din nou Kellan a vorbit mai repede:

— Nu o mai implica și pe ea! Nu vii cu mine la chimioterapie, bine?!

— De ce nu?!

— Pentru că mă sufoci! a strigat el mai tare decât l-am auzit vreodată. Mă sufoci cu întrebări, pachete, pastile și cu afurisita de programare a nunții și nenorocitele tale de veioze! Nu pot să mai respir, Erika!

Și-a întins brațele iritat și a răsturnat o veioză de pe comodă. Când aceasta s-a spart, s-a făcut liniște în cameră. Ochii lui Kellan s-au umbrit de vinovăție când pe chipul Erikăi au început să curgă lacrimi. Kellan a coborât tonul și s-a apropiat de sora mea:

— Îmi pare rău, doar că...

Ea a ridicat din umeri.

— Știu.

Brusc a apărut Logan din baie, cu apa șiroind pe el și cu un prosop în jurul taliei. Din păr i se prelingea un fel de mască verde, vâscoasă, dar privirea îi era panicată.

— Ce se întâmplă?! s-a interesat agitat, aproape alunecând pe dâra de apă făcută de el.

Arăta așa grav, deși ridicol, totodată, încât toți trei am izbucnit într-un râs isteric.

— Ce naiba ai pe cap? am întrebat.

Derutat de criza noastră de râs, a mijit ochii.

— Este a treia zi de luni din lună. Este o mască din ou și avocado, pentru îndesirea firului de păr.

Am râs și mai tare, iar camera, care până atunci fusese dominată de furie și confuzie, redevenise veselă și ca un mediu de familie.

— Știi ce-ți trebuie? a spus Kellan, pupând-o ușor pe Erika pe obraz.

— Ce anume?

— Un moment de pauză cu muzică și dans.

— Ce este asta? am repetat eu și Logan la unison.

Ne-au ignorat amândoi.

— Kellan, nu. A fost o zi lungă, a refuzat Erika. Și, cum spuneai, trebuie să învăț...

— Ba nu, facem. Momentul de muzică și dans.

— Dar... a mormăit ea.

— Am cancer.

Erika a rămas cu gura căscată și l-a pocnit în braț.

— Tocmai mi-ai servit scuza bolii?

— Da, a zâmbit el.

Am așteptat ca Erika să țipe la el, să-i spună cum vorbele lui au rănit-o, dar a zâmbit și ea. Au schimbat priviri și mutre pe care doar ei le înțelegeau și ea a dat o dată din cap.

— Bine, un cântec, doar unul, Kellan.

Nu-l văzusem niciodată zâmbind așa frumos.

— Un cântec!

— Al nostru, a cerut ea.

Kellan a ieșit repede din cameră, pe loc rămânând la fel de năuci eu și Logan, așa murdar cum era. S-a întors cu două tobe de conga și două bastoane rainstick[8] din bambus, dându-mi unul mie, unul lui Logan.

— Ce ai de gând? a întrebat Logan. Ce trebuie să fac cu ăsta?

Erika i-a aruncat o privire de parcă era căzut din Lună. A apucat bastonul și, răsturnându-l, a scos un sunet ca răpăitul ploii. Apoi i l-a dat înapoi.

— La mintea cocoșului, Lo, am glumit eu.

A făcut un gest din mână și am simțit fluturi în stomac. Nimic neobișnuit.

Kellan s-a așezat în fața tobelor de conga și a început să cânte la ele. Mi-a luat doar o secundă să prind linia

---

8 Instrument de percuție, constând dintr-un tub de bambus, gol pe interior, umplut parțial cu pietre sau cu diferite grăunțe, folosit de anumite triburi ca instrument muzical. Poziționat vertical, scoate sunetul ploii (n. tr.).

melodică, dar, când am recunoscut-o, mi s-a muiat inima înțelegând cum se iubeau sora mea și Kellan. Cânta melodia lui Ingrid Michaelson, *The Way I Am*.

Cântecul lor.

Kellan i-a cântat primul vers Erikăi, în timp ce aceasta zâmbea, legănându-se înainte și înapoi. Eu și Logan am adăugat sunetele de rainstick și amândoi ne-am prins în dans cu Erika, în timp ce Kellan cânta la tobe.

Erika a cântat al doilea vers, iar dragostea dintre ei a umplut casa cu lumina din versuri. Cuvinte despre cum este să-l iubești pe celălalt, indiferent de chin, să vă fiți alături când treceți prin încercările vieții.

Era minunat.

Când a ajuns la partea instrumentală, fără versuri, Logan ne-a luat pe amândouă de mâini și ne-a învârtit pe loc, deși era încă în prosop, iar masca verde continua să-i picure din cap. Apoi s-a făcut liniște când Erika a cântat ultimul vers - cel care le provoacă lacrimi tuturor. Despre cum l-a iubit când și-a pierdut tot părul, trecându-și degetele printre șuvițele lui ondulate și lipindu-și fruntea lui Kellan de buze. El a sărutat-o blând, apoi au încheiat împreună melodia.

Ultimul sunet pe care l-am auzit a fost răpăitul stins al bastonului manevrat de Logan.

— Oau, a exclamat el, ducându-și mâna la gură și uitându-se fix la frate-su și la Erika. Voi doi sunteți al naibii de perfecți!

Erika s-a amuzat puțin, apoi s-a uitat la Kellan.

— Nu vreau să mă mărit cu tine.

El a oftat.

— Ba vrei.

— Nu. Ei bine, da, vreau. Dar nu înainte să te faci bine. Mai întâi te însănătoșești. O să așteptăm. O să învingem cancerul. Apoi o să te însori cu mine.

A tras-o spre el și a sărutat-o cu putere.

— Chiar o să mă însor cu tine.

— Normal.

— O, Doamne, luați-vă o cameră! a gemut Logan, dându-și ochii peste cap. Mă duc să clătesc mizeria asta de pe cap.

— Apropo... a zis Kellan, tușind ostentativ și mijind ochii. Credeți că puteți face ceva pentru mine?

***

Logan a scuturat din cap dezgustat.

— Asta-i o idee groaznică.

— Pentru prima dată, eu și Logan suntem de acord cu ceva, a remarcat Erika, ridicându-și mâinile șocată.

— Eu zic să o faci și gata.

Toți patru ne înghesuiam în baie, eu având un aparat de tuns în mână.

— Mulțumesc, Alyssa! În sfârșit, cineva de partea mea. La urma urmei, iubito, a adăugat Kellan întorcându-se spre Erika cu un rânjet, o groază de oameni se rad acum pe cap.

— Ei bine, asta așa e, a confirmat Logan. Asta fac cei de la Hollywood. Capetele rase sunt noul trend.

— Atunci rade-te tu, l-a provocat Erika, luându-mi aparatul din mână și întinzându-l spre Logan.

A făcut ochii mari de groază și a ridicat un deget spre ea.

— Ai grijă ce spui!

— Dar Logan are dreptate. O groază de celebrități s-au ras pe cap pentru roluri, a încercat Kellan să-i explice logodnicei lui panicate.

— Zi-mi câteva.

— Bryan Cranston pentru rolul din „Breaking Bad", am spus.

— Joseph Gordon-Levitt în „50/50", a sugerat și Logan.

— Scuze, am putea să nu dăm exemple de actori care s-au ras pe cap pentru roluri de pacienți bolnavi în stadiu terminal? a cerut Erika.

Avea dreptate.

— The Rock!

— Hugh Jackman!

— Matt Damon!

— Jake Gyllenhaal, în două rânduri, a exclamat Logan.

— Serios? s-a mirat Kellan. De două ori?

— În filmele „Jarhead" și „End of Watch".

— Fain de tot, a confirmat Kellan, ținând pumnul orizontal, ca să se salute în el cu Logan.

— Desigur.

Se prosteau. M-am ridicat și am pornit aparatul.

— Băieți, a sosit momentul.

Erika și-a ținut respirația și și-a acoperit ochii.

— OK, fă-o!

— Haide, a exclamat Kellan.

— Haide, haide! intona Logan.

Așa că l-am tuns.

CAPITOLUL 35

Logan

— Ce faci aici? a întrebat Alyssa, deschizând uşa de la intrare şi găsindu-mă cu o uşă nouă şi o trusă de scule.

— N-am putut să nu remarc, în cele câteva dăţi când am trecut pe aici, că aveai nişte lucruri de reparat.

— Ce tot spui? a zâmbit ea. Casa asta e definiţia perfecţiunii.

Am ridicat o sprânceană, m-am dus spre balustrada verandei şi am tras-o simplu în sus, din moment ce nu o fixa nimic de trepte.

Ea a chicotit.

— Bine, nu e chiar perfectă, dar nu e treaba ta să o repari, a spus muşcându-şi buza, apoi a adăugat: Aia e o curea de meşter?

— Evident, deci e treaba mea să le repar. Dă-te, te rog, într-o parte şi lasă-mă să-ţi montez o uşă la baie.

În următoarele şase ore am reparat ce era defect prin casă şi m-a ajutat să fixez câteva lucruri, bătând cu ciocanul. La final, m-am urcat pe acoperiş ca să completez nişte ţigle.

— Ştii ce faci? mi-a strigat Alyssa.

A refuzat să urce, întrucât, spre deosebire de locul cu panoul, aici nu avea balustradă de protecţie.

— Normal că ştiu ce fac, am strigat spre ea.

— De unde?

M-am întors şi i-am zâmbit şmechereşte.

— Am văzut odată un documentar despre reparat acoperişuri.

A făcut ochii mari şi a dat din mâini.

— Nu, nu. Dă-te jos, Logan Francis Silverstone. Acum! Dacă ai văzut un documentar nu înseamnă că eşti meseriaş.

— Nu, dar cureaua cu scule asta spune.

— Logan.

— Alyssa.

— Lo.

— High.

— Coboară acum. Vino să bei nişte apă... O să angajez pe cineva să verifice acoperişul, bine? Ca să nu-ţi mai vină idei să-l repari.

Am pufnit în râs şi am început să cobor scara.

— Bun. Pentru că habar n-aveam ce e de făcut.

Cum am pus piciorul jos, m-a îmbrâncit şi a mijit ochii.

— Să nu te mai porţi aşa, ca un idiot. OK?

— OK.

— Promiţi? a întrebat.

Mi-am înfăşurat degetul mic de al ei şi am tras-o spre mine. Inima îmi bătea nebuneşte de la simpla atingere şi am început să-i studiez buzele tremurătoare, privindu-i fix gura.

— Promit!

Stăteam aproape unul de altul şi, cu fiecare secundă, parcă ne apropiam şi mai mult. I-am simţit buzele atingându-mă uşor, dar nu ne sărutam. Pur şi simplu deveneam din două persoane una, inspirând reciproc răsuflarea celuilalt.

— Lo? a şoptit, suflându-mi pe piele.

— Da?

— Ar trebui să nu mai stăm aşa lipiţi unul de altul.

— Bine.

A dat şi ea din cap afirmativ şi s-a tras un pas în spate.

— OK.

Şi-a trecut degetele prin păr şi mi-a oferit un zâmbet timid.

— Ar trebui să mergi să bei nişte apă sau ceva, ai muncit ca un nebun. Mă duc până în camera mea un pic să-mi trag sufletul.

Am fost de acord şi m-am îndreptat spre bucătărie, să-mi iau un pahar cu apă. Mă întrebam dacă simţea cumva pentru mine ceea ce simţeam eu pentru ea, când îi eram alături. Dacă trebuia să reziste la fel de greu ca mine impulsului de dor.

Când am deschis frigiderul, m-am oprit, văzând câte produse proaspete avea.

— Abia ai fost la cumpărături? i-am strigat.

— Da, am fost ieri.

Mintea a început să-mi zbârnâie văzând legumele şi cârnaţii cruzi. Am deschis dulapurile de bucătărie, căutând.

— Te deranjează dacă pregătesc ceva rapid?

— Nu, chiar te rog. Fă ce vrei.

Minunat.

Am început să mişc în jur obiectele, scoţând la iveală oale şi tigăi. În câteva minute se încălzea pe aragaz baza de supă de pui şi am început să tai ciuperci şi usturoi proaspăt.

— Să-ţi spun drept, când ai zis că vrei să faci ceva rapid, am crezut că te referi la plăcinţele umplute, a zâmbit Alyssa.

— Scuze, am făcut eu, stând la aragaz să frig cârnaţii în tigaie. Jacob mi-a oferit o slujbă la restaurant, dar mă forţează să pregătesc trei preparate speciale, înainte să-mi dea postul. Şi se poartă ca un tâmpit, refuzându-mi toate felurile de mâncare pe care i l-am dus. Aşa că vreau să testez pe tine nişte variante, dacă eşti de acord.

A făcut ochii mari de plăcere.

— Ah, Doamne, n-am mai mâncat ceva gătit de tine de nu ştiu când. Sunt încântată să fiu pe post de degustător. Ce faci?

— Risotto, i-am răspuns.

— Dar durează cam mult, nu?

— Da.

Nu ştia că o urmăresc cu coada ochiului, dar a zâmbit. Și asta m-a făcut şi pe mine să zâmbesc. Continuam să amestec orezul în zeama de pui pe aragaz şi am vorbit despre lucruri diverse.

— Deci te bate gândul să deschizi un local cu pian?

— Da, păi am gânduri serioase cu asta. Mai ştii când eram copii şi-ţi povesteam?

— LoAly?

— *AlyLo*, m-a corectat zimbind. Da, adică nu-i voi spune aşa, ăla era titlul nostru, dar nu ştiu. E doar un vis, atât.

— Un vis bun, pe care ar trebui să-l transformi în realitate.

A ridicat din umeri, și-a pus brațele pe masă și și-a sprijinit capul pe ele.

— Poate, vom vedea. Amicul meu, Dan, mi-a arătat câteva proprietăți care s-ar potrivi. Știu că e prea devreme să mă uit la locații și chestii din astea, dar mă amuz. Mi se pare că visul e mai realizabil așa.

Când a fost gata orezul, l-am pus pe o farfurie și i l-am servit Alyssei. A rânjit cu gura până la urechi, aplaudând ca o nebună.

— Ah, Doamne, chiar se întâmplă! Știu că mi-a fost dor de tine, Logan. Dar cred că mi-a lipsit mai mult mâncarea ta.

— Mi-ai zis-o! Poftim, mănâncă! i-am întins o lingură.

S-a grăbit să ia o îmbucătură și de îndată ce a început să mestece s-a încruntat.

— Ce-i? Ce este? am întrebat speriat.

— Nimic, doar că nu e... uimitor?

— Poftim? Nu-i nimic greșit la preparat.

— Ba da, a zis ea, dând din cap.

— Nu, nu e. Uite, cârnații sunt făcuți ireproșabil. Ciupercile sunt prăjite perfect. E amestecul ideal de condimente, remarcabil. Este un preparat ieșit cum trebuie.

Alyssa s-a încruntat și a ridicat din umeri.

— Adică, e în regulă așa cum e.

Am pufnit. *Așa cum e?* Ce pretenții avea Alyssa?

— Nu-i nimic greșit cu acest fel de mâncare.

— Ba este.

— Ba nu.

— Este fad, și-a mușcat buza inferioară făcând un gest aproximativ cu mâna și a ridicat iar din umeri.

— Fad?!

— Simplu.

— Ai spus despre mâncarea mea că e fadă? am zis, inspirând și expirând cu putere.

— Da, pentru că este.

Am prins marginea mesei cu mâinile şi m-am aplecat spre ea foarte nervos.

— Gătesc de când eram copil. Am făcut acest fel de mâncare trei ani la rând, cât a ţinut institutul culinar. L-aş putea găti şi în somn, şi tot ar putea fi servit la un dineu prezidenţial. Mâncarea mea nu e fadă, ci gustoasă şi delicioasă. Iar tu eşti nebună! am urlat.

— De ce ţipi? a şoptit.

— Nu ştiu!

A râs, lucru care m-a făcut să vreau s-o sărut.

— Logan, gustă din mâncare.

Am luat lingura de la ea şi m-am năpustit asupra farfuriei, înfulecând din orezul cald. În clipa când mi-a atins buzele, l-am scuipat înapoi în farfurie.

— O, Doamne, are gust de picioare murdare.

Alyssa a confirmat din cap, cu părere de rău.

— Când am zis că e fad, eram politicoasă.

Mi s-au lăsat umerii şi am căzut la pământ.

— Cum de am început să gătesc prost? Era singurul lucru la care mă pricepeam.

— Nu găteşti prost. Probabil că ţi-ai pierdut pasiunea. Nu te îngrijora, ţi-o recuperezi. Dacă vii iar mâine, te ajut să încerci să găteşti altceva. O să exersăm până îţi ies trei preparate speciale, pe care Jacob nu le va mai refuza.

— Faci asta pentru mine?

— Bineînţeles.

În noaptea aia am stat treji, mâncând acel dezgustător risotto și amintindu-ne cum era să fim fericiţi împreună. În următoarele două săptămâni, m-am prezentat la ea acasă și am tot gătit, până am obţinut trei feluri de mâncare cu gust divin. Îmi plăcea să fiu în preajma ei, eram liber. Vorbeam, râdeam și făceam mizerie. Era ca acum mulţi ani, când doar râdeam, rămânând numai noi. Alyssa m-a instruit până am perfecţionat fiecare preparat și îi eram recunoscător pentru sfaturi. Am aranjat ultima prăjitură de ciocolată în faţa ei și a gemut înainte de a pune gura pe ea.

— Gemi pe seama prăjiturii mele, chiar dacă n-ai gustat-o? am întrebat.

— Categoric gem pe seama prăjiturii tale, înainte s-o gust.

A deschis gura, am luat cu o furculiţă puţin din prăjitură şi i-am servit-o. Mestecând, a început să geamă şi mai tare, comentând:

— *Vai, Doamne, Logan!*

Radiam de mândrie.

— Dacă aş avea un dolar pentru fiecare dată când am auzit asta.

— N-ai avea nici dolari, nici cenţi, a glumit ea. Nu, serios, ia şi gustă, m-a îndemnat, luând furculiţa şi vârându-mi-o în faţă. Aşa-i că-i bună?

A chicotit ca un copil de cinci ani, timp în care mă ştergeam la ochi, nas şi gură.

— A, da, e aşa bună. Pun pariu că mai vrei, am exclamat.

Exact când a dat să fugă, mi-am înfăşurat un braţ în jurul taliei ei şi am tras-o spre mine. Cu mâna liberă am luat prăjitura şi i-am îndesat-o în gură. A scâncit.

— Logan, nu pot să cred! a râs, ştergându-şi bărbia de a mea ca să mă murdărească şi pe gât. Mi-a ajuns în păr.

— Mie, în nas! am replicat, scuturându-mi faţa, râzând de râsul ei.

Am continuat să râdem o vreme, până a trecut faza. Încă aveam mâna înfăşurată în jurul taliei ei şi, când a încetat hăhăiala, ritmul inimilor ni s-a accelerat.

Mă îndrăgostesc de tine, mi-a trecut prin gând.

Mintea îmi era aşa de plină de dorul ei de-a lungul ultimilor ani, încât aproape uitasem de ce trebuia să-mi lipsească. *Pentru că e periculos să mă iubeşti. Schimbă subiectul*, mi-am spus.

Am făcut un pas în spate şi i-am dat drumul din strânsoare.

— Alyssa.

— Da?

— Ai o chitară în dormitor, cânţi?

Mi-a arătat din mână că aproximativ.

— Oarecum. Mă ajută să mă menţin creativă. Mă descurc, dar nu-s nici pe departe la fel de bună ca la pian.

— Kellan nu mai poate să cânte. Îi tremură mâinile şi îşi uită uneori propriile versuri. Îmi dau seama cât de tare îl supără.

Ea s-a încruntat.

— Îmi închipui doar cum este. Să nu fii capabil să faci ceea ce îţi place.

— Da. Mă gândeam, ştiu că ai spus că nu eşti grozavă la chitară, dar ai putea să mă înveţi? Cât ştii, ca să-i pot cânta lui?

— Uite, iarăşi! a oftat ea uşor.

— Ce anume?

— Revăd băiatul pe care îl iubeam cândva.

CAPITOLUL 36

Logan

Săptămâna următoare, am adus-o pe Alyssa cu mine la ultima testare de mâncare la restaurantul lui Jacob. Din moment ce fusese inspirația mea la preparare, mi s-a părut normal să fie de față când Jacob mă respingea și-mi recomanda să schimb domeniul de lucru. Pregătisem friptură de rață, moale, cu crustă crocantă, într-un sos de zmeură și rozmarin, cu garnitură din cartofi prăjiți, tăiați rondele, presărați cu ulei de măsline și condimente, și varză de Bruxelles cu usturoi.

Inima îmi bătea cu putere când îl vedeam pe Jacob cu aceeași mutră banală în timp ce mesteca. Lângă mine, Alyssa bătea nervos din picior și-și mesteca gulerul tricoului, ceea ce mă făcea să zâmbesc. Nu știu cine își făcea mai multe griji, eu sau ea, că rața nu se va ridica la standardele lui Jacob.

— Trebuie să moi rața în sos! a fredonat Alyssa, și apoi s-a apucat din nou să-și roadă gulerul. Ah! Și varza de Bruxelles. Moaie și varza în sosul de zmeură!

I-a urmat sfatul, iar eu mă uitam la el ca pe ace. A lăsat furculița jos, s-a lăsat pe speteaza scaunului din separeu și un mic zâmbet i-a conturat buzele.

— Mamă, să-mi trag una, e bun!

Mi-am recăpătat un pic încrederea.

— Da?

— Nu, adică e ca lumea. Ireal, gen, cel mai bun preparat pe care l-am gustat până acum!

S-a întins să mai guste din mâncare, A revenit să mai ia din preparat, comentând:

— Doamne, Dumnezeule! Ce-ai făcut la preparatul ăsta vreau să faci zilnic în meniul meu, când începi treaba.

— Așadar... am primit slujba?

— Dacă vei continua să gătești așa, poți să ai tot restaurantul, a râs el.

Apoi, redevenind serios, a ridicat un deget spre mine:

— Asta a fost o glumă. Localul nu e de vânzare.

Am râs.

— Deocamdată, mi-ajunge slujba.

Debordam de mândrie. Și Alyssa radia, când s-a întins spre mine să mă îmbrățișeze.

— Știam eu! mi-a șoptit la ureche. Știam că poți s-o faci.

I-am inhalat aroma de piersici din păr.

— Gata, copii, spargeți gașca. Ieșiți în oraș diseară și sărbătoriți. Logan, de luni începi!

Ne-am ridicat cu toții în picioare, iar Jacob s-a întins să-mi dea mâna, însă l-am tras într-o îmbrățișare strânsă, ca de urs, și l-am învârtit de câteva ori, apoi l-am sărutat pe frunte.

— Mulțumesc, Jacob.

— Oricând, prietene.

Am dat să plec cu Alyssa, dar m-am oprit.

— Ah, da, stai, Jacob.

Am scos din buzunar o hârtie pe care era rețeta pentru masca de păr. A zâmbit larg.

— O țineai să mi-o dai doar dacă te angajam?

— Se prea poate să fi întârziat să ți-o dau până după ce am primit jobul.

A aprobat din cap mândru.

— Și eu aș fi procedat la fel.

***

Restul serii, am rămas în oraș cu Alyssa, sărbătorind că obținusem prima mea slujbă oficială ca specialist bucătar. Am ajuns într-un local ieftin, unde aveam în față stive de hamburgeri cu cartofi pai, întrecându-ne care putea mânca mai mult fără să ni se facă rău.

Simțeam că abia acum sunt din nou fericit.

Dar trebuia să bănuiesc că nu va dura mult. Pentru că, după fiecare urcuș, mereu, absolut de fiecare dată, vin coborâșurile.

— Și tu mănânci aici, fiule? am auzit din spatele meu și mi s-a încleștat maxilarul.

M-am întors și l-am văzut pe tatăl meu zâmbind nerușinat, cum îi era felul. Ținea un braț pe după o fată, iar când m-am uitat în ochii ei, am văzut cât era de speriată. Mi-a revenit în minte prima seară când văzusem acei ochi.

— Știi ce ochi frumoși ai? întrebasem atunci, ca să schimb vorba.

Începusem să-i sărut încet gâtul, ascultându-i geamătul moale.

— Sunt dor verzi.

Se înșela. Erau o nuanță unică de celadon, cu puțin gri și o tușă de verde.

— Cu ani în urmă, am văzut un documentar despre olărit la chinezi și coreeni. Ochii tăi au culoarea luciului pe care îl foloseau în olărit.

Ferindu-mi privirea de la Sadie, am salutat:

— Hei, care-i treaba?

— Care-i treaba? a repetat el. Mă întrebi ce fac, de parcă ultima oară când m-ai văzut nu erai pornit pe harță cu mine.

Alyssa și-a strâns mai tare poșeta lângă ea și am observat că se panicase. Era îngrozită, la fel ca Sadie. Așa cum arătau majoritatea femeilor când se aflau în apropierea tatălui meu.

— Uite ce e, nu vreau scandal, am zis cu ton scăzut.

— A, adică eu fac scandal? a rânjit el, vorbind tare, pentru că voia ca toată lumea să observe interacțiunea noastră.

Așa era el, genul de om care vrea să se dea în spectacol. A făcut un pas mai aproape de locul unde stăteam, venind cumva deasupra mea, la mică distanță.

— Nu uita cine v-a luat în grijă pe tine și pe maică-ta, acum mulți ani, Logan! a mârâit el amenințător.

M-a privit câteva secunde cu ură în ochi, apoi a rânjit larg din nou şi m-a bătut amical pe spate:

— Glumeam, amice. Putem să ne aşezăm, nu? Putem să stăm cu voi?

N-a aşteptat să i se răspundă şi s-a strecurat pe bancheta separeului, lângă Alyssa, care s-a încordat toată, pe punctul de a izbucni în plâns.

Am luat-o de mână, i-am strâns uşor degetele şi am tras-o mai aproape de mine.

Voiam să plec de acolo şi s-o duc pe Alyssa acasă. Uram felul în care tatăl meu înspăimânta femeile.

— Ea e prietena mea, Sadie, a anunţat el, apucând-o strâns de talie şi trăgând-o spre el.

Am strâns din dinţi, simţind că m-apucă nervii, dar am încercat să mă calmez. I-am întins mâna lui Sadie:

— Încântat, am zis.

Însă ea nu a dat mâna şi şi-a ferit privirea. A vorbit Ricky în locul ei.

— A, nu, nu, fără atingeri.

Vorbea cu aceeaşi ameninţare în voce pe care o folosea şi cu mama. Probabil, aşa considera el că se dă mare mascul puternic, înjosind femeile.

Mie îmi părea un semn de slăbiciune.

— Nu-i prea place să fie atinsă de alţi bărbaţi, nu-i aşa, Sadie? a spus el.

Fata n-a răspuns, pentru că nu o lăsa. Dacă n-aş fi vorbit cu ea în seara aceea, aş fi crezut că e mută, din moment ce nu scotea niciun sunet.

— Ai nevoie de ceva, Ricky? l-am întrebat, devenind tot mai iritat.

Și-a ridicat mâinile a apărare:

— Stai aşa, amice. Am vrut doar să vă salut.

Și-a scos telefonul şi, uitându-se spre Sadie, a adăugat:

— Trebuie să răspund. Stai pe loc.

A ieşit din local ca să răspundă la telefon.

M-am uitat la Sadie.

— Ce naiba faci cu el? El e prietenul de care pomeneai?

— N... nu știam, s-a auzit vocea ei tremurată. Te-am văzut la gară, după ce am încercat să îl părăsesc și am vrut să-ți spun. Dar știam că aș face doar probleme. Vreau să-l las, dar de câte ori încerc, trimite oameni să mă găsească. Nu reușesc...

— Te rănește? am întrebat, iar ea a coborât privirea în pământ.

Mi-am scos portofelul de la spate și am scormonit după bani, întinzându-i:

— Uite, ia-i! Urcă în primul autobuz și fugi de el.

Ochii Alyssei mă studiau, dar n-a întrebat despre ce e vorba. În tot acest timp, își pusese mâna pe piciorul meu, ca să mă liniștească.

— Nu pot să plec, nu pot, a zis Sadie cu ochii în lacrimi.

— De ce?

— Sunt însărcinată, a șoptit. Sunt însărcinată și n-am unde să mă duc și la cine să apelez. M-a izolat de toată familia. Mi-a distrus toate relațiile. Iar acum nu-l mai am decât pe el.

— Sadie, ascultă-mă. Pentru copilul tău, cel mai bun lucru ar fi să te urci în autobuz și să nu te uiți înapoi. Nu vrei un copil cu acel bărbat. Eu am fost acel copil. Crede-mă, nu iese bine!

A lăsat privirea în jos, tremurând ușor, și a îngânat:

— Bine.

Alyssa părea confuză, dar și-a notat numărul de telefon pe un șervețel și i l-a dat.

— Dacă ai nevoie de ceva, ne poți suna pe mine sau pe Logan. Trec ambele numere.

Sadie și-a șters lacrimile de la ochi.

— De ce vă purtați așa frumos? Abia dacă mă cunoașteți.

— Poftim? Bineînțeles că te știu. M-ai învățat spaniolă, am glumit, încercând să detensionez atmosfera.

A zâmbit firav și a luat banii.

— Ieși prin ușa din spate, de la bucătărie. Pot să te scot eu, dacă vrei.

M-am ridicat, am luat-o de mână şi am pornit spre spatele localului. Aproape ajunsesem, când am simţit cum este smulsă de lângă mine.

— Ce naiba înseamnă pentru tine „stai pe loc”, femeie? a şuierat tata.

A prins-o de mijloc aşa tare, că am văzut durere în ochii ei.

— Trebuie să plecăm.

Sadie m-a privit cu ochi rugători și am intervenit.

— Nu cred că vrea să meargă.

— Poftim? a întrebat el.

Și-a răsfirat degetele prin părul lui Sadie, trăgând-o mai tare, mai aproape:

— Nu vrei să mergi cu mine?

Ea n-a spus nimic și tata a continuat:

— Fac atâtea pentru tine, Sadie, și așa mă răsplătești? Te iubesc. Nu știi asta?

S-a aplecat și a sărutat-o exact cum făcea cu mama când o alimenta cu minciuni de control. I-a răspuns și ea la sărut, la fel cum făcea și mama. Am știut atunci că Sadie nu va pleca. Era mult prea prinsă în mrejele lui.

— Ne mai auzim, Logan, a spus el, mai mult ca o ameninţare decât ca o asigurare de bună revedere.

Însă nu mă şoca. Tata nu ştia nimic despre fericire, în schimb era maestru la produs dezastre.

Când au plecat, m-am simţit dezgustat. Am rămas tăcut, trăgând de brăţara de la mână. Alyssa a venit la mine.

— Ești bine?

Am scuturat din cap.

— Hai să ieşim la aer, dacă vrei.

— Da, bine.

Însă aveam nevoie mai mult decât să iau aer. Aveam nevoie ca tatăl meu să dispară, și astfel să le dea voie tuturor celor care îl întâlniseră la un moment dat să fie, în sfârșit, eliberaţi din lanţurile lui.

CAPITOLUL 37

Alyssa

Când am dat să ieşim din local, avea pumnii încleştaţi şi era roşu la faţă de nervi din cauza tatălui lui. Nu ştiam ce poveste avuseseră Logan și Sadie, dar știam că îi era teamă pentru siguranţa ei şi pe bună dreptate. Era înspăimântător să te afli în preajma tatălui lui Logan. Nici nu-mi puteam imagina cum era să fii în locul lui Sadie, neputând să scape din ghearele lui.

— Eşti bine? l-am întrebat.

— Lasă-mă o clipă.

Şi-a dus mâinile la ceafă şi a început să patruleze prin parcare. Erau maşini oprite şi oameni care stăteau afară, bucurându-se de vremea frumoasă, râzând şi socializând, în vreme ce Logan făcea exact opusul. Se confrunta cu demoni din trecut care îl bântuiau. *Merita să scape de ei.*

M-am sprijinit de zidul clădirii, aşteptând să se liniştească. Dădea cu piciorul în toate direcţiile în iarba înaltă.

— Te gândeşti să consumi ceva? l-am întrebat.

— Dap, a murmurat, închizând ochii şi mergând în cercuri.

Bietul de el, mi-a trecut prin minte.

Cum stăteam cu piciorul stâng îndoit şi ridicat pe zid la spate, mi-am pus mâinile în şolduri şi am spus:

— Ştii ce ar face mai plăcut momentul ăsta?

— Ce anume?

— De fapt, ce ar trebui să facem ca să te simţi mai bine?

— Hm, nu. Dar cred că ai o idee?

— Ah, normal! am spus, privindu-l. Mă asculţi?

— Da.

— Nu, adică, *realmente* mă auzi?

A râs. *Bun.* Mă bucuram aşa tare că râdea. Şi eu eram veselă pentru că arăta atât de bine! Râdeam, deoarece îmi era din nou prieten. Râdeam, pentru că inima mea ştia că n-o să-mi fie suficient doar atât.

— Da, te aud.

Mi-am îndreptat postura, scoţând pieptul în faţă, şi am zis:

— Karaoke.

— Vai, Doamne, nu!

— Poftim? Haide! Nu mai ţii minte când am mers la karaoke, când eram mai tineri?! Şi ai făcut mişcarea din bazin a lui Michael Jackson pe *Billie Jean*?

L-am imitat, ca să-şi amintească.

A zâmbit.

— Da, dar îmi amintesc şi că eram drogat cu cocaină, când am făcut mişcarea aia.

Mi-a căzut faţa.

— Pe bune? Erai drogat atunci?

— Da, altfel n-aş fi fost de acord niciodată să fac karaoke, crede-mă.

— Ah, crezusem că erai entuziasmat de colecţia lor de piese ale lui Michael Jackson şi Justin Bieber. Oricum, azi mergem să facem karaoke la barul O'Reilly's.

— Nu se poate.

Am dat din cap, luându-l de mâini.

— Ba se poate.

— Alyssa. Apreciez că încerci să mă binedispui, dar, serios, nu trebuie. Sunt mai bine. Tu mi-ai schimbat starea. Şi apoi, în niciun caz nu aş mai merge la karaoke vreodată!

CAPITOLUL 38

Logan

Ne aflam din nou la karaoke.

Nu știu cum reușise Alyssa să mă aducă pe scenă la barul O'Reilly's și mi-a pus un microfon în mână. Promisese că vom face un duet, ca să nu interpretez singur, dar tot simțeam emoțiile în stomac. A ales cântecul *Love The Way You Lie* cu Rihanna și Eminem.

— Știi cuvintele? m-a întrebat. Eu îl cânt mereu în mașină, așa că le știu pe de rost.

— Urmăresc pe ecran.

A zâmbit larg și eu mai tare ca ea.

High a mea. Cea mai mare euforie a mea.

Când a început muzica și au apărut primele versuri pe ecran, niciunul n-a scos vreun sunet. Lumea din bar striga la noi să cântăm, dar niciunul dintre noi nu începea.

DJ-ul a oprit piesa și ne-a făcut semn.

— Hm, știți că trebuie să deschideți gura ca să cântați, da?

M-am uitat confuz la Alyssa.

— De ce n-ai cântat? Scria că e partea Rihannei.

— Ah, nu cânt partea ei. Îmi plac porțiunile de rap ale lui Eminem.

— Poftim? am șuierat, apropiindu-mă de ea. Eu nu cânt partea ei!

— De ce?

— Pentru că nu sunt fată.

— Dar ai așa o voce frumoasă pe tonalitate înaltă, Lo. Cred că o să dea bine, a râs de mine.

— Haideți, pun iar melodia. E acum sau niciodată, ne-a anunțat DJ-ul.

— Nu fac asta, High, m-am opus eu, cum stăteam cu vârfurile nasului aproape lipite și cu pieptul în față.

— Ah, ba da.

— Ba nu.

— Ba da.

Am scuturat din cap.

— Ba nu.

Ea insista din cap.

— Ba da.

— Alyssa.

— Logan.

— High.

— Lo.

A început partea introductivă, iar eu încă scuturam din cap, explicându-i că nu am de gând să interpretez, dar a venit strofa Rihannei, microfonul mi-a ajuns în dreptul buzelor și m-am apucat să cânt partea feminină a piesei; cu glas pițigăiat, suna complet aiurea.

Alyssa și-a dus mâna la gură ca să-și acopere chicotitul incontrolabil. I-am adresat o privire ucigătoare, m-am întors spre public și m-am dedicat cu totul laturii feminine din mine. Mă gândeam că mă descurc binișor. Mă gândeam că eu voi face prestația noastră de neegalat.

Dar apoi s-a întâmplat ceva.

Au venit versurile lui Eminem și Alyssa s-a transformat în ceva ce nu mai văzusem. A luat șapca de baseball a DJ-ului, și-a pus-o pe cap cu cozorocul la spate, a început să patruleze pe scenă, implicând publicul să reacționeze, să-și unduiască mâinile, în timp ce ea cânta rap.

Alyssa Marie Walters îl imita pe Eminem și era absolut incredibilă. Dedicată complet, reda totul prin gesturi, expresii faciale, era atât de sălbatică și frumoasă în același timp. Liberă.

Când a venit refrenul, s-a uitat la mine și am început iar să cânt pițigăiat și îngrozitor.

Apoi venea ea cu rapul perfect.

Când a ajuns la ultimul vers, cel mai greu de intonat în stil rap, a inspirat adânc. Mi-a prins privirea și, înainte să înceapă, și-a prins gulerul tricoului cu buzele. A dat o dată din cap, eu la fel, a lăsat gulerul din gură și mi-a cântat mie direct ultimul vers.

Și a fost al naibii de sexy.

Își legăna trunchiul înainte și înapoi, interpretând sensul cuvintelor, iar când s-a încheiat, a dat drumul microfonului, iar publicul era în delir, moment în care eu i-am dedicat refrenul final cu partea Rihannei.

La sfârșit nu ne mai puteam opri din râs. Ne-am îmbrățișat strâns, publicul ne aclama, cerând un bis.

Am mai cântat alte cinci cântece, după care ne-am retras într-un separeu, în spatele barului, ca să sărbătorim cu ceva de băut.

Am stat aproape toată noaptea vorbind despre toate nimicurile. Nu ne mai amuzaserăm de mult așa. O vreme, ne-am simțit ca pe vremuri.

Râsul ei îmi dădea poftă de viață. Când zâmbea, mi se accelera pulsul.

Mă uitam la gura ei în timp ce povestea diverse întâmplări. Adevărul e că nu mai ascultam de mult, pentru că mintea îmi era la altceva.

Voiam să-i spun cum mă îndrăgostisem iar de ea, cum eram iarăși topit ca la început. Că îmi plăcea la nebunie părul ei rebel și îi adoram gura, care turuia încontinuu. Voiam să...

— Logan, a șoptit încremenită.

Cumva, mâinile îmi ajunseseră pe spatele ei și o trăgeam ușor spre mine. Buzele îmi zăboveau la câțiva centimetri de gura ei, răsuflările ei grele amestecându-se cu ale mele intense, și trupurile noastre tremurau de îmbrățișarea celuilalt.

— Ce faci?

Ce făceam? De ce ne erau buzele așa aproape, iar trupurile lipite? De ce nu-mi puteam lua ochii de la ea? De ce mă îndrăgosteam din nou de prietena mea cea mai bună?

— Adevăr sau minciună? am întrebat.

— Minciună.

— Nu sunt dependent de zâmbetul tău. Ochii tăi nu-mi fac inima s-o ia razna. Râsul tău nu-mi dă fiori de plăcere. Mirosul de piersici al șamponului tău nu mă înnebunește, iar când îţi rozi gulerul tricoului nu mă îndrăgostesc şi mai tare de tine. Pentru că nu este aşa, nu sunt îndrăgostit de tine.

A tras aer în piept mai adânc, apoi a expirat greu.

— Şi adevărul?

— Adevărul este că te doresc. Te vreau iar în viaţa mea, în toate modurile posibile. Mă gândesc numai la tine, High. Nu ca să fug de realitate, ci ca s-o îmbrăţişez. Eşti inima mea, eşti sufletul meu. Te vreau toată. Şi, mai mult ca orice, îmi doresc să te sărut acum.

— Lo..., vocea îi tremura. Eşti în continuare prima persoană la care mă gândesc când mă trezesc. Singurul lucru care mi se pare potrivit pentru mine. Şi, să-ţi spun drept, aş vrea să mă săruţi. Toată viaţa mi-am dorit să mă săruţi.

Mi-am împletit degetele cu ale ei.

— Ai emoţii? am întrebat-o.

— Da, mi-a răspuns.

Am ridicat din umeri.

Şi ea a ridicat din umeri.

Am râs.

A râs şi ea.

Mi-am desfăcut uşor buzele.

La fel a făcut şi ea.

M-am aplecat spre ea.

A venit şi ea spre mine.

Şi mi-am amintit de clipele din trecut, care îmi înfierbântau sângele. Ne-am sărutat mult în acel separeu, corectând toate greşelile trecutului şi iertându-ne unul pe altul pentru toate greşelile din viitorul nostru.

Era frumos, se simţea bine şi era momentul nostru.

Desigur, după toate suişurile, mereu veneau coborâşurile.

A sunat telefonul Alyssei şi ne-am desprins unul de altul. Când a răspuns, mi-am dat seama că s-a întâmplat ceva rău.

— Ce este, Erika?

Pauză.
— Se simte bine?
Mi s-a strâns stomacul și mi-am îndreptat postura.
— Venim imediat. Bine, pa!
— Ce e? am întrebat când a închis.
— Kellan. E în spital. Trebuie să plecăm. *Acum!*

CAPITOLUL 39

Logan

— Ce s-a-ntâmplat? am întrebat, năvălind în rezerva lui Kellan la spital.

Kellan era întins în pat, cu perfuzii în braţ.

— Kel, eşti bine?

— Da. Nu ştiu de ce v-a sunat. Nu-i nimic grav.

— Se ducea la baie şi a leşinat în hol, a povestit Erika, aşezată pe un scaun, în care se legăna uşor înainte şi înapoi, ţinând palmele sub coapse.

— Mi-am revenit imediat, a spus el. Sunt bine!

— Kellan, nu puteai să mergi şi ai uitat cum mă cheamă.

Kellan a deschis gura ca să spună ceva, în schimb doar a oftat. A închis ochii. Era obosit. Starea lui se şubrezea pe zi ce trecea şi mă întrebam în sinea mea când va începe să-şi facă efectul chimioterapia. Mi se părea că mai rău îl afectase decât să-l facă bine.

Erika s-a ridicat în picioare, luându-ne pe Alyssa şi pe mine într-o parte a salonului ca să stăm de vorbă, în timp ce Kellan a adormit. Şi-a pus braţele în jurul corpului şi s-a sprijinit de perete:

— Doctorii mai fac nişte analize. Este atât de slăbit şi obosit. Asistenta mi-a zis că pot să ne trimită acasă cu un scaun cu rotile, cu care să se deplaseze mai uşor, dar el a refuzat. Mai e şi mândru, dar are nevoie...

S-a şters la ochi cu dosul palmei, apoi şi-a pus mâinile pe cap şi a reluat:

— Trebuie să-l ajutăm. Nu e genul care să ceară vreodată ajutor. Mereu i-a ajutat el pe alţii. Dar are nevoie de ajutorul nostru. Chiar dacă încearcă să ne respingă.

— Orice ai nevoie, îmi spui, am asigurat-o. Orice îi trebuie.

Erika mi-a zâmbit pieziş. Şi ea avea pleoapele grele, nu dormise suficient. Eram aproape sigur că stătea trează noaptea, păzindu-l pe Kellan.

— Și tu ai nevoie de ajutor, Erika. Nu trebuie să faci totul. De asta sunt aici.

— Doar că... a aruncat o privire spre Kellan și i-a tremurat glasul. Trebuia să-mi dau seama că lucrurile se vor înrăutăţi foarte tare, înainte să se vadă vreun progres. Asta mă sperie. Sunt îngrozită. Logan, dacă i se întâmplă ceva... Dacă păţește ceva...

A început să plângă și am scos-o din salon în hol, unde am îmbrăţișat-o strâns.

— Nu pot să-l pierd! Nu pot!

Nu o văzusem niciodată pe Erika pierzându-se așa. Ea era mereu cea care avea totul sub control. Văzând-o că se destramă așa, îmi dădeam seama cât de gravă era situaţia pe moment.

Când s-a adunat, s-a dat un pas în spate și și-a șters lacrimile.

— Sunt bine. Sunt în regulă. Sunt OK, mi-a zis, asigurându-se și pe ea în același timp. Rămâne la spital sub observaţie la noapte. O să stau cu el aici.

— Pot să stau eu, m-am oferit. Știu că ai examenele finale în curând.

— Nu, nu-i nevoie. E OK. Sunt bine.

— Erika, a șoptit Alyssa, ștergându-i surorii ei lacrimile de pe obraz.

— Sunt bine, serios. Mergeţi acasă. Vă dau mesaj dacă intervine ceva.

Am aruncat o privire prin salon.

— Pot să stau puţin cu el?

Erika a dat din cap.

— Da, sigur. Alyssa, mergi cu mine să luăm cafea?

Fetele au plecat și mi-am tras un scaun lângă patul lui Kellan. Aparatele din jurul lui zumzăiau și bipăiau, iar eu mă uitam la pieptul lui, cum se ridică și coboară. În ultima vreme, și respiratul părea un chin pentru el.

— Dormi? am șoptit.

— Nu, mi-a răspuns. Doar mi-e somn.

Mi-am apăsat pleoapele cu degetele mari ca să-mi înfrâng emoţiile.

— Ce naiba faci aici, Kel? Parcă era treaba mea să ajung în locuri din astea, mai ştii? Nu a ta.

A schiţat un zâmbet.

— Da chiar.

— Eşti bine?

A inspirat adânc, a tuşit expirând.

— Da, sunt OK.

A înclinat capul spre mine, iar privirea lui mereu blândă exprima un rânjet uşor.

— O omor, a şoptit, vorbind despre Erika.

— Poftim? Nu!

A întors capul pe partea cealaltă, vrând să ascundă lacrimile care îi curgeau pe obraji.

— Ba da. Se consumă văzând cum mor.

— Nu mori, Kellan.

N-a răspuns.

— Hei, m-auzi? Am spus că *nu mori*. Spune şi tu!

S-a uitat spre tavan, apoi a închis ochii. Faţa îi era scăldată de lacrimi.

— Nu mor.

— Mai spune o dată!

— Nu sunt pe moarte.

— Încă o dată, frate.

— N-o să mor!

— Bun. Şi să nu uiţi asta. Toată lumea e bine. O să trecem împreună peste asta, cu toţii, i-am spus, luându-l uşor de mână ca să-l liniştesc.

— Totul e în regulă. Ai dreptate. Scuză-mă, sunt doar...

— Obosit?

— Da.

Am rămas cu el mai mult decât aş fi crezut. Erika a revenit în salon, dar am întrebat-o dacă aş putea să stau cu el în noaptea aceea. A fost de acord, iar Alyssa a hotărât să meargă cu ea, ca să nu fie singură.

N-am dormit în noaptea aceea, am urmărit aparatele care monitorizau suflul fratelui meu.

Când s-a făcut dimineață, a deschis ochii și a schițat un zâmbet.

— Du-te acasă! mi-a zis.

— Nu.

— Du-te, trăiește-ți viața, Logan. N-ai pe cineva de care să te îndrăgostești? a întrebat.

— Ce crezi că fac acum? i-am răspuns, punându-mi capul pe pat.

A zâmbit spre mine și a ridicat din umărul drept. Am zâmbit spre el și l-am ridicat pe stângul.

***

Aș vrea să spun că starea lui Kellan s-a ameliorat, dar părea că e tot mai rău. Dacă nu era în spital, era mai mult în pat. Fratele meu, care fusese până atunci un tip zâmbitor, se transforma treptat în cineva care abia dacă mai manifesta vreo emoție. Kellan cel blând își pierdea cumpătul tot mai des față de Erika, indiferent ce făcea aceasta, iar ea devenea astfel și mai stângace.

Era sfâșietor, pentru că efectiv ea își dădea silința cu toate.

La mine nu țipa niciodată, deși aș fi vrut. Erika părea în pragul unei căderi nervoase. Se apropia reluarea cursurilor în toamnă și părea copleșită cu planificarea orarului la școală, pe lângă faptul că picase cursul din vară de la masterat. Nivelul ei de stres era ridicat.

— Du-o în oraș, a oftat Kellan, după ce l-am instalat în capul oaselor pe canapeaua din living.

Se săturase de privit în gol pereții din dormitor și devenise un pic claustrofob.

— Pe cine?

Mi-a aruncat o privire care spunea „știi-despre-cine-e-vorba".

— Pe Alyssa. Pe măsuţă sunt două bilete la operă pentru diseară, la Chicago. Este şi o cazare peste noapte la hotel acolo. Cred că i-ar plăcea. Eu cu Erika aveam de gând să mergem acolo în luna de miere, dar... a spus, însă vocea i s-a stins. Invit-o.

— Doar n-o să conduc până la Chicago şi să stau peste noapte acolo, când nu te simţi aşa bine.

— Ba da.

— Ba nu. Ai fost la chimioterapie ieri. Mereu ţi se face rău câteva zile mai târziu.

— Sunt bine. Şi apoi, m-ajută Erika.

— Kellan.

— Logan! a spus, ridicându-se mai drept pe canapea. Meriţi să fii fericit!

— Sunt.

— Nu. Doar supravieţuieşti. Doar treci prin mişcările vieţii. Are sens, pentru că ai trecut prin atâtea, ai văzut atâtea, încât a devenit un fel de rutină bolnăvicioasă, de care ţi-e imposibil să te rupi. Dar singura dată când te-am văzut fericit - adică realmente fericit - a fost când erai cu Alyssa.

— Kellan, opreşte-te.

— Ţii minte când ai venit să-mi ceri bani pentru un costum ca s-o poţi scoate la un recital de pian în Chicago? Radiai, plin de speranţă. Nu mai văzusem speranţă la tine.

— Pe bună dreptate. Speranţa este o pierdere de vreme. Mai ştii că n-am mai ajuns cu ea la Chicago pentru că Ricky m-a scos din minţi şi am căzut în plasa lui?

Şi-a dat ochii peste cap.

— Nu mai eşti ca atunci. Scoate-o în oraş.

— Nu.

— Ba da.

— Ba nu.

— Ba da.

— Ba nu!

— Am cancer.

Am dat ochii peste cap.

— Frate, asta-i lovitură sub centură. Cât mai joci cartea asta a cancerului?

A zâmbit, a întins mâna spre mine și m-a bătut prietenește pe umăr.

— Invit-o în oraș, bine?

— Bine.

CAPITOLUL 40

Alyssa

— Bună, am salutat cu răsuflarea tăiată când l-am văzut pe Logan pe veranda mea în costum, cu papion.

Avea părul pieptănat peste cap și radia.

— Arăți foarte bine, m-a întâmpinat, văzându-mă în rochia neagră, lungă. Atât de frumoasă!

Am roșit.

— Și tu, adică arăți bine. Îți stă bine.

A întins mâna și ne-am prins unul pe altul de mână. M-a condus la mașină și mi-a ținut portiera din dreapta, ajutându-mă să urc. Simțeam cum îmi bate inima să-mi sară din piept, în vreme ce fluturii din stomac se transformaseră în furnicături pe tot corpul. Eram foarte emoționată.

Am crezut că visez când m-a întrebat dacă vreau să merg cu el la Chicago la un spectacol de operă. Cu ani în urmă, nu reușiserăm niciodată să mergem la așa ocazii speciale. Nu apucaserăm să ne îndrăgostim unul de altul așa cum meritam. Astfel că era minunat să-l văd acum pe Logan într-un costum care-l maturiza, iar eu, într-o rochie prea sofisticată față de ținuta mea obișnuită.

Încă te iubesc... mi-a trecut prin minte.

— Ești bucuroasă? a întrebat el, ieșind cu mașina pe alee.

— Da.

Încă te iubesc... am spus în sinea mea.

— N-am mai făcut niciodată așa ceva, știi? N-am mai fost la operă niciodată. Vreau să spun, am asistat la recitalurile tale de pian, care au fost extraordinare, dar n-am văzut niciodată așa ceva.

— O să-ți placă la nebunie, i-am zis. Când eram la colegiu, am participat cu clasa la un spectacol în cadrul cursurilor de muzică. Opera este o experiență aparte.

El a zâmbit.

— Îți mulțumesc că mergi cu mine, High.

Ori de câte ori îmi spunea pe numele de alint, mă simţeam iar ca la 18 ani.

Încă te iubesc... am repetat în gând.

Spectacolul a fost grozav, l-am urmărit dintr-o lojă şi am observat că Logan a lăcrimat la un moment dat, din cauza poveştii. Nu și-a luat nicio clipă ochii de la personajele de pe scenă, iar eu de la el. Era ciudat cum se întâmplase totul. Cum putea, după atâţia ani, să-mi controleze un băiat fiecare bătaie a inimii.

După spectacol, am ieşit şi am simţit vremea răcoroasă de toamnă din Chicago. Stăteam aşa apropiaţi, încât ni se atingeau braţele din când în când, în treacăt. Hotelul la care stăteam era chiar vizavi de clădirea operei, ceea ce era minunat.

— Erika și Kellan sunt stresaţi, a zis Logan, întrerupându-mi gândurile.

— Da, foarte stresaţi. Erika m-a sunat zilele trecute din maşină, oprise şi plângea de mama focului. Simte că a ajuns la capătul puterii, iar Kellan o îndepărtează.

— Ţi se pare că o respinge?

— Nu ştiu, cred că e doar speriat.

— Da, şi eu cred la fel. Mă gândeam... Ar trebui să facem ceva pentru ei. Nu ştiu ce, dar aş vrea să facem ceva să se simtă mai bine.

— Asta-i o idee grozavă, am fost de acord, deschizând uşa de la intrarea în hotel. Și mai cred...

— Încă te iubesc.

Cum? Oare rostisem cuvintele care îmi jucaseră în cap toată noaptea? Ceea ce simţisem în ultimii cinci ani?

Nu. Nu fuseseră rostite de mine.

M-am întors uşor să mă uit la Logan, care stătea pe trotuar cu mâinile în buzunarele pantalonilor. Se legăna pe loc.

— Poftim? am făcut eu, cu inima bătându-mi nebuneşte.

— Încă sunt îndrăgostit de tine, a repetat el, apropiindu-se. Am încercat să mă opresc, să ignor ce simt. Am crezut că îmi pot impune să-mi treacă, dar nu se poate. Când eşti lângă mine, te vreau mai aproape. Când râzi, mi-aş dori să nu te opreşti. Dacă eşti tristă, îmi vine să-ţi sărut lacrimile. Ştiu toate motivele pentru care nu ar trebui să fiu cu tine. Ştiu că nu pot să fiu iertat pentru ce s-a întâmplat cu ani în urmă, dar mai ştiu că încă te iubesc. Eşti în continuare focul care mă încălzeşte, când viaţa devine aspră şi rece. Eşti vocea care ţine relele la distanţă, motivul pentru care-mi bate inima, eşti aerul din plămânii mei. Eşti cea mai mare euforie a mea. Şi sunt cu adevărat, nebuneşte şi dureros de îndrăgostit de tine. Şi nu cred că aş putea să mă opresc vreodată.

— Logan...

Se apropia de mine, ceea ce mi-a accelerat ritmul inimii, încât am crezut că o să leşin.

— Alyssa...

— Lo, am spus, împletindu-mi uşor degetele cu ale lui.

— High.

El.

Eu.

Noi.

Ne-am apropiat, îmbrăţişându-ne şi l-am simţit tremurând sub vârfurile degetelor pe care i le pusesem pe piept.

— Emoţionat? l-am întrebat.

— Da, mi-a răspuns.

Buzele mele la câţiva milimetri de ale lui. Răsuflarea lui sincronizată cu a mea, încât păream o singură fiinţă. Era cel ce-mi dădea viaţă şi îmi făcea inima să bată, iar şi iar.

Am ridicat din umeri.

Şi el la fel.

Am râs.

A râs şi el.

Mi-am desfăcut uşor buzele.

El mi-a urmat exemplul.

M-am întins spre el.

Mi-a venit în întâmpinare.

Eram amândoi încă foarte îndrăgostiţi unul de altul.

***

Pentru câteva momente scurte, și-a deschis sufletul față de mine și l-am lăsat în al meu. Ne-am atins pielea și buzele. În noaptea aceea ne-am ținut în brațe. Ne-am oprit mințile din rătăcire. N-am vorbit despre ce a fost și am refuzat să vorbim despre ce va fi.

Dar ne-am amintit și am visat.

Ne-am amintit tot ce am fost și am visat tot ce am putea fi cândva. De câte ori se mișca intrând în mine, îi șopteam numele, iar când ieșea, mi-l șoptea el pe al meu.

— Te iubesc, i-am zis ușor la ureche.

— Te iubesc, a răspuns și el blând, sărutându-mi gâtul.

Ne-am iubit în noaptea aceea. Ne-am iubit fără limite, fără restricții, fără teamă. Ne-am iubit cu fiecare sărut, fiecare atingere și fiecare orgasm.

Ne-am iubit durerea, ne-am iubit cicatricile, ne-am iubit focul sălbatic ce nu se stinge niciodată.

Ne-am iubit, pur și simplu.

Da...

Ne-am iubit în tihnă.

***

Când m-am trezit, încă simțeam că parcă visam, pentru că m-am trezit în brațele lui. Avea ochii deschiși și m-a sărutat ușor pe frunte.

— Hei, am căscat, frecându-mă la ochi.

— Hei, a răspuns.

— E timpul să mă trezesc?

— Nu – a scuturat el din cap. E abia ora trei dimineața.

M-am ridicat puțin în capul oaselor, simțind oarecare îngrijorare.

— Ce s-a întâmplat?

— Nimic.

— Logan, spune-mi.

— Sunt doar îngrijorat, atâta tot. Kellan a făcut ieri chimioterapie, iar eu n-am lipsit nicio zi de când m-am întors. Uneori i se face rău în toiul nopții și m-am îngrijorat, doar atât.

M-am dat jos din pat și am început să-i adun lucrurile, apoi mi-am luat hainele pe mine.

— Ce faci? a întrebat el.

O pereche de pantaloni l-a plesnit ușor peste față.

— Îmbracă-te. Mergem acasă!

Am parcurs drumul spre casă în liniște, dar m-a ținut de mână tot timpul. Știu că pare copilăros, dar pe traseu am simțit că mă îndrăgostesc și mai tare de el. A oprit în fața casei mele să cobor și s-a aplecat să mă sărute.

Ah, cât îmi plăceau săruturile lui!

— Sună-mă, dacă ai nevoie de ceva, a zis.

Era încă întuneric afară, soarele mai avea de dormit. A fost de acord să mă țină la curent.

— Ah, am ceva pentru tine.

Am extras din geanta mea uriașă un teanc de DVD-uri, explicând:

— Le-am adunat în ultimii câțiva ani, gândindu-mă că ar putea conține documentare care să te intereseze. Am vizionat câteva și mi-au plăcut la nebunie. Cel despre pasărea Phoenix a fost preferatul meu și mi-a amintit de tine.

A deschis gura și vocea i-a sunat ca spartă.

— Cum de n-ai renunțat niciodată la mine?

Am ridicat din umeri.

— Deoarece pentru unele lucruri, pentru cele mai bune merită să te lupți.

L-am sărutat și am coborât din mașină.

— Ah, High?

A umblat în torpedou și a scos un DVD.

— Ăsta e pentru tine.

— Ce este?

— Am făcut un documentar cât am fost în Iowa.

— Poftim? Despre ce?

— Despre noi, mi-a răspuns timid. Se numește „Highs and Lows" - „Suișuri și coborâșuri". Fiecare mesaj pe care mi l-ai lăsat are un răspuns în documentar. O mie și nouăzeci de răspunsuri. Plus câteva momente intermediare.

— Lo...

— Nu este totul de bine, dar este real, crudul adevăr. Însă am vrut să știi că ți-am răspuns la fiecare mesaj. Și mai vreau să știi că m-a ajutat să rezist în fiecare secundă a dezintoxicării. Vocea ta m-a salvat.

Cum am intrat în casă, am pus DVD-ul în laptop și o oră întreagă, cât l-am urmărit, am stat cu răsuflarea tăiată. La unele replici mi se adresa direct mie, la altele vorbea pur și simplu în cameră, ca și când ar fi fost un jurnal. În fiecare răspuns îmi spunea ce aș fi vrut să aud cu atâția ani în urmă. Fiecare replică a lui corespundea chinului meu pe parcursul celor cinci ani.

Răspunsul #1

Îmi cer scuze. Iartă-mă, iartă-mă. Îmi pare al naibii de rău, High...

Răspunsul #56

Este ziua numărul 56 pentru mine la dezintoxicare și mă simt singur. Încă nu știu ce înseamnă toate astea. Să fii viu, să fii mort. Să inspiri, să expiri. Simpla idee a existenței a fost mereu derutantă pentru mine. Dar apoi, într-o bună zi, tu ai intrat în viața mea și totul a început să capete sens.

Poate că scopul vieții este să ne învețe că nu ne vor defini mereu greșelile trecutului. Poate că scopul vieții este să ne deschidem sufletul spre lucrurile de care ne temem cel mai tare - cum ar fi dragostea.

Poate că scopul vieții a fost doar să te găsesc pe tine, chiar dacă n-a fost să fie pentru totdeauna.

Și numai gândul ăsta îmi e destul să trec peste toate nopțile de singurătate.

Răspunsul #232

Copilul s-ar fi născut luna asta. Mi-ai lăsat un mesaj spunându-mi asta, dar deja știam. Nu pot să dorm, nu pot să mănânc. Mă gândesc doar la cum ar fi să fiu întins lângă tine, să te țin aproape de mine. Dar nu sunt încă bine. Tot rătăcit sunt. Nu sunt suficient de puternic să te iubesc în felul în care meriți să fii iubită. Așa că, uite, aștept. Până mă transform în ceva de care să fii mândră.

Răspunsul #435

Așadar, acesta este apartamentul meu. Nu știu dacă ți l-am mai arătat, dar uite-l. Are tot strictul necesar. Kellan m-a ajutat. Aici este Jordy, șoarecele. Din când în când iese la joacă și cam atât. E mică locuința, dar este a mea.

Știu că ești supărată pe mine.

Dar îmi este așa dor de tine, încât în unele nopți mi-e greu sufletul și când respir.

M-ai întrebat ce fac când plouă?

Stau în pat și mă gândesc la tine.

Răspunsul #1090

Ai spus că nu mă mai suni. Mă bucur să aud asta, dar în același timp mă doare. Vreau să fii fericită. Vreau să găsești pe cineva care să merite să te iubească. Vreau să te îndrăgostești de cineva cu o inimă care să bată pentru tine la fel cum bate a mea. Vreau să râzi atât de tare, iar cineva să se îndrăgostească de râsul tău, așa cum iubesc eu sunetul râsului tău.

Vreau să ai parte de acel final fericit.

Vreau să mergi mai departe.

Îmi spun în fiecare zi că nu te mai iubesc, că mi-a trecut.

Dar nu-i adevărat. În fiecare zi mi se întâmplă, chiar înainte să închid ochii să adorm. Îți văd fața, zâmbetul, sufletul și, în liniștea nopții, mă îndrăgostesc din nou de tine.

Sper ca asta să nu se schimbe niciodată.

Și, în mod egoist, sper ca o mică parte din tine să mă iubească mereu.

CAPITOLUL 41

Logan

Intrând în casa lui Kellan, m-am oprit pe moment, auzind un zgomot ca de horcăit, cineva se îneca și tușea, parcă. Am dat fuga la baie, de unde veneau sunetele, și l-am găsit pe Kellan pe jos, cu capul peste vasul de toaletă, vărsând violent.

— Doamne, Kel, am murmurat, luând un prosop să-l ud.

M-am aplecat lângă el, unde se sufoca sub impulsul reflexului de vărsat, dar nu mai avea ce să verse.

— Sunt bine, a îngânat, până să-l apuce iar criza de opintit în gol.

I-am pus mâna pe spate. Nu prea îl puteam ajuta cu mare lucru, doar să-i fiu alături cât dura chinul.

— Ce se întâmplă?! a zis alarmată Erika, ițindu-se în ușă.

A făcut ochii mari, încercând să se hotărască în ce direcție s-o apuce, să stea în baie cu Kellan sau să meargă în living.

— De ce nu m-ai trezit? m-a întrebat.

— Abia am ajuns acasă.

Și-a trecut mâinile prin păr.

— OK, îi trebuie pastilele împotriva stării de greață.

S-a grăbit să le aducă, lipăind cu tălpile pe parchet. A revenit cu un pahar cu apă și o pastilă mică roz:

— Poftim, Kellan.

— Nu, a șoptit, nu o vreau.

— O să-ți taie greața.

— Nu vreau.

Erikăi a început să-i tremure bărbia și a împins paharul și pastila spre el.

— Haide, Kel. O să...

— Lasă-mă în pace! a urlat, dând peste pahar, care s-a făcut fărâme pe podea.

Erika s-a rezemat, strâmbându-se. Îi tremurau buzele, răsufla sacadat. A pus pastila pe chiuvetă.

— O las aici, dacă ai nevoie.

După ce l-am ajutat să ajungă în dormitor, a luat pastila de la mine. M-am dus încet la bucătărie, unde am găsit-o pe Erika umblând prin dulapuri. Desfăcea o cutie cu pahare noi.

— Erika, e doar obosit.

A dat din cap de câteva ori, trecându-și mâinile prin păr.

— Da, știu, știu. E în regulă. Voiam doar să înlocuiesc paharele astea până dimineață. Așa mă bucur că le-am cumpărat! Știam că vor fi de folos și sunt, de fapt, mai bune decât acelea de dinainte, mai rezistente. Nu știu cum de nu le-am schimbat mai devreme.

Când a terminat, a închis cutia și s-a dus în living, unde a rămas cu mâinile în șold, privind în gol.

— Ce faci? am întrebat-o.

— Cred că dacă mut canapeaua cu fața spre peretele de est, așa ar vedea mai mulți televizorul. Da, ar fi o idee bună.

— Erika.

— Sau poate ar trebui să cumpăr un televizor nou. Am văzut un anunț de vânzare în ziar și...

— Erika, haide. Du-te la culcare.

— Nu, nu. E OK. Trebuie să strâng cioburile din baie. Chiar a fost un noroc că am avut setul ăsta de rezervă!

— Erika.

A început să suspine, acoperindu-și fața.

Doamne!

— Cu tine de ce nu se poartă așa? De ce nu țipă... De ce nu...

— Plecasem și nu aveam de gând să mă întorc. Probabil crede că aș putea să plec din nou. Sau, mai rău, că m-aș apuca din nou.

— Sunt distrusă, distrusă de tot. Nu sunt pregătită să înceapă școala. Am picat cursurile de vară la seral. N-am trecut. Nu am ratat niciodată nimic în viața mea. Iar acum

Kellan e răutăcios, rău, n-a mai fost așa niciodată până acum. Nu știu cât mai pot să rezist.

A continuat să suspine și am îmbrățișat-o.

Nu știam ce să-i spun sau cum s-o liniștesc. Avea dreptate. Kellan devenea tot mai năzuros de la o zi la alta, respingând-o.

— Vrei să fumezi niște iarbă?

S-a tras de lângă mine și a scuturat din cap.

— Nu, Logan. Nu vreau să fumez iarbă.

— Bine.

Tăcere.

— Vrei să te îmbeți? am întrebat.

A mijit ochii la mine și a stat în dubiu ce să facă, mușcându-și buza inferioară.

***

Stăteam pe verandă de vreo 45 de minute și pentru prima dată am văzut-o pe Erika îmbătându-se. Râsul ei răsuna în curtea din spate și din când în când pufnea pe nas cu zgomot, luând câte o dușcă din sticla de whiskey. Fumam o țigară de marijuana care mă muiase complet.

— Ești cel mai tare, a exclamat ea, plesnindu-mă peste picior.

— Nu poți să mă suferi.

— Așa e, nu pot să te sufăr.

A întins mâna după țigara de marijuana, dar am strâns din buze, refuzând să i-o dau.

— Cred că ar trebui să te limitezi la whiskey.

— *Cred că ar trebui să te limitezi la whiskey*, m-a imitat ea, râzând din nou. Știi ce nu suport cel mai mult la tine?

— Ce anume?

— Toată lumea te iubește, indiferent ce faci.

— Prostii.

— Nu. Serios, a insistat ea, dând din cap. Mai ales Kellan și soră-mea. Li se pare că ești un fel de zeu. Logan

Silverstone nu poate să facă nimic rău! Ei te iubesc mai mult decât m-ar putea iubi vreodată pe mine.

M-am încruntat.

— Asta nu-i adevărat.

— Ba da, este. Adică, hai să privim faptele. Ai făcut zob mașina lui Kellan, ai dat foc la primul meu apartament. I-ai frânt inima surorii mele, când te-ai izbit de un zid cu mașina. Ai fugit, ai ignorat-o ani întregi și totuși - la naiba, s-ar mărita și mâine cu tine, dacă i-ai propune. Kellan n-a avut zi în care să nu te pomenească. Mama voastră plângea zilnic, după ce ai plecat. A reușit un timp chiar să se lase de droguri, fiindcă voia să te facă să fii mândru de ea, până a târât-o iar taică-tu în mocirla aia și a ajuns în spital. Nu mai contează ce rahat de substanță foloseai din cauza căreia ai ajuns la dezintoxicare. Adevărul este că drogul cel mai mare din acest mic cerc de oameni ești tu. Sunt dependenți de tine și nu vor să se lase.

Mi s-a uscat gâtul și îmi venea greu să înghit.

— Ce-ai spus?

— Hm, multe. Vrei să repet totul?

— Nu.

Am scuturat din cap:

— Doar ce ai zis despre mama. Zici că tata a băgat-o pe mama în spital?

Erika a ridicat repede privirea, uitându-se la mine.

—Ah, Dumnezeule!

A făcut ochii mari și a scuturat din cap, reluând:

— Să nu te dai de gol că ți-am zis de asta, te rog. N-au vrut să știi ca să nu te simți vinovat că n-ai fost aici. Nu mă da de gol, te rog.

Am stins țigara, m-am ridicat și am intrat în casă.

— Du-te la culcare, Erika.

CAPITOLUL 42

Alyssa

A doua zi, Logan mi-a cerut să-l însoțesc în vizită la mama lui. Ne-am oprit mai întâi la Bro's Bistro ca să luăm niște mâncare pentru ea și am stat la mașină cât a fost el înăuntru. Mă uitam de-a lungul străzii și am auzit strigăte din aleea aflată la câțiva pași de mașină.

Am deschis portiera și m-am îndreptat în direcția sunetului, unde mai să-mi sară inima din piept când l-am văzut pe tatăl lui Logan peste Sadie, țipând la ea. Ea tremura, lipită de zidul magazinului de alături.

— Îmi pare rău! plângea ea, când a ridicat mâna și a plesnit-o tare peste față.

Am auzit-o scâncind, în timp ce corpul i s-a chircit, lăsându-se pe vine.

— Hei! am urlat, alergând pe aleea întunecată spre cei doi. Las-o-n pace! am strigat la el.

A dat s-o salte anevoie pe Sadie în brațe și mi-a aruncat o privire. Avea ochii injectați, răi și reci.

— Tai-o de aici! mi-a ordonat.

Privirea lui Sadie exprima doar teamă. Mi s-a strâns stomacul observând vânătăile care se formau încet pe chipul ei. Nu știam ce să fac, când l-am văzut aplecându-se și șoptindu-i ceva la ureche care a făcut-o să se strângă de spaimă.

— Las-o în pace, nemernicule!

Și-a încleștat mâinile pe încheieturile lui Sadie și a început s-o tragă, depărtându-se de mine.

— Curvă proastă! a murmurat spre ea, târând-o pe lângă el.

N-am stat să mă gândesc de două ori, am dat fuga pe alee și l-am îmbrâncit.

— Las-o în pace! am țipat, izbindu-l cu pumnul în spate.

A lăsat mâinile ei și, fără nicio ezitare, s-a răsucit și mi-a tras un pumn în ochi, izbindu-mă de zid, unde, pierzândumi echilibrul, am alunecat ca o cârpă la pământ.

N-am apucat să mă ridic, când l-am văzut pe Logan venind agresiv pe alee și l-am văzut dându-i un pumn în barbă tatălui lui, încât l-a doborât. Sadie s-a grăbit spre mine, ca să mă ajute să mă ridic.

— Ești bine? m-a întrebat ea, panicată, dar eram în regulă, chiar dacă zdruncinată de toată situația.

— Sunt bine, sunt bine, am zis.

M-am uitat la Logan, care năvălise peste Ricky și-i servea în mod repetat pumni. Avea căutătura aspră, rece și continua să lovească.

— Logan, nu! am strigat la el.

L-am apucat de braț. Avea privirea sălbatică, parcă îl mistuia un foc interior.

Logan.

Lo.

Cea mai dureroasă slăbiciune a mea, mi-a trecut prin gând.

— Logan, ajunge. A leșinat, gata.

Am încercat să-mi păstrez tonul blând, nevrând să arăt cât de speriată eram. A dat să-i mai tragă una tatălui lui, dar l-am apucat de braț.

— Logan, uită-te la mine, te rog! Tu nu ești ca el, nu ești el. Nu ești tatăl tău.

S-a oprit.

— Ești bine, Logan Francis Silverstone. Ești ok, dă-mi mâna, i-am cerut.

S-a conformat și l-am ajutat să se ridice.

L-am văzut cum i se calmează respirația când s-a îndepărtat de Ricky și se uita îndelung la pumnul însângerat. Am vrut să-l iau de mâini, dar le-a ferit. Ochii i s-au oprit asupra feței lui Sadie, care arăta aproape la fel de rău ca a tatălui lui.

— *La naiba!* a suflat el. Haide! a spus, plecând.

Eu și Sadie l-am urmat și ne-a dus la cabinetul lui TJ. După ce a ciocănit cu putere la ușa acestuia, TJ a coborât în pijamale și ne-a deschis.

— Ce naiba, Logan? E duminică, azi e zi de *odihnă*.

Logan nu a spus nimic, doar s-a dat la o parte, ca să ne vedem eu și Sadie.

— Fir-ar, intrați! a murmurat TJ.

Am stat până ne-a consultat pe toți, verificând inclusiv sarcina lui Sadie, care din fericire nu pățise nimic. Când am plecat, i-am spus lui Sadie că putea sta la mine, dar nici n-a apucat să răspundă, că a primit un mesaj de la Ricky.

Ricky: Spune-i eroului tău c-o să plătească pentru asta, începând cu maică-sa.

— Ah, nu, am îngânat, iar Logan a făcut ochii mari. Cheamă poliția!

CAPITOLUL 43

Logan

Am dat fuga la apartamentul mamei și am deschis ușa gâfâind.

— Mamă! Unde ești? am strigat.

Aproape mi-a stat inima văzând-o la pământ, iar nenorocitul ăla o lovea întruna în burtă. M-am năpustit asupra lui și l-am azvârlit cu toată puterea în partea cealaltă a camerei. M-am dus fuga la mama, încercând s-o fac să-și vină în fire.

Din spatele meu am auzit ridicându-se tot mai tare un hohot de râs.

— Ei, ce mai reuniune de familie! Nu da atenție la maică-ta, a ațipit puțin.

M-am ridicat și l-am atacat, vrând să-l dau de pământ, dar m-am oprit. Mi-au venit în minte vorbele Alyssei: „Nu ești tatăl tău".

— Lasă-ne în pace, Ricky!

Arăta groaznic, ca și când ar fi folosit o mulțime din drogurile pe care le plasa.

— După ce-o recuperez pe Sadie. Te-ai distrat, acum dă-mi-o, a urlat, venind spre mine.

— Ricky... ai nevoie de ajutor, omule.

— Tai-o de aici, panaramă! Dă-mi-o pe Sadie.

— Nu e proprietatea ta. N-o să meargă cu tine.

Și-a trecut mâinile prin păr, trăgându-se de el nervos.

— Ți-am fost de ajutor, băiete! Când nu aveai pe nimeni, te-am luat sub aripa mea.

— Și m-ai făcut dependent de droguri?! Da, ce gest omenos din partea ta.

A venit repede spre mine și m-a luat cu o mână de gât, împingându-se cu capul în fruntea mea.

— Nu vorbești pe tonul ăsta cu mine, fiule!

Chiar dacă nu mai eram copilul plăpând de pe vremuri, Ricky era în continuare mult mai mare decât mine și, drogat fiind, era chiar mai înspăimântător. Nu ştiam ce-o să facă, dar preferam să se ia de mine, în loc de fetele care rămăseseră afară, în maşină.

— Du-te acasă, Ricky, s-a terminat!

— S-a terminat?

M-a împins şi apoi m-a lovit cu pumnul în arcadă. Durerea care a urmat era atroce. M-am poticnit cu spatele şi am încercat să nu cad, apucându-mă de canapeaua moale.

— N-am de gând să mă bat cu tine, Ricky, am murmurat, ducându-mi mâna la ochi.

— Ba da, a mormăit el, apropiindu-se şi izbindu-mă cu pumnul în stomac.

Am simţit cum îmi vine să vărs, dar m-am abţinut.

— Ba nu.

— De ce nu? a întrebat, împingându-mă la pământ şi lovindu-mă cu piciorul în burtă. De ce nu? Pentru că eşti slab? Pentru că nu eşti un bărbat adevărat? urla, continuând să dea în mine.

— Nu, am murmurat, scuipând sânge. Dacă aş face-o, aş fi exact ca tine.

— M-am săturat de tine, a mormăit, trecându-şi mâna peste gură, înainte de a scoate din buzunarul de la spate un pistol. M-am săturat să te bagi în viaţa mea, să intervii în situaţiile mele. Mi-a ajuns să-ţi văd mutra. Aşa că punem punct aici.

A îndreptat pistolul spre mine şi am închis ochii, dar când am auzit zgomot de tras, n-am simţit nimic.

Am deschis ochii şi am văzut poliţiştii lângă mine, iar pe Ricky întins pe jos, împuşcat în umăr.

Au ajuns repede la faţa locului poliţişti şi paramedici. Totul s-a pierdut ca în ceaţă, mă uitam la ei cum se grăbesc la mama şi la Ricky. Alyssa şi Sadie vorbeau cu agenţii de poliţie, explicând ce s-a întâmplat. Am vrut să spun ceva, dar falca îmi era atât de umflată, că mă durea dacă încercam să deschid gura. Un asistent a venit să mă vadă, dar i-am făcut semn că n-am nimic.

— Sunt în regulă, am zis stins, simțind că mă ardea gâtul pe interior.

M-au ignorat și au început să-mi curețe rănile, și tot pomeneau despre copci pentru nas și bărbie.

— O să avem mai multe întrebări la spital, i-a spus polițistul Alyssei. Venim în urma voastră cu mașina.

Ea a dat din cap și s-a apropiat de mine, strâmbându-se când mi-a atins încet fața.

— Of, Lo... a șoptit.

Am suflat greu, vrând să pufnesc în râs.

— Cr-crezi... dar m-am oprit, schimonosindu-mă de la durerea din falcă. Crezi că arăt rău, să-l vezi pe celălalt.

N-a râs, pentru că nu era amuzant.

— Haide să te aranjăm, a comentat.

Am vrut să spun ceva sarcastic, s-o fac să se simtă mai bine, pentru că-mi dădeam seama că o afectase incidentul. Dar nu mi-a venit nimic în gând. Mintea mea rătăcea, eram îngrijorat de starea mamei. Nu știam de când zăcea lovită când ajunsesem. Mă tot gândeam că ar fi trebuit să fiu acolo s-o apăr. Îmi aminteam de nenumărate ori când îi spusesem că o urăsc, dar adevărul e că o iubeam.

O iubeam mult și o dezamăgisem. O dezamăgisem când am plecat.

***

Logan, la 13 ani

Bunicul îmi trimisese de ziua mea un documentar despre hamburgeri. Îl urmărisem deja de trei ori, dar l-am pus din nou în aparat. Era destul de interesant, iar eu eram oarecum plictisit înainte să-l primesc, pentru că văzusem deja toată arhiva.

— Ce faci? a întrebat mama, stând în prag.

— Nimic, i-am răspuns. Pot să te ajut cu ceva?

M-am uitat în sus și am rămas cu gura căscată. Mama arăta frumos. Își prinsese părul în creștet într-o coadă de cal, legată cu o fundă roșie. Era machiată, ceva ce nu obișnuia, și purta o rochie drăguță, neagră, de plajă, care în mod normal zăcea în dulap.

Arăţi minunat, am exclamat.

Îi tot zvâcneau muşchii, dar mă obişnuisem. Se foia mereu şi avea tremurături, dar nu mai dădeam atenţie. Era ceva tipic pentru ea.

— Da? Nu ştiu. Mă întâlnesc cu cineva mai târziu, a zâmbit ea, făcând o reverenţă. Este o întrunire despre cum se pot lăsa oamenii de droguri, ştii? Vreau să nu mai iau, Logan. Vreau să fiu o mamă mai bună pentru tine.

Am făcut ochii mari, simţind că plutesc, iar stomacul dădea semne de trepidare.

— Serios?

Mama nu vorbea niciodată despre primit ajutor. Mereu spunea că n-o poate ajuta nimeni.

— Da.

S-a așezat pe saltea și a continuat:

— Însă va trebui să stai un timp cu Kellan și cu tatăl lui. Vreau să merg la o clinică de dezintoxicare. Chiar vreau să fac situaţia mai bună pentru noi.

— Mă părăseşti? am zis, simţind că mi se umezesc palmele.

— Doar pentru puţin timp. Apoi o să revin mai bine ca oricând.

— O să te întorci după mine?

— O să mă întorc după tine.

Am oftat uşurat.

— Crezi că poţi să iei o pauză de la DVD-ul ăla și să vii să faci o lasagna? Putem să sărbătorim înainte să plec.

Îmi luceau ochii și am aprobat din cap.

— Da!

Am gătit împreună. Eu am făcut sosul, iar mama a așezat foile de lasagna și cașcavalul ras. După ce a fost gata, m-a pus să mut televizorul mic din camera mea în living.

Ne-am instalat pe canapea, urmărind documentarul despre hamburgeri și am mâncat lasagna din cratiță.

— Mamă?

— Da, Logan?

— De ce plângi? am întrebat.

A schițat un zâmbet și a ridicat din umeri.

— Sunt fericită, puiule, pur și simplu fericită.

Am zâmbit și eu și m-am apucat iar de mâncat. Lasagna m-a ars pe cerul gurii de fierbinte ce era, dar nu-mi păsa, pentru că mama se ducea la dezintoxicare. Apoi avea să se întoarcă după mine, să ne începem traiul normal amândoi. Ne făceam bine. În curând, viața noastră avea să însemne să luăm cina împreună și să vedem documentare. Avea să vină la ședințele cu părinții și la absolvire. Urma să aibă un dans lent cu mine, la nunta mea. Să le citească basme la culcare viitorilor mei copii. Urma să avem un viitor împreună, iar totul să fie perfect.

Continuam să zâmbesc întruna.

Pentru că nu fusesem niciodată atât de fericit.

CAPITOLUL 44

Alyssa

Logan s-a ales cu nasul spart, ochii învineţiţi şi o mână ruptă. Avusese noroc, deoarece arăta mai stâlcit la faţă decât fusese efectiv vătămat. Ne-am aşezat în hol, aşteptând să aflăm despre starea mamei lui. Am închis ochii, rugându-mă în gând să fie bine. Ştiam că Julie îi cauzase multă suferinţă lui Logan, cu toate astea, însemna mult pentru el.

Poliţiştii au venit să discute cu noi.

— Scuze că vă întrerupem, dar am vrut să vă comunicăm noutăţile. După tot ce ni s-a relatat, suntem pe cale să obţinem un mandat de percheziţie acasă la tatăl tău. Pistolul pe care îl avea se afla ilegal în posesia lui şi am găsit droguri asupra lui la faţa locului. Are un cazier destul de stufos de întrevederi cu poliţia, aşa încât cred că de data asta vom reuşi să-l arestăm. Deocamdată este reţinut pentru atacul asupra mamei tale. Asta o să ne dea suficient timp să obţinem mandatul de arestare. O să-i venim de hac!

Logan a dat din cap, iar eu le-am mulţumit. Ne-au urat cele bune şi au spus că or să ne ţină la curent.

— Ce uşurare, am suspinat.

Logan şi-a sprijinit capul pe palme, continuând să dea din el.

— Da.

Îl mângâiam pe spate, când s-a apropiat doctorul de noi.

— Bună ziua, vreau doar să vă anunț noutățile.

— O groază de noutăţi azi, a murmurat Logan.

Doctorul a zâmbit pieziş.

— Da. Așadar, starea mamei tale se îmbunătăţeşte, însă concentraţia de narcotice din organismul ei este îngrijorătoare. O mai ţinem câteva zile ca să le elimine din corp. Are două coaste rupte de la lovituri, dar nu-i pot da multe analgezice din cauza drogurilor. În clipa asta, ne orientăm cam după ureche. Dacă aveţi întrebări, vă rog să îmi spuneţi.

I-am mulțumit doctorului, iar Logan a rămas cum era, cu capul între palme.

— Vezi, Logan? Totul este ok și va fi bine. Vrei să-l sun pe Kellan să-l anunț?

Fratele lui nu știa nimic din cele întâmplate. Logan nu dorise să-l îngrijoreze până nu aflam toate detaliile.

A mârâit ridicând privirea.

— Nu, ar trebui să-i zic personal, ca să nu reacționeze aiurea. Nu vreau să-i povestesc prin telefon.

— Înțeleg, e o idee bună.

— High?

— Da?

— Să știi că te poți retrage acum dacă vrei. Poți să ieși din toate astea.

— Despre ce vorbești?

— Despre viața mea, a zis chinuit, pentru că îl durea foarte tare falca.

S-a schimonosit puțin, frecându-se pe obraz, apoi a reluat:

— Viața mea e varză, a fost dintotdeauna, iar eu îți ofer acum un card gratuit de „ieșire din iad". Te iubesc și de asta îți dau ocazia să refuzi, dacă vrei. Meriți mai mult decât un trai răvășit.

— Hei, am șoptit, apropiindu-mă de el.

Mi-am lipit buzele de urechea lui și i-am dat părul pe după ureche. Mă durea sufletul să văd că are sânge pe față și în păr. Era sfâșietor totul - viața pe care o dusese.

— Nu plec nicăieri.

Dădea mai departe din cap, cu mâinile încleștate una de alta și ochii sticloși.

— Sunt varză, High. Varză, așa am fost mereu, așa voi fi mereu.

— Logan, oprește-te. Nu mai ești cine erai atunci, bine? Nu ești rezultatul trecutului tău.

— Dar tu meriți totul, meriți ceva mai bun, mai mult.

— Aş putea avea o existenţă normală cu altcineva, am răspuns. Aş putea avea casa tradiţională cu peluză îngrădită, un serviciu obişnuit, copii normali, soţul tipic. Aş putea avea o viaţă confortabilă cu cineva cu care aş fi mulţumită, dar pe care nu l-aş iubi niciodată pe de-a-ntregul. Însă nu asta îmi doresc, Logan. Eu te doresc pe tine. Vreau cicatricile, vreau arsurile, rănile. Ale tale toate, cicatricile tale le vreau, arsurile tale le vreau, rănile tale le vreau – ăsta e sufletul meu. Eşti tot ce mi-am dorit vreodată şi tot ce mi-aş putea dori. Suferinţa ta este şi a mea. Puterea ta este şi a mea. Ritmul inimii tale curge prin mine. Aşa că nu, n-am de gând să dau înapoi. Nu vreau să fug pentru că uneori lucrurile sunt grele. Te vreau pe tine. Tu, tot, cel bun, cel rău, cu durerea şi furia ta. Dacă treci prin iad, te ţin de mână tot drumul. Dacă în vieţile noastre se înteţesc flăcările din exterior, vom arde ca unul. Logan, tu eşti totul pentru mine. Trecutul, prezentul, viitorul - sunt a ta. Tu eşti perechea mea pe veci.

S-a întors şi m-a sărutat. I-am răspuns la fel, ceva mai dur, şi s-a văicărit de la atingere.

Am râs blând, sărutându-l pe frunte:

— Scuze. Hai să mergem la mine, te speli şi apoi te las la Kellan, ca să discutaţi.

***

Când am ajuns acasă, am pornit duşul, l-am dezbrăcat pe Logan şi l-am ajutat să intre în cabină. Sub jetul de apă caldă, a închis ochii, inspirând adânc.

— Te aştept afară. Mai am nişte haine vechi de-ale tale rămase din urmă, ţi le aduc, i-am zis.

— Nu. Stinge lumina şi vino aici, a zis, cu ochii încă închişi.

M-am conformat. Mi-am scos toate hainele şi am intrat sub duş împreună cu el. M-a tras mai aproape, îmbrăţişându-mă, atingându-ne pielea, lipindu-şi fruntea de a mea. Nu se auzeau decât apa şi răsuflarea noastră.

Am stat aşa mult timp, până ce apa s-a răcit şi am mai zăbovit puţin.

— Pentru totdeauna, High?

— Pentru totdeauna, Lo.

CAPITOLUL 45

Logan

Când Alyssa m-a lăsat la Kellan, eram oarecum liniştit. Tata era reţinut de poliţie. Mama nu putea părăsi spitalul, ceea ce însemna că, pentru un timp, nu avea cum să intre în contact cu droguri. Poate că lucrurile se îndreptau treptat. *Poate.*

Am intrat în locuinţa cufundată în întuneric. Kellan stătea pe canapea.

— Ce se întâmplă? am întrebat, aprinzând lumina.

El s-a strâmbat, deranjat de valul puternic de lumină, dar n-a spus nimic. Îi curgeau lacrimi pe obraji, în timp ce mâinile îi tremurau, încercând să deschidă tubul de analgezice. Pentru că nu reuşea, a azvârlit flaconul de pastile.

— Ahh! a ţipat, lovindu-se cu mâinile în cap.

— Ce se petrece, Kel? Unde e Erika?

— S-a dus la mama ei acasă.

S-a ridicat încet, cu picioare tremurătoare, şi s-a dus poticnit spre locul unde căzuse flaconul. L-a luat de jos, a încercat iar să-l desfacă şi nu a reuşit. Răsufla greu şi s-a sprijinit de perete, încercând mai departe.

— Stai, lasă-mă pe mine, m-am oferit.

Am întins mâna după tub, dar m-a respins.

— Dă-mi pace!

— Nu.

— Ba da.

Am început să mă lupt cu el pentru tub şi i l-am smuls din mâini. L-am deschis şi i-am dat o pastilă în palmă. S-a lăsat să alunece de perete până jos şi a rămas aşezat.

— N-am nevoie ca tu şi Erika să mă dădăciţi şi să-mi deschideţi nişte afurisite de tuburi cu pastile.

— Ba ai.

— Nu, nu am.

— Kel, ba da!

— Nu! a urlat jalnic, vocea transformându-i-se în plâns. S-a strâns singur în braţe şi s-a întors cu spatele la mine, încercând să-şi ascundă lacrimile. Mă sting, Logan, mor.

M-am lăsat jos, la nivelul lui, aşezându-mă alături, lipit de perete.

— Nu spune asta.

— Este adevărul.

— „Trăieşte clipa de faţă", am zis, citându-l pe Ram Dass. E citatul de la clinica de dezintoxicare, aflat deasupra fiecărui dormitor. Ne spuneau să nu ne mai învinuim pentru ce a fost şi să nu ne mai îngrijorăm legat de ce va fi când vom părăsi clinica. Trebuia doar să fim în acel moment. Trăieşte în clipa de față, Kellan. Acum eşti aici. Eşti la fel de viu precum Erika, Alyssa şi cu mine.

— Da, dar voi fi mort mai repede decât voi toţi.

— Asta-i discutabil. Am un talent s-o dau mereu de gard.

Kellan a râs şi m-a împins uşor. *Bun, râsul e bun.* Ne-am lăsat amândoi cu capetele rezemate de perete.

— „Trăieşte clipa de faţă", a murmurat încetişor.

— Deci, când se întoarce Erika? am întrebat.

— Nu mai vine. I-am zis să plece o vreme.

— Poftim?

— Nu puteam s-o mai las să îndure asta, Logan. De câte ori tuşeam, credea că mă prăpădesc. Merita să ducă o viaţă normală.

— Asta i-ai spus?

S-a strâmbat.

— Nu chiar.

— Ce i-ai spus?

— I-am spus că nu vreau să mă însor cu ea. Că între noi s-a terminat și că m-am săturat de cicăleala ei. I-am spus să plece și să nu se mai întoarcă.

— Ai îndepărtat-o, fiind răutăcios.

A confirmat din cap, trăgându-și nasul.

— Doar așa ar fi plecat. Nu puteam să-i frâng în continuare inima.

— Crede-mă, frate, că are inima frântă oricum.

S-a încruntat, ştia că am dreptate.

— Să presupunem că s-ar inversa rolurile. Că ea ar avea cancer şi tu ai îngriji-o. Cum te-ai simţi dacă ţi-ar spune vorbele astea?

Îşi trecea palmele peste faţă întruna.

— Ştiu, ştiu. Deja mi-e dor de ea. Dar nu ştiu cum s-o dreg. Nu ştiu cum să fac să-i fie mai uşor.

— Nu s-a înhămat la ceva uşor, Kellan. S-a înhămat la traiul alături de tine. Cu tot ce vine la pachet, pe tine te-a ales. Însă nu-ţi face griji. O dregem.

— De când ai devenit aşa înţelept?

Am zâmbit.

— De când Alyssa mi-a oferit acelaşi discurs despre faptul că este alături de mine, cu tot pachetul, indiferent prin ce trec.

A râs.

— Trebuia să-mi dau seama că tu n-ai fi aşa de înţelept.

— Da, ei bine, lucrez la asta.

Am rămas în tăcere câteva minute.

— Logan?

— Da.

— Ce naiba ai păţit la faţă?

Am pufnit în râs şi i-am povestit prin ce trecusem cu mama şi cu tata. A reacţionat mai bine decât mă aşteptam, deşi s-a gândit la fel ca mine:

— Măcar în spital nu poate face rost de niciun fel de droguri.

Ah, fratele meu. Cel mai bun prieten al meu, mi-a trecut prin minte.

***

Alyssa: Eşti bine, Logan Francis Silverstone.

Eu: Sunt bine, Alyssa Marie Walters.

Îmi trimitea mesaj cu aceste cuvinte la câteva ore. Când Kellan a fost pregătit, am mers cu el la spital s-o vadă pe mama. Întrucât doctorii evitau să-i dea prea multe medicamente din cauza dependenței ei, avea dureri destul de mari. Era greu s-o vedem în starea aceea, dar nu era mai rău decât o văzuserăm în alte dăți.

Kellan era într-un scaun cu rotile și l-am împins spre pat. I-a luat mâna între palmele lui și ea i-a zâmbit firav. Eu îi urmăream din spate.

— Îmi pare atât de rău, puiule, plângea ea. Îmi pare atât de rău că am încurcat treburile așa de tare, am stricat totul, a spus ea.

El i-a prins fața în mâini și a scuturat din cap.

— Trăiește clipa de față, mamă! a îndemnat-o el. E în regulă.

Ea și-a mușcat buza inferioară și, uitându-se în jos, la îmbrăcămintea de spital și la toate tuburile și bandajele care-i ieșeau din corp, a șoptit:

— Vreau să merg la dezintoxicare.

Kellan și cu mine am aprobat din cap.

— Și eu, s-a auzit altă voce.

M-am întors și am văzut-o pe Sadie. Avea ochii sticloși și se foia puțin, dar mi-a zâmbit.

— Bine, i-am spus.

A confirmat din cap.

— OK. Nu știu cum o să mă descurc, să cresc copilul ăsta singură, nu am pe nimeni.

I-am dat un mic ghiont.

— O să fie bine. Puștiul ăla o să fie fratele meu. Iar eu sunt obișnuit că pentru un frate faci totul. Te ajut eu. Ai o familie de acum, Sadie. Nu trebuie să mai faci totul singură, promit.

CAPITOLUL 46

Alyssa

Au trecut două săptămâni de la incidentul cu părinţii lui Logan. Julie a intrat la dezintoxicare şi se zbate acolo de câteva zile, dar luptă pentru viaţa ei. Şi Sadie s-a lăsat, îşi croieşte acum un drum în viaţă.

Totul revenea la normal. Mai puţin faptul că Erika stătea încă la mama, ceea ce era departe de ceva normal. De fapt, era chiar oarecum înspăimântător. Într-o sâmbătă după-amiază, m-am dus la mama cu o cutie în braţe şi am bătut la uşă.

Când s-a deschis uşa, Erika a ridicat o sprânceană.

— Bună, Aly. Ce faci?

— Hm, de fapt, ce faci tu aici, de ce stai la mama? Ştii ceva? Nu contează. Adună-ţi lucrurile că mergem!

— Ce tot spui acolo?

— Îţi aminteşti de viaţa ta? Ai un logodnic. Da. E timpul să mergi acasă. Kellan...

— Nu mă vrea. Nu mă vrea acolo, Alyssa.

— Are nevoie de tine.

Mama a apărut în hol, cu ochii mijiţi.

— Despre ce vorbeşti? Erikăi i-a venit, în sfârşit, mintea la cap. Îşi ia din nou în stăpânire viaţa, pentru că a făcut o greşeală uriaşă. Sunt aşa mândră că şi-a dat seama de asta!

— Mamă, faci ceva pentru mine, te rog? am întrebat.

— Ce anume?

— Vezi-ţi, naibii, de viaţa ta. Măcar o dată în viaţă, vezi-ţi de ale tale!

A pufnit, dar n-a apucat să comenteze, că am tras-o pe Erika afară din casă şi am închis uşa după ea. Erika s-a încruntat.

— Ascultă, Alyssa. Am încercat cu Kellan, chiar am încercat. Dar mi-a dat clar de înţeles că nu mă vrea acolo, aşa că nu vin.

— Hai acasă, Erika. Chiar acum.

— Nu.

— Bine.

Am deschis cutia și am ridicat ostentativ dintr-o sprânceană, spunând: Am încercat să te pun în gardă.

A făcut ochii mari când a văzut colecția ei de farfurii în cutie.

— Ce vrei să faci, Alyssa?

Am răsturnat ușor cutia, iar Erika a sărit cât colo când toate farfuriile s-au spart de pământ.

— Ah, Doamne, Dumnezeule!

— Logan, vino aici!

L-am strigat și s-a dat jos din mașină cu o cutie în mâini.

— Spune-i Erikăi să vină acasă.

Erika tremura, mușcându-și buza inferioară. Logan a venit spre ea, s-a uitat fix în ochii ei și a zâmbit.

— Ești sora mea.

— Termină, nu sunt.

— Țipi la mine. Nu poți să mă suferi. Te porți urât cu mine. Mă faci prost. Deci, ești sora mea, Erika. Dă-l încolo acum pe Kellan. În momentul ăsta am nevoie să vii acasă. Nu pot să-l ajut fără tine.

— Nu pot, a zis ea. Nu pot să fac asta.

Logan a dat din cap și a deschis cutia în care se afla setul ei de pahare preferat.

— Hai acasă.

— Sunt acasă.

— Bine.

A înclinat cutia, iar Erika s-a schimonosit.

— Nu, Logan, abia le-am cumpărat...

Poc!

S-au împrăștiat pe jos numai cioburi.

— Ah, Dumnezeule! Ce naiba e cu voi?!

— Vrem doar să vii acasă, atât, i-am explicat eu.

— Nu pot să mai fac asta. Nu mai rezist la un mediu disfuncțional.

I-am arătat cu mâna spre casă, unde mama ne urmărea fiecare mişcare de la geam, regretând vesela spartă şi strigând la Erika să vină înăuntru.

— Şi crezi că *asta* e un mediu funcţional?

— Plecaţi amândoi, vă rog. Kellan nu are nevoie de mine.

— Ba da, am nevoie de tine.

Ne-am întors şi l-am văzut pe Kellan venind spre noi, ducând şi el o cutie. S-a oprit la marginea aleii şi i-a prins privirea Erikăi, spunând:

— Mi-e dor de tine. Te vreau. Am nevoie de tine, Erika.

A golit tot conţinutul cutiei pe jos şi a aruncat şi cutia.

— Hai acasă.

Erika a râs şi apoi ne-am apucat să râdem toţi împreună cu ea. Mama a deschis uşa de la intrare şi a dat fuga afară, cerându-i imperios Erikăi să intre, dar deja n-o mai asculta.

Ne-am întors cu toţii la maşină, lăsându-ne durerea în cioburile sparte, urmând să o luăm de la zero - împreună. Kellan a plecat acasă cu Erika în maşină, Logan o conducea pe a mea.

— Hei, mă gândeam... Vrei să avem o escapadă sexuală nebună şi sălbatică înainte de evenimentul de la restaurantul lui Jacob de diseară?

Am ridicat din umeri, fără energie.

— Cred că da. Sau putem să ne uităm la noul documentar despre Michael Jackson pe care l-am luat ieri şi să mâncăm pizza rămasă şi biscuiţi Oreo cu zmeură.

A făcut ochii mari.

— Vai, Doamne. Îmi place când vorbeşti cu mine aşa murdar.

M-a sărutat şi ştiam că timpul nostru „pentru totdeauna” începea chiar din acel moment.

***

— Bun, deci ăsta-i planul. Merg la restaurantul lui Jacob şi ajut la aranjarea detaliilor finale. Tu mergi acasă la Kellan şi Erika, îi iei şi-i convingi că ieşiţi la ceva de băut. Kellan va fi de acord, Erika va refuza, dar tot vor veni, pentru că ea îl iubeşte şi vrea să-l facă fericit, a explicat Logan, dând să plece, după ce am urmărit documentarul.

—Bine.

— Doamne, am emoţii, iar petrecerea nici măcar nu-i pentru mine, a zâmbit el.

L-am sărutat şi a plecat în grabă.

— Eşti sigur că nu vrei să te duc cu maşina la Jacob?

— Nu, e în regulă. E frumos afară. Ne vedem curând.

Cum a plecat, m-am dus direct acasă la soră-mea, care a reacţionat exact cum a bănuit Logan, refuzând să vină.

— Nu cred că e o idee bună să ieşim la băut, Alyssa. Suntem amândoi destul de obosiţi, s-a încruntat Erika. Poate săptămâna viitoare.

— Ah, hai! O să fie distractiv. Și-apoi, Logan lucrează diseară acolo şi putem să-l enervăm dacă noi comandăm mâncare şi apoi o refuzăm. O să ne distrăm pe cinste!

Kellan a zâmbit.

— Chiar că ar suna amuzant. Și mi-e dor de distracţie.

Erika a mijit ochii:

— Vrei să mergi?

A confirmat repede din cap.

— Serios? Nu eşti obosit?

A scuturat iar capul.

O clipă a părut că rămâne pe gânduri, dar eu şi Kellan i-am adresat atunci nişte priviri aşa rugătoare, încât a trebuit să cedeze şi am chiuit amândoi, încântaţi.

— Un aperitiv şi o băutură! Apă pentru domnul, a zâmbit ea, arătând spre Kellan.

— Ca să ştii, o să-mi beau apa cu sorbituri foarte mici.

Ajunşi la restaurant, Erika s-a arătat contrariată.

— De ce scrie pe uşă că este închis? Este ora şase seara.

— Nu ştiu, asta-i ciudat!

Am pus mâna pe mâner şi am deschis uşa.

— Nu e încuiat. Hai să vedem dacă este Jacob aici.

Când am intrat, Erika s-a înfiorat văzând toate ornamentele de nuntă. Localul era înţesat cu toţi prietenii lor, care au strigat:

— Surpriză!

— Ce se întâmplă? a întrebat Erika, uitându-se peste tot.

Jacob a venit spre noi şi l-a îmbrăţişat pe Kellan.

— Am eu grijă de individul ăsta, iar tu, Alyssa, ajut-o pe soră-ta, aveţi baia de fete liberă special.

— Pentru ce? a întrebat Erika, încă răvăşită, dar am luat-o de mână şi am tras-o după mine.

La baie ne aştepta altă surpriză.

Şi-a dus mâinile la gură:

— De ce e rochia mea de mireasă aici, Aly?

Am zâmbit şi simţeam energia ei copleşitoare.

— Credeam că ştii. Azi te măriţi.

— Poftim?

— Am zis că te măriţi astăzi.

A început să lăcrimeze şi am intervenit categoric:

— Ah, nu! Fără plâns. Vine un make-up artist să te machieze în câteva minute şi trebuie să te pregătim.

— Vrei să spui că nunta de aici... toate decorurile şi oamenii ăia... sunt pentru nunta mea?

Am confirmat din cap.

A pufnit şi şi-a pus mâinile în şolduri, nevenindu-i să creadă.

— Ai făcut toate astea pentru mine?

— A fost ideea lui Logan.

A început să tremure şi şi-a muşcat buza inferioară.

— Ah, scumpo, nu plânge.

— Nu plâng, a suspinat, acoperindu-şi faţa cu mâinile. Doar că este foarte, foarte drăguţ din partea lui.

Ne-am apucat s-o pregătim. Şi-a pus rochia albă, frumoasă, i-am strâns părul într-un coc delicat şi am râs, bând şampanie.

— Eşti gata, surioară? am întrebat-o, îmbrăcată la rândul meu în rochia de domnişoară de onoare.

— Da. Doar că aş fi vrut ca mama să fie...

M-am încruntat.

— Ştiu.

— Dar nu contează. Diseară este despre mine şi Kellan. Este seara noastră.

Când am mers în restaurant, Jacob stătea pe scenă, cu microfonul în mână, pregătit să oficieze ceremonia. La stânga lui era Kellan, în costum cu cravată, iar alături era Logan. Mi-am aruncat privirea la chipul lui, parcă dansând. Îi zâmbea toată faţa, dar nu mai era încadrată de şuviţele lui frumoase, ondulate. Se răsese proaspăt pe cap, ca să se asorteze cu fratele lui. Nu doar Erika lăcrima, ci şi eu.

Îl iubeam.

Pentru totdeauna. Pentru totdeauna. Pentru totdeauna.

— Stai aici, i-am zis surorii mele. Nu te mişca până nu mă auzi cântând, atunci mergi în întâmpinarea viitorului tău soţ.

Erika era încă într-o frumoasă stare de înmărmurire, dar a aprobat din cap. M-am dus la pian şi am început să cânt, urmărind-o pe sora mea mergând pe mijlocul restaurantului, spre iubirea vieţii ei. Îi curgeau lacrimi pe obraji, şi mie la fel.

Meritau acest moment. Îl meritau mai mult ca oricine. Jacob şi-a citit procedura, iar cei doi iubiţi şi-au adresat jurămintele, promiţându-şi unul altuia sprijin la bine şi la greu. Mai presus de chin şi plăcere, acum şi pe veci. Când s-au sărutat, le-au simţit dragostea toţi cei din încăpere.

Apoi i-am scos din salon aşa râzând, plângând şi iubindu-se. Logan a luat microfonul de la Jacob şi a aşteptat câteva minute până i-am dat semnalul că Erika şi Kellan erau gata să-şi facă intrarea triumfală. Zâmbea când a anunţat:

— Doamnelor şi domnilor, am plăcerea să vi-i prezint pentru prima dată în public pe domnul şi doamna Kellan Evans!

I-a poftit cu un gest larg, Erika apărând din stânga încăperii, iar Kellan din dreapta, întâlnindu-se la mijlocul ringului de dans. Logan a continuat prezentarea:

— Înainte să începem distracţia, aş vrea să ţin discursul de cavaler de onoare. Aşadar, luaţi-vă ceva de băut şi ascultaţi, vă rog.

A zâmbit intimidat şi am remarcat că încerca să-şi limpezească ochii umeziţi, clipind.

— Fratele meu, Kellan, este un supererou. Poate că nu salvează oraşe şi nu poartă pelerină, dar schimbă vieţi. A trăit mereu fiecare zi ca şi cum ar fi fost plină de magie. Zâmbeşte chiar şi atunci când îl doare. Crede în iubire, viaţă şi în finaluri fericite. Crede în familie. Adică a crezut în mine, când probabil nu meritam. Am crescut diferit unul faţă de celălalt. El credea în fericire, când eu mă zbăteam în tragedii, dar a continuat să mă iubească. M-a iubit cu toate zbaterile mele, cu tot chinul şi focul meu interior. M-a iubit necondiţionat, fără vreo limită la acea iubire. Şi, datorită acelei iubiri, am ştiut că nu voi fi niciodată singur.

Erika şi el iubesc la fel. Erika ţine la fratele meu până în măduva oaselor. Ar trece prin iad, dacă ar fi cazul, ca să-l facă să zâmbească, chiar şi când e trist. Este afectuoasă, deşteaptă, blândă. Chiar dacă lăsam mizerie în fiecare cameră, m-a găzduit în casa ei, pentru că ţinea la el. L-a iubit mereu pentru tot ce este el şi toate poverile cu care venea - inclusiv eu. L-a iubit înainte de a se îmbolnăvi de cancer, apoi în timpul tratamentului şi pot să jur că îl va iubi şi după cancer. Pentru că dragostea ei este necondiţionată.

Aceşti doi indivizi sunt supereroi în dragoste. Ei arată cum, atunci când lucrurile se complică, se pot găsi mereu motive de zâmbit. Se sacrifică unul pentru altul, deoarece ştiu că iubirea lor este adevărată. Chiar şi când situaţia e urâtă, dragostea lor reuşeşte cumva s-o însenineze. Cei doi m-au învăţat să îmbrăţişez iubirea, să cred în poveşti nemuritoare, să mă implic cu totul, necondiţionat. Aşadar, pentru asta, ridic paharul.

A înălţat paharul să toasteze, uitându-se la fratele lui şi la Erika:

— Pentru zilele bune şi rele, pentru că m-au învăţat să cred în iubirea necondiţionată. Fie ca toţi să căutăm genul acesta de iubire, fie ca toţi să găsim genul acesta de iubire, a spus, iar privirea i s-a oprit asupra mea și o singură lacrimă a curs pe obrazul lui și pe al meu, la fel, ca una. Iar când o găsim, să o păstrăm pentru totdeauna.

I-am suflat un pupic și el l-a prins și l-a dus spre inimă, după care a revenit la cuplul de însurăţei:

— Să bem pentru Kellan și Erika și pentru iubirea lor eternă!

Toţi invitaţii au chiuit și au închin paharele, toată lumea iubea. Logan s-a șters la ochi și a râs.

— Și acum, vă rog să eliberaţi ringul de dans, pentru ca acest cuplu frumos, proaspăt căsătorit, să ne ofere primul lor dans.

M-am dus lângă el pe scenă și i-am luat microfonul, șoptind și mângâindu-l pe creștet:

— Nu mai ai păr deloc.

A ridicat din umeri.

— E doar o tunsoare.

— Nu, e mai mult de atât, am încheiat, pupându-l pe frunte.

— Te iubesc, a șoptit el.

— Te iubesc, am răspuns.

S-a dus și a luat chitara, s-a așezat pe un scaun, în timp ce eu m-am dus la pian, am adus microfonul lângă mine și am așteptat să înceapă s-o zdrăngăne. Auzind sunetele pe care abia învăţase să le cânte, am zâmbit și m-am apucat să apăs clapele, cântând melodia lui Ingrid Michaelson, „The Way I Am".

Cântecul lor.

Kellan și Erika se roteau pe tot ringul de dans, îndrăgostindu-se tot mai mult cu fiecare secundă. În timpul solo-ului de chitară, Logan tocmai vorbea la microfon, când s-a deschis ușa restaurantului.

— Vă rugăm să salutaţi venirea mamelor mirilor la petrecere.

Lumea a fost plăcut impresionată când Julie și mama au intrat împreună în sală. Îmi bătea inima cu putere și m-am întors șocată spre Logan:

— Cum?

A ridicat din umeri.

— Am făcut câteva opriri pe drum, când veneam încoace.

Ești lumea mea, toată lumea mea.

***

Nunta decurgea minunat, cu mult râs și lacrimi de bucurie, cum nu mai văzusem de mult. Când s-a încheiat petrecerea, am ieșit toți patru în parcare, încă în ținută festivă.

— Vă mulțumesc din nou, Logan și Alyssa, pentru tot. A fost nunta visurilor mele, a comentat Erika.

Felul în care se priveau unul pe altul îmi arăta ce înseamnă dragostea adevărată.

— Cu plăcere. Kellan, știu că mâine ai programare la doctor și o să vin cu tine. Dar cred că diseară rămân la Alyssa, ca să aveți și voi casa pentru voi în noaptea nunții, a spus Logan.

Kellan a zâmbit și a fost de acord, însă Erika a țipat.

— Nu!

— Poftim? am întrebat.

— Trebuie să mai ajungem undeva înainte să plecăm fiecare acasă în seara asta, a explicat ea.

— OK, unde anume? s-a interesat Logan.

Pe buzele Erikăi a apărut un rânjet capricios și am înțeles care era destinația.

***

Ne-am oprit cu toții la rafturi în magazinul Pottery Barn, uitându-ne la diferite seturi de farfurii. Erika a mijit ochii, căzută pe gânduri, restul eram nerăbdători.

— Chiar trebuia să spargeţi toate lucrurile mele? a întrebat ea, luând în calcul un set care costa mai mult decât rochia de domnişoară de onoare.

— A fost ideea lui Logan, a zis Kellan, găsind ţap ispăşitor.

— Iar Alyssa a fost de acord, a răspuns Logan.

— Kellan mi-a zis că n-o să te superi, am completat eu.

— Nu contează, toţi sunteţi vinovaţi!

— N-ai cum să dai vina pe mine! s-a apărat Kellan. Am...

— Cancer, cunoaştem! am mormăit toţi trei, la unison.

A râs.

— Ok. Număr până la trei şi arătaţi fiecare ce set să alegem, apoi mergem la pahare. Unu, doi, trei!

— Acela! am strigat toţi, arătând chestii diferite, contrazicându-ne într-un vacarm de nedescris de râs, zâmbete şi ţipete.

După ce am ales farfuriile, ne-a cuprins un sentiment de pace pe toţi şi agitaţia noastră la raion s-a liniştit. I-am privit pe toţi, ne ştiam fiecare cu bune, cu rele, cu neajunsuri. Cu toată durerea şi lacrimile, cu distrugerile prin care trecusem, dragostea noastră unul pentru altul reuşise să supravieţuiască. Eram cumva încă legaţi cu toţii.

Oamenii mei.

Familia mea.

Tribul meu.

Eram indestructibili.

CAPITOLUL 47

Logan

Cabinetul lui TJ era rece, mai răcoros decât ar fi trebuit. Dar eram obişnuit. Nu ratasem nicio programare cu Kellan de când revenisem în True Falls.

Pe colţul din stânga al biroului era un borcan cu jeleuri, iar în dreapta, bucăţi de anason roşu. *Cel puţin, se descotorosise de jeleurile din lemn dulce negru.*

Mi-am încrucişat braţele la piept, strângându-mă ca să mă încălzesc. *La naiba.* Îngheţasem. Mi-am îndreptat privirea spre scaunul de alături, unde stătea Kellan.

Când m-am uitat la TJ, i-am văzut buzele mişcându-se repede. Continua să explice situaţia iar şi iar, dar nu ştiam sigur, pentru că nu ascultam.

Nu mai ştiam momentul exact de când nu mai fusesem atent la ce spune, dar, de vreo cinci-zece minute, îi vedeam doar gura mişcându-se.

M-am prins cu mâinile de scaun şi m-am ţinut strâns.

Erika stătea pe scaunul de lângă Kellan şi am văzut-o că i se preling lacrimi pe obraji.

— Şi funcţionează? a întrebat ea, trezindu-mă din miraj.

— Da, a răsunat vocea lui TJ, plină de speranţă şi zâmbitoare. Chimioterapia funcţionează. N-am scăpat încă, dar suntem pe drumul cel bun.

Optimismul copleşitor m-a lăsat mut. Îmi simţeam inima panicată bubuindu-mi.

— Eu... am dat să vorbesc, dar m-am oprit.

Am simţit nevoia să zic ceva, deoarece Kellan nu zicea nimic. Dar nu ştiam ce ar fi fost nimerit. Ce se spune în situaţii din astea?

M-am apucat mai bine de scaun, mi-am trecut o mână pe obraz şi am tuşit uşor.

— Funcţionează? am repetat întrebarea.

A început să vorbească, dar din nou nu mai ascultam. L-am prins de mâna stângă pe Kellan, strângând-o în semn de susţinere, iar Erika îl strângea de mâna dreaptă.

Fratele meu, eroul meu, prietenul meu cel mai bun învingea cancerul.

Îi *venea de hac* bolii.

Iar eu îmi regăseam, în sfârşit, suflul.

***

În noaptea aceea, Alyssa şi cu mine ne-am urcat la panoul publicitar şi ne-am uitat la stele. Am mâncat împreună biscuiţi Oreo cu zmeură şi ne-am sărutat până am rămas fără aer, amintindu-ne prin câte trecuserăm şi visând la ce va urma.

— Mi-a plăcut DVD-ul pe care mi l-ai dat despre pasărea Phoenix în mitologia greacă, i-am povestit, cu picioarele atârnându-ne pe marginea panoului. Mi-a plăcut ideea că pasărea moare, dar renaşte cumva din propria cenuşă, primind o nouă şansă la viaţă.

Alyssa a zâmbit.

— Da, tu eşti pasărea Phoenix, Logan. Ai evoluat aşa mult, ai asistat la atâtea şi te-ai reinventat.

Am scuturat din cap.

— Am verificat în mai multe mitologii şi credinţe despre ce reprezintă pasărea Phoenix. Deşi am apreciat legenda de la greci, cel mai mult mi-au plăcut credinţele de la chinezi.

— În ce credeau?

— Pasărea Phoenix era văzută în pereche, un mascul şi o femelă. Cele două exemplare de pasăre Phoenix reprezentau simbolurile yin şi yang. Două părţi ale unui întreg. Femela Phoenix este pasivă, blândă, intuitivă, în vreme ce masculul este cel hotărât, care acţionează. Împreună reprezintă parteneriatul de neuitat. Sunt zone din lume unde simbolul păsării Phoenix este dat ca dar la nuntă - un semn de fericire eternă.

— Ce frumos, a exclamat ea.

— Aşa mi s-a părut şi mie.

O clipă ne-am uitat în linişte pe cer.

— High?

— Da.

Îmi transpirau palmele când am vârât mâna în buzunar şi am scos o cutiuţă. A inspirat puţin văzând cutia, apoi s-a uitat în ochii mei.

— Ce faci, Lo?

— Adevăr sau minciună?

— Minciună.

— Nu fac absolut nimic.

I-a tremurat buza inferioară.

— Și adevărul?

— Încep să renasc din cenuşă. Sunt abia în primele stadii, dar ştiu că, pe măsură ce progresez, vreau ca tu să fii legată de mine pe veci.

Am deschis cutiuţa şi am scos un inel de logodnă, care reprezenta două păsări Phoenix alăturate, una în întâmpinarea celeilalte, cu un diamant în mijlocul aripilor care se împleteau.

— Ești vindecătoarea mea. Ești puterea mea. Ești perechea mea eternă şi, dacă ești de acord, dacă accepţi, mi-ar plăcea la nebunie să fii soţia mea.

— Serios? a rostit uşor.

— Serios, i-am răspuns.

Îi tremura vocea când s-a apropiat de mine, lipindu-și buzele de ale mele.

— Pentru totdeauna, Lo?

I-am luat mâna, i-am strecurat inelul pe deget la mâna dreaptă, sărutându-i-o blând.

— Pentru totdeauna, High.

EPILOG

Logan

După șapte ani, o nuntă, o recuperare completă, doi bebeluși și o dragoste mai puternică.

Eram fericit.

Nu aveam mare lucru pe numele meu și nu aveam multe povești de succes pe care să le transmit copiilor mei. Nu eram vreun geniu milionar, nici nu aveam specializări în vreo trei domenii. Probabil că aveam să muncesc mare parte din viață ca să mă descurc cu cheltuielile, dar voi reuși mereu, pentru că mă bucuram de dragoste. Aveam trei oameni care contau pe mine să rezist când apăreau dificultăți. Aveam trei oameni care credeau în mine și în visurile mele îndepărtate.

Pentru început, pornisem împreună cu Alyssa unul dintre visurile noastre: restaurantul cu piano bar „High & Lo". Conduceam afacerea de doi ani și, după copiii mei, era una dintre cele mai mari realizări ale mele. Totuși, mă străduiam să fac mai mult.

Voiam să le pot oferi într-o zi lumea copiilor mei și frumoasei mele soții. Copiii mei nu vor ști niciodată ce înseamnă să nu fii iubit. Fuseseră prețuiți chiar înainte de a veni pe lume.

Alyssa, frumoasa mea iubire, îmi salvase viața. Ea îmi dăduse un motiv să trăiesc și era o onoare să fiu iubit de ea. I-am promis inimii ei că nu voi uita niciodată cum mi s-a dat cu totul, atunci când nu aveam nimic să-i ofer în schimb. M-a convins că nu reprezint trecutul meu și știa că sunt menit să am un viitor strălucit.

Ea era focul din sufletul meu care îmi ținea de cald noaptea.

— Este prea sus, a strigat fiul meu, Kellan, în vârstă de cinci ani, în timp ce ne îndreptam spre scara panoului publicitar.

Îi pusesem numele după unchiul său, care își continua visul de a deveni un muzician de succes și acesta căpăta contur tot mai mult.

Sora lui mai mică, Julie, stătea pe umerii mei, privind în sus.

— Da, tati! Prea sus! a confirmat ea.

Îi dădusem numele după bunica ei, femeia care trăise mai mulți ani întunecați decât senini, dar acum se bucura de viață și avea șapte ani de când se lăsase de droguri. Nu i-a fost ușor, dar considera fiecare zi o binecuvântare.

I-am zâmbit Alyssei, care mă avertizase că locul li s-ar putea părea periculos copiilor, dar am vrut să vadă stelele în acea noapte din același loc în care mă îndrăgostisem prima dată.

— Avem pături, a spus Alyssa. Putem oricând să le punem aici jos și să privim în sus.

— Putem face asta, tată? Putem să ne uităm de jos, în loc să urcăm? a întrebat Kellan.

— Desigur. Este chiar mai bine.

În noaptea aceea am stat în liniște și am privit cerul luminat de stele, care se stingea în întuneric. O cuprinsesem cu brațele pe Alyssa, iar ea se rezemase de mine, permițându-mi să fiu cel care o susține. În fiecare seară, priveam soarele care apunea, indiferent unde ne aflam, și ne trezeam devreme ca să asistăm la răsărit. Cam asta este ecuația vieții: chiar și atunci când sunt perioade pline de evenimente neplăcute, ți se dă întotdeauna încă o șansă, un moment ca să încerci încă o dată să ieși la lumină.

Copiii alergau, jucându-se, în timp ce Alyssa și cu mine ne uitam la viețile pe care le creasem. Erau pe veci odoarele noastre, daruri care ne aduseseră atât de multă bucurie.

Dumnezeule, eram fericit!

Eram atât de fericit, în siguranță și iubit.

Cerul se întuneca și începuse să bată o adiere răcoroasă peste noi, așa că i-am șoptit la ureche Alyssei, trăgând-o mai aproape de mine.

— Pentru totdeauna, High?

— Pentru totdeauna, Lo.

Am ridicat din umeri.

Și ea a făcut la fel.

Am râs.

A pufnit și ea.

Am deschis un pic gura.

Mi-a urmat exemplul.

M-am aplecat spre ea.

Și mi-a venit în întâmpinare.

Buzele ni s-au unit și, deși ţineam bine picioarele înfipte în pământ, aveam o senzaţie nouă, ca de plutire.

Mulţumiri

Atât de multe persoane au contribuit la alcătuirea acestui roman, încât nu ştiu de unde să încep să le mulţumesc. Aşa că voi începe cu cea mai bună prietenă a mea. Mamei mele: m-ai ajutat să termin de scris această carte. Nu ştiu ce-aş fi fără tine. Faci viaţa mai bună pentru atâtea suflete și sunt fericită că te pot numi prietena mea cea mai bună.

Lui Alison, Allison, Christy și Beverly: vă mulţumesc că v-aţi făcut timp să citiţi cu cap limpede povestea Alyssei şi a lui Logan. M-aţi ajutat să rezolv atâtea aspecte cu desfăşurarea povestirii şi mi-aţi oferit cel mai bun feedback. Îmi sunteţi toate foarte aproape de suflet și vă rămân recunoscătoare.

Mulţumesc editorului meu minunat, Caitlin, de la Edits by C. Marie: eşti mai pricepută decât te-aş putea descrie în cuvinte.

Celuilalt editor al meu, Kiezha: îţi mulţumesc pentru că nu doar m-ai ajutat cu corecturile, ci ai discutat zilnic cu mine intriga romanului. Ai făcut ca povestea să fie mai închegată şi pentru asta te ador.

Daniellei Allen: eşti lumea mea, serios vorbind. În ultimele două luni am vorbit în fiecare zi și m-ai ţinut de mână când mă descurajam. Mi-ai oferit mereu vorbele tale inspiraţionale, mai ales când aveam mai mult nevoie de ele. M-ai făcut să râd când îmi venea să plâng. Ţin la tine.

Lui Staci Brillhart: pentru orele de stat la telefon cu mine, discutând subiectul cărţii. Pentru orele (LUNILE!) petrecute cu mine pe messenger ca să te asiguri că sunt bine. Lumea are nevoie de suflete frumoase ca al tău. Îţi mulţumesc că exişti şi-ţi mulţumesc că mi-ai permis să te numesc prietena mea.

Găştii mele: vă ştiţi toţi care sunteţi. Inima mea bate lângă voi. Întotdeauna.

Lui Ryan: acum dormi la câţiva centimetri de mine, în timp ce scriu aceste cuvinte la computer, dimineaţa, în zori. Îmi simt inima plină. Îţi mulţumesc că m-ai ţinut în braţe în toiul nopţii, când mă trezeam panicată, speriată de necunoscut. Îţi mulţumesc că mă faci să zâmbesc în fiecare zi. Îţi mulţumesc că mă iubeşti. Eşti focul care îmi ţine de cald.

Corectorului meu: Judy, m-ai salvat în ultimul moment, iar abilităţile tale sunt uimitoare. Îmi placi la nebunie!

Pentru cei care au făcut frumos romanul meu: fotograful de copertă, Franggy, pentru imaginea drăguţă, şi designerul de copertă, Staci, de la Quirky Bird.

Agenţilor mei, care au crezut în mine când eu nu mai aveam curaj. Mi-aţi îndeplinit toate visurile. Vă mulţumesc!

Cititorilor mei: mulţumesc că mi-aţi dat o şansă mie şi romanelor mele. Mi-aţi schimbat viaţa mai mult decât vă puteţi imagina.

La final, un mare mulţumesc familiei mele. Cu toate momentele bune şi rele, tot pe voi v-aş alege mereu.

Pupici!

Despre autoare

Brittainy C. Cherry este autorul care ocupă primul loc în topul bestseller Amazon, o scriitoare care a iubit întotdeauna cuvintele. A absolvit cursurile Universităţii Carroll cu diplomă în Arte teatrale, a doua specializare fiind de Scriere creativă. Brittainy locuieşte cu familia în Milwaukee, Wisconsin. Când nu compune povestiri sau nu are de acoperit alte zeci de activităţi cu care se ocupă, cel mai probabil se joacă cu animalele ei de casă adorabile.

Printre alte titluri ale autoarei amintim: *Respiraţia dragostei, Loving Mr. Daniels, Art & Soul* şi *The Space in Between.*

Pe Facebook o găsiţi la următoarele linkuri:
www.facebook.com/BrittainyCherryAuthor
www.twitter.com/brittainycherry

Editura LIBREX PUBLISHING
Str. Episcopul Radu, Nr. 30
Sector 2, București

Tel. 0723 193 019
Email: office@librex.ro
comenzi@librex.ro
www.librex.ro